Vlakwater

# Vlakwater

Ingrid Winterbach

Human & Rousseau

Kopiereg © 2015 deur Ingrid Gouws
Eerste uitgawe in 2015
deur Human & Rousseau,
'n druknaam van NB-Uitgewers,
'n afdeling van Media24 Boeke (Edms.) Bpk.
Bandontwerp deur publicide
Kopiereg van 'n detail uit *Vincenzo Anastagi*
deur El Greco: The Frick-versameling
Tipografie deur Etienne van Duyker
Geset in 11.25 op 15.75 pt Caslon

Gedruk in Suid-Afrika

ISBN: 978-0-7981-7685-9 (Tweede uitgawe, eerste druk 2017)
ISBN: 978-0-7981-7047-5 (Eerste uitgawe, eerste druk 2015)
ISBN: 978-0-7981-7048-2 (epub)
ISBN: 978-0-7981-7049-9 (mobi)

Vir Ena Jansen

# Een

DIE TYD DAAR WAS HEILIG. So sien ek dit terugskouend. (Is heilig 'n woord wat algemeen in my woordeskat voorkom? Nee.) Wat ook al daarvoor of daarna gebeur het, daardie tyd was heilig. Heilig! Ek sal dit nooit vergeet nie. Dis op my hart gegraveer. Dit was koud. Dit het die dag gereën toe ek en Willem Wepener na Jacobus se liggaam gaan kyk het. (Jy wou nie saamgaan nie. Jy wil hom nie so onthou nie, het jy gesê.) In die ontvangslokaal van die ondernemers was daar 'n groot afdruk van 'n leeuwyfie met haar welpies, verskeie voorbeelde van kranse, en twee ontvangsdames met uitdrukkings van permanente piëteit. 'n Man het ons na die besigtigingsvertrek geneem – deur die gebou, by die agterdeur uit, deur waterplasse, tot by 'n klein agterkamertjie (nouliks ingerig vir die besigtiging van liggame). 'n Deursigtige donkergroen chintz-Mr Price-gordyn teen die een muur. 'n Sementvloer, koud. Daar lê Jacobus, in sy kis. God, so doodstil! Op Willem se gesig 'n uitdrukking van onuitspreeklike droefnis. Lank staan hy onbeweeglik na die liggaam en kyk.

Ek bly die eerste aand by jou oor sodat jy nie op jou eie hoef te wees nie. Willem maak kos. Hy kom yskoud van buite af in met proviand. Sy wange is bleek, hy het wit kringe onder sy oë. Ons sit saamgebondel om die eetkamertafel. Die kos en die wyn is vertroostend. Laataand stort ek en kruip oplaas halfdronk tussen die yskoue lakens in. Die oggend breek hopeloos te gou aan. Dit is grou en uitermate koud. (Dit is toe ek die ysigheid die eerste keer in my beendere voel sypel het.) Ek klou nog aan die nag vas. My eerste gedagte: Niks bring hom ooit weer terug nie. 'n Heilige tyd, vir altyd op my hart gegraveer.

In my lewe het ek onverantwoordelike dinge gedoen. Ek was soms oneerlik en ontrou. Maar ek is lojaal teenoor diegene wat ek liefhet. Ek en Willem staan in die klein agterkamertjie. Ek raak met die agterkant van my hand aan Jacobus se koue wang. Die vlees reageer nie. Ek raak effens met my vingers aan sy bors, net onder die punt van die borsbeen. Die vlees voel soos klei. Dis asof my vingerpunte steeds voorberei is op die geringste aanduiding van lewe – die allergeringste op-en-neer-deining van die borskas – en asof my víngers die absolute roerloosheid van die liggaam nie kan begryp nie. Langs my staan Willem roerloos; ek het hom nog nooit so beweginloos sien staan nie. Vir hom is aanraking taboe, sê hy. Hy staan net en kyk met die uitdrukking op sy gesig van onuitspreeklike droefenis.

\*

Ek is gebore met 'n gesplete verhemelte en 'n haaslip. Ek het 'n breë, platterige neus, 'n smal voorkop en hare so welig soos dié van 'n Katolieke heilige. Tydens die sesde tot tiende week van swangerskap behoort die bene en nate van die bokaak, neus en mond saam te snoer om die verhemelte en bolip te vorm. Wanneer dit nie gebeur nie, word die baba met 'n gesplete verhemelte en 'n haaslip gebore. Ek vermoed dat ek 'n ongewenste swangerskap was, en dat my moeder my in die embrionale fase probeer aborteer het. Dit is nooit direk aan my gesê nie, dit is iets wat ek intuïtief aangevoel het. Vanweë die gesplete verhemelte en haaslip kon ek as baba nie behoorlik drink nie en het ek met moeite leer praat. Ek was gevolglik 'n woedende en gefrustreerde kind. Wat dit nie makliker vir my moeder gemaak het nie − negentien jaar oud, met 'n onwelkome, onooglike baba, en dit boonop 'n meisie. Ek is geopereer. Die gesplete verhemelte is herstel. Maar die letsel van die gekorrigeerde haaslip is meer prominent by my as wat dit behoort te wees. Mense van albei geslagte vind my seksueel óf onweerstaanbaar óf afstootlik.

Na Jacobus se dood het ek my goed gepak, my huis verhuur, en is ek vir 'n tyd lank weg. Ek kon dit nie verduur om in die dorp aan te bly waar boom en berg onverskillig staan teenoor iedere menslike lotgeval nie.

## Twee

D<small>IE MEISIE KOM</small> roep hom een oggend.

Daar's 'n vark in die tuin, sê sy.

Saam staan hulle op die stoep daarna en kyk. 'n Groot, swart vark wat rustig wei. Net sowel hy het nog nie begin tuinmaak nie.

Waar dink sy kom dit vandaan? Waar sou dit by die erf ingekom het?

Sy weet nie. (Hoewel hy om een of ander rede dink sy weet, maar wil nie sê nie.)

Wil sy nie 'n foto neem nie, vir haar portefeulje?

Nee. Sy neem nie varke af nie. Varke is bad luck.

Sê wie?

Die mense waar sy vandaan kom.

Watse soort bad luck?

Dit kan sy nie sê nie. Enige soort.

Soos wát? hou hy vol.

Sy wil nie sê nie. Dis bad luck om oor bad luck te praat, sê sy.

Sy glo dit?

Sy gaan nie 'n kans vat nie.

Sy is vanoggend vir hom mooi, hierdie meisie met die welige hare en die sagte, teekleurige vel.

Hulle sê varke is baie intelligent, sê hy.

Die duiwel is ook slim, sê sy.

O ja, sê hy, en glo sy in die duiwel?

Sy sê niks, gee net 'n klein glimlaggie. (Hy vermoed sy is besig om met hom die gek te skeer.)

Later lê die vark in die skaduwee van 'n struik. Miskien 'n mooi ding om te skilder, maar hy is geen skilder van varke, of van mense nie. Die nuwe huis voel nog chaoties. Die sitkamer staan vol onuitgepakte bokse. Hy bly bewus van die vark in die tuin, in die skaduwee. Hy het nog nie gekyk waar dit moontlik iewers langs die heining ingekom het nie.

Laatoggend lui iemand die voordeurklokkie. 'n Man. Hy't sy vark kom haal, hy sien hy lê hier in die tuin. Die man het 'n groot, oop, aantreklike gesig. Vriendelik. Vertrouend. Bruingebrand.

Hy't nie geweet mens mag varke in 'n residensiële gebied aanhou nie, sê Niek.

Hy het 'n groot erf, hier bo, teen die hang, beduie hy met sy skouer.

"Marthinus Scheepers," sê hy, en steek sy hand uit.

"Niek Steyn."

Die man se handdruk is stewig. Moet dit seker wees, om varke in toom te hou.

"Kom 'n keer langs," sê Marthinus, "kom ontmoet die ander varke." (Hy gee 'n kort, opgewekte laggie.)

Daar's iets aan die man. Die groot, harmonieus gebeitelde kop en gelaatstrekke. 'n Edel gesig. Het iets foutgegaan, vreet hy nou semels saam met die varke?

"Het die vark 'n naam?" vra Niek.

"President Burgers," sê Marthinus. "Die voorste onder die varke. Werklik 'n leier. Werklik geroepe."

"Ek sien," sê Niek.

Man en vark vertrek. Byna naasbure. Hy sal moet gaan kyk. Iets aan die man, iets aan die vark. Albei iets superieurs aan hulle? Albei met die nobele hoofde en 'n liggaamlike welskapenheid.

*

Niek het onlangs die huis in Tamboerskloof gekoop. Hy werk nie hier nie, huur tydelik 'n ateljee in Observatory. Weg uit Stellenbosch, daardie hotbed van selftevredenheid; nuwe begin, nadat die verhouding met Isabel ten einde geloop het. Skaars is hy hier, of 'n meisie klop een oggend aan sy voordeur. Sy't gehoor hy verhuur kamers. Waar't sy dít gehoor? By die vrou by die galery. Hy't nog net die móóntlikheid van verhuring genoem en hier staan daar reeds 'n potensiële huurder voor sy deur. Die meisie dra 'n swart fluweelbroek, verslete boots, 'n babablou fleece top wat lyk na 'n pajamatop. Haar hare krul wild in alle rigtings om haar kop asof sy pas op stowwerige paaie hierheen geryloop het. Haar oë is wákker. Haar naam is Charelle Koopman. Sy lyk nie veel ouer as twintig nie. Sy doen 'n kursus in fotografie by die Skiereiland Kunsakademie. Dis haar eerste jaar. Sy's ernstig oor haar studies. Waar kom sy vandaan? vra hy. Van die Weskus, Veldenburg. Maar sy's al van verlede jaar in die Kaap. Die volgende dag trek sy in die ruim agterste kamer in.

En nou staan daar skielik op 'n dag 'n man met 'n vark in sy voortuin. Sy pa en 'n susterskind van hom het indertyd saam 'n paar varke gekoop: Large Whites, as Niek reg onthou. Sy pa het in Johannesburg gewerk en die varke op sy suster se plaas in die Roossenekal-distrik laat aanhou. Iets het die varke oorgekom. Hy kan nie onthou wat nie. Die varke was groot en pragtig en sy pa het geesdriftig beduie hoe hoog hulle staan en hoe hulle blink van die vet en toe gebeur daar iets. Is daar enigiemand oor wat sal weet wat gebeur het? Daar moet iémand wees wat weet wat die varke oorgekom het.

Niek se suster en sy oudste broer sal nie weet nie, want hulle is wat hom betref write-offs. Sy suster is 'n hartsjirurg en sy vlieg deur die sale van een of ander akademiese hospitaal, spanne witgekledenes met kloppende harte op ys in steriele houers kort op haar hakke. Sy't nie tyd vir varkherinnerings nie. Sy oudste broer is 'n tycoon. Well, good for him. Die verlede is ook nie deel van sy verwysingsveld nie. Die enigste een wat sou weet – sy ander broer, vyf jaar ouer as hy – het homself des moers gery op 'n motorfiets in Namibië. Diamante aan't smokkel. (Wie sal ooit weet?) Sy held en tormenteerder. Niek is die jongste. Sieklike kind, almal dag hy's vertraag. Hy het sy geheime lewe gehad, sy fantasie wat hom bloots gery het. Verskriklike nagmerries, visioene van die hel op teer leeftyd; Bosch gedroom voor hy sy werk ooit gesien het. Rondgeseil in die tuin op sy maag soos 'n slang of 'n slak op soek na iets wat hy nie op ooghoogte kon vind nie. Wat de hel, hy sou wurms vreet as dit moet. Sy suster het wel 'n sagte plek vir hom gehad; oudste broer soos 'n perd ooggeklap op pad na tycoon-skap. Dit laat Niek met smokkelaarbroer, sy held. Saam gerook, saam gedrink, saam porno mags gekyk en hy skaars ouer as tien, twaalf. Broer vee sy gat aan alles af en is onweerstaanbaar sjarmant op die koop toe. Hy het Niek laat teken. Alle posisies. Broer is die eerste een met waardering

13

vir Niek se vaardigheid. Niek is 'n slow developer en eers toe almal ophou groei, skiet hy op. Asma, ringwurm en pokkies kon hom nie meer terughou nie. Eers wou hy 'n rugbyspeler word, toe 'n bomber pilot. Word 'n artist, sê sy broer. Painters is sissies, sê Niek. Broer wys vir hom 'n foto van Jackson Pollock energiek besig. Lyk dit vir jou na sissie-werk? (In die broer se oë tel dit ook in Pollock se guns dat hy homself op vier-en-veertig, dronk, des moers in 'n kar gery het.)

Donker vroue is vir Niek die mooiste, maar as dit by kattemaai kom, het hy altyd 'n voorkeur vir blondes gehad. Sterk kuite, bene éffens bak, gaping tussen die voortande. Uitdrukking iets tussen onnosel en jags. Om gotsnaam net nie wholesome blondes nie. Effens af, éffens slonsig en verloop. Die leë, dromerige blik op partytjies ná twaalf. Wat seks betref? Teen sy middel dertigs het hy al genoeg daarvan gehad om hom twee leeftye lank te hou. Tot en met sy kortstondige huwelik. En daarna, na sy mislukte huwelik, sy verhouding met Isabel die afgelope sewe jaar. Haar hare so wit soos vlas en haar vel heuningbruin in die somer. Swaar ooglede, 'n trae blik, 'n huiwerige glimlag. Haar rug en ledemate lank en smal, soos dié van 'n Sikladiese grafidool.

*

Toe hy die oggend sy motor uittrek op pad werk toe, kom hy Marthinus Scheepers op 'n oggendwandeling teë. Geen vark op sy hak nie.

Marthinus dra 'n soort Peruviaanse wolmus, 'n snazzy sweetpakbroek, vreemde boots en 'n helderkleurige windbreaker. Hy groet Niek hartlik. Kom maak vanaand 'n draai, sê hy, kom kyk 'n video saam met ons.

Die middag kry Niek 'n poskaart in sy posbus. Dis 'n afbeelding van El Greco se skildery van Vincenzo Anastagi. Die boodskap agterop lui: *Enige ekstra eksemplare van* Vlakwater*? V.S.*

V.S., nè?! Dit kan net Viktor Schoeman wees. 'n Suid-Afrikaanse posseël. Hier gepos dus. Dit voorspel niks goeds nie. Beteken dit Viktor is in die land? Wanneer het hulle mekaar laas gesien? (En dit geld trouens ook vir Blinky, en Chris Kestell, en Marlena?!) Het hy enige begeerte om weer met Viktor kontak op te neem? Nee. Die ekstra eksemplare van *Vlakwater* wat hy jare lank gestoor het, het hy laat verpulp toe hy niks meer van Viktor hoor nie. Hoekom sou hy met die skuld én die bokse boeke bly sit?

Goeie keuse van poskaart, Viktor, dink hy. Die El Greco is een van sy gunstelingskilderye. Hy het hierdie portret laas saam met Isabel in die Frick gesien, op hulle laaste, fatale reis saam, kort voor die einde van hulle verhouding, in November verlede jaar. Nie dat hý so geesdriftig was om die Frick te besoek nie (grotendeels uitgekuier met die Westerse skilderkuns), maar vir haar was dit 'n belade reis, 'n soort pelgrimstog dalk. En daar in die Frick het sy skielik haar ore toegedruk (waarom nie haar oë nie, het hy gewonder), in aller yl haar jas by die garderobe gaan afhaal, en weggehardloop (hy kan dit nie anders beskryf nie). Hy is agterna, die koue strate in, 'n yskoue wind (asof uit Siberië) op hulle wange en nat sneeu op die strate. Hy kon haar by 'n Oosterse museum en teehuis inlok, waar hy haar met 'n delikate sneeu-ertjie-en-garnaalsop en tee uit Japanse erdewerk-teepotjies tot bedaring kon bring. Daar het effens kleur in haar wange gekom. (Ek kan nie meer nie, het hy gedink, ek

15

kán jou nie langer dra nie, dit verg te veel van my.) Sy het so opgevrolik dat sy later selfs uitgelate was, flankeerderig, maar die dag was vir hom bederf. Hy was stug; hy wou hom nie meer deur haar laat bekoor nie. Vergeef my, het sy gesê, ek weet nie wat met my aan die gang is nie.

# Drie

Jou minnaar, en my geliefde vriend. Jy was sprakeloos van verdriet, jou wange koud soos albaster. 'n Maand of so later het ek my goed gepak en weggegaan. Ek moes gebly het, ek moes jou bygestaan het, maar as ek bly, het ek gedink, sal ek ondergaan. Na Jacobus se dood was daar 'n kortsluiting in my kop, ek moes my in 'n ander omgewing bevind, of ondergaan.

Ons ontmoet mekaar eers weer aan die begin van die nuwe jaar in die coffee shop, nadat jy terug is van jóú lang, uitgebreide reis. Die coffee shop het 'n donker interieur. Hoe bly is ek om jou liewe gesig weer te sien. Ek vat jou gesig in my twee hande en ek sê: Dit is so lank dat ons mekaar nie gesien het nie! Ons kyk mekaar lank en innig in die oë. Ons gaan sit by 'n tafeltjie in die hoek. Buite reën dit steeds onophoudelik sedert die vorige dag. Nou is ons oplaas weer albei terug in die dorp, sê ek. Jy het geen planne om weer weg te gaan nie? vra jy. Nee, ek het geen sulke planne nie. En hoe vind jy dit om terug te wees? vra jy. Ek weet nie, sê ek. Jy weet hoe ambivalent ek oor die dorp voel. Ek het so lank 'n weersin in die plek gehad. Ek het dit steeds; soms baie intens. Weersin of vrees? vra jy. Dalk 'n bietjie van albei. Terwyl ek weg was, het ek dikwels gedink ek wil nie weer terugkom nie.

Die kelnerin bring ons koffie. Ons bly albei 'n rukkie stil.

Hoe gaan dit met jou? vra ek. Jy antwoord nie dadelik nie, hou jou blik neergeslaan. Skuif 'n suikerkorrel met jou vinger op die tafel voor jou rond. Dinge was nooit weer dieselfde nie, sê jy sag. Alles het subtiel maar onkeerbaar verander. Nie heeltemal 'n drenkeling nie, maar die vaste grond onder jou voete weggekalwe. Sou dit ooit anders kon wees – bring tyd nie verandering nie? vra ek; so sê hulle in elk geval. Miskien, miskien nie, sê jy, hoe sal jy weet? Op die oomblik voel dit nie asof dit ooit weer anders kan wees nie.

Weer bly ons stil, en luister na die reën wat sag maar onophoudelik buite val. En jou reis, vra ek, het dit enige verskil gemaak? Dit het jou tydelik afgelei, sê jy, hoewel jy soms dink dat jy moes gebly het, en jou verdriet in die gesig gekyk het. Dit sou dalk die helingsproses versnel het.

Ek het 'n monografie oor die Olivier-broers begin skryf, sê ek. Jy het al lank beplan om dit te doen, sê jy. Ja, maar dit het my lank geneem om daarmee te begin, sê ek. Daar is min mense in die coffee shop, die interieur is donker, klank word gedemp deur die aanhoudende reën buite. Ek hoop om 'n onderhoud met die broers se vader, met Markus Olivier, te kry, maar dis nie so maklik nie.

Ons sit 'n tyd lank swygend en luister na die reën. Drink ons koffie. Dan kyk jy skielik op en vra, wat staan jou te dóén?

*

Toe ons opstaan, voel ek effens lighoofdig, van vreugde of ontsteltenis of oorstelping, dis nie vir my duidelik nie. Ons neem afskeid. Ek voel nie jonk nie, ek voel nie oud nie. Dit is hoogsomer, in die strate is die blaarlower dig, die skaduwees skerp.

Ek lees 'n boek waarin die ontslape Fernando Pessoa een van sy alter ego's (en heteronieme), Ricardo Reis, besoek. Reis het pas in 'n apartement ingetrek na sy verblyf van meer as twee maande in die Hotel Bragança, en dis sy eerste nag in sy nuwe blyplek; dis koud, hy't pas ingeslaap, dan klop iemand. Dis Pessoa. Hy nooi hom binne, hulle gesels 'n rukkie, dan sê Pessoa Reis moet weer gaan lê, hy wil hom nie uit die slaap hou nie. Reis gaan lê, Pessoa trek sy laken sorgsaam soos 'n moeder reg. Reis vra hom om die lig af te skakel. Aanvanklik is die kamer donker, dan word die lig van buite sigbaar deur die skrefies in die luike. Reis maak sy oë toe en prewel: Goeienag, Fernando. Dit voel vir hom asof Pessoa pas na 'n hele tydjie antwoord: Goeienag, Ricardo. Pessoa gaan sit op 'n stoel in die kamer, slaan sy een been oor die ander, plaas sy hande op sy knie. Hy is die toonbeeld van verlatenheid. Reis word wakker in die middel van die nag, die reën het opgehou, die aarde snel voort deur die doodstil ruimte. Pessoa sit nog op dieselfde plek, in presies dieselfde posisie, sy gesig uitdrukkingloos. Reis raak weer aan die slaap. Toe hy die oggend wakker word, is Pessoa nie meer daar nie. Hy moet met die eerste oggendlig vertrek het.

Aanvanklik reën dit deurentyd in die stad, Lissabon. Tydens 'n karnavalviering is daar 'n figuur geklee in 'n stywe swart pak met 'n skelet in wit daarop geverf. Dansende beendere. Soms het ek lus en klee my in só 'n pak. Op die tafeltjie langs my bed staan die skedel van draad en wit kraletjies wat ek vir my in die Oos-Kaap deur Zimbabwiërs laat maak het. Dit waak snags oor my soos Fernando Pessoa oor sy alter ego, Ricardo Reis.

# Vier

'n Week na die varkepisode stap Niek een oggend bult-op na Marthinus se plek. Hy wil die opset daar gaan bekyk. Die idee van die varke interesseer hom. Dalk moet hy vir hom ook 'n vark aanskaf, om te kompenseer vir die verlies van sy pa se varke, die Large Whites.

Straataf, en dan twee blokke verder op, teen die bopunt van die heuwel (verbasend naby), tref hy die huis aan. Waar sý huis direk op die see uitkyk, met die berg agter hom, is die berg regs en die see links van Marthinus se huis. Die huis sit taamlik ver terug, hóóg, met 'n trap wat vanaf die voorhekkie tot by die breë stoep oploop. Op die hekkie is 'n bord aangebring: *This property is patrolled by pigs.* Nie 'n vark in sig nie. Die voortuin, nie baie groot nie, is aan weerskant van die trap verdeel in terrasse. Hierdie terrasse is beplant met blomme en groente. Alles dui hier op die hand van 'n toegewyde tuinier.

Huis en tuin is ewe goed onderhou. Dit moet op sy dag 'n herehuis gewees het – groot, statig, met die breë voorstoep.

Op die stoep sit 'n vrou en lees. 'n Maleise skoonheid, donker oë, blasserige huid. In die hoek van die stoep speel 'n seuntjie. Marthinus is agter, beduie die vrou met haar kop. Hy is seker besig in die tuin. Niek kan sommer deur die huis loop.

Die gang is breed. Die plafon is hoog. Die huis ruik na vloerpolitoer en hout. 'n Groot huis; vier of meer kamers, twee aan weerskant van die lang gang. Hy moet deur die sitkamer loop om by die kombuis te kom. Die vertrek is keurig ingerig. Gesellig. Groot banke, gemakstoele, mooi ou vuurherd. Ngunivelle op die vloer. Op die rak bo die kaggel is 'n bok van kralewerk, 'n bak met suurlemoene, twee klein beeldjies. Erdepotte met plante op die een vensterbank. 'n Bondel droë wasgoed op een van die banke, 'n paar glase en bekers wat rondstaan op die koffietafel. Boeke en koerante. Die kombuis is netjies. 'n Vrou se hand duidelik sigbaar hier. Skoongeskropte houttafel. Geen vuil skottelgoed wat rondstaan nie.

Vanaf die smal agterstoep lei daar trappies na die tuin. Die agtertuin strek ver agtertoe, die erf moet groot wees. Die tuin hier is ewe welig en goed versorg, met plante in potte, beddings met kruie, 'n klein grasperk, 'n prieel, en half verskuil agter hoë struike, die varkhokke in die verste agterhoek. Vyf varke wei in die tuin. Marthinus het Niek intussen gewaar en kom aangestap, met hark en snoeiskêr in die hand. Hy heet Niek hartlik welkom. Kom, sê hy, hy maak vir hulle tee.

Twee bekertjies word keurig op die skinkbord, met lappie, uitgesit. Suikerpotjie, melkbekertjie, beskuit in 'n bakkie. (Alles baie huislik, heel anders as sy eie opset, sien Niek, wat steeds tegelyk leeg én chaoties is.) Hy wonder waarom hy verbaas is – wat het hy verwag – 'n varkhok omdat Marthinus met varke werk?

'n Sterk wind het skielik opgesteek, die seuntjie wat op die stoep gespeel het, kyk nou na 'n kinderprogram op die groot platskermtelevisie in die ander hoek van die sitkamer, en

Marthinus stel voor hulle drink sommer in sy kamer tee. Sy kamer is 'n ruim, skemerige vertrek. Houtvloere, hoë plafon. Bed in een hoek, houttafel onder die groot venster wat uitkyk op die berg. Op die tafel 'n Apple-skootrekenaar. Ook hier 'n ngunibeesvel op die vloer. Twee mooi Art Deco-gemakstoele en 'n leer-leunstoel. Teen een van die mure is 'n groot ingeboude boekrak, stampvol tot aan die plafon. Marthinus sit die skinkbord op die groot houttafel neer, trek vir hulle die gemakstoele nader. Niks karigs aan die vertrek nie.

"Wie woon saam met jou hier?" vra Niek. (Die tee is besonder lekker.)

"Dis my huis, maar my vriend Alfons huur 'n deel daarvan by my, hy en sy vrou, Rosita, en sy kind, die seuntjie wat jy in die sitkamer gesien het. "

"Wie is die tuinier?" vra hy.

"Ek is," sê Marthinus. "Ek is hier die hooftuinier, varkwagter, algemene opsiener en huisman – kan jy maar sê."

Wat Niek nog nie 'n duidelike beeld gee van Marthinus se posisie, of die aard van sy werk nie (hier word duidelik nie gebrek gely nie). Maar sy oog val skielik, asof 'n magneet dit soontoe trek, in die oorvol boekrak, skuins oorkant hom, op 'n eksemplaar van *Vlakwater*. Wil jy nou meer, Marthinus het waarlik 'n eksemplaar van die boek. Die tweede keer in 'n paar dae dat hy aan Viktor herinner word.

"Ek sien jy het 'n eksemplaar van *Vlakwater*," sê hy.

"Ja," sê Marthinus, "o Here. Daardie yslike kompendium van verwording. Briljant."

"Het jy ooit vir Viktor Schoeman geken?" vra Niek.

"Ja," sê Marthinus. "Ek het hom geken. Nie goed nie, maar ek het hom geken." Hy rol vir hom 'n sigaret. "'n Geteisterde kêrel, o Here. 'n Man van wie die linkerhand nie weet wat die regterhand doen nie. Nie 'n man aan wie jy jou geheime moes toevertrou nie. 'n Destruktiewe kêrel as ek ooit een ontmoet het."

"Ek sou dit self nie beter kon stel nie," sê Niek, lakoniek.

"En gesplete!" sê Marthinus. "Daar het jy nou 'n psige wat soos twee vyandige faksies teenoor mekaar opgestel is. Ook nie iemand op wie jy – en dis nou 'n understatement – kon peil trek nie."

"Het jy ooit vir Blinky Booysen geken?" vra Niek.

"Ek hét!" sê Marthinus. "Wat het van hom geword?!"

"Niemand weet nie," sê Niek, "daar's allerhande stories."

"Dalk het hy en Viktor saam uitgewyk en iewers in Ekwatoriaal-Afrika 'n besigheid begin." Hy lag sy kort, vrolike laggie. "Waar hulle die plaaslike bevolking op elke moontlike manier indoen. Mistahs Kurtz, they revived."

"Onwaarskynlik," sê Niek. "Hulle kon mekaar nie verdra nie."

"Blinky," sê Marthinus mymerend. "Pragtige werk gemaak. 'n Besonderse kêrel."

"Ja," sê Niek. "Byna alles wat ek van skilder weet, het ek by hom geleer."

"My maggies, nè?!" sê Marthinus, en kyk hom 'n oomblik met nog groter belangstelling aan.

"Toevallig," sê Niek, "het ek 'n paar dae gelede 'n poskaart van Viktor Schoeman gekry waarin hy vra of ek nog enige ekstra eksemplare van *Vlakwater* het. Ek het die boeke jare lank in bokse in my garage gestoor. Met moeite oral met my saamgesleep, om die waarheid te sê."

"Hét jy nog hierdie eksemplare?" vra Marthinus.

23

"Ek het 'n paar jaar gelede van alles ontslae geraak, toe ek al baie lank niks meer van Viktor gehoor het nie."

"Hoe lank is Viktor al uit die land?"

"Lank, sover ek weet," sê Niek. "Laat negentigs. 'n Ruk na die verskyning van *Vlakwater*."

"Waar is die kaart gepos?"

"Dis onduidelik, maar daar is 'n Suid-Afrikaanse posseël op."

"Nou toe nou," sê Marthinus, "dit beteken waarskynlik hy is terug in die land. Hier maak hy weer sy opwagting. Dit verbaas my niks. Steek sy voelers uit. Aanvoorwerk. Reken maar daarop dat hy iets in die mou voer. Dit sal nie Viktor wees as hy nie iets in die mou voer nie."

Dit wil Niek nie nou hoor nie. Hy wil nie hoor Viktor is terug in die land en hy voer iets in die mou nie. Toe Viktor weg is, het hy gehoop hy sien hom nooit weer nie. En in die jare dat Viktor weg was, het Niek se oordeel oor hom nie barmhartiger geword nie. Inteendeel.

Kort daarna staan hy op om te gaan. "Hou my op hoogte van Viktor se moves en kom kyk een aand DVD's," roep Marthinus Niek agterna toe hy hom by die hekkie weggesien het.

\*

Viktor Schoeman se eerste roman is in die vroeg tagtigs uitgegee deur Daspis, 'n klein ondergrondse uitgewery. (Niek was toe nog op kunsskool.) Die boek is verbied. In die laat tagtigs verskyn sy veel meer ambisieuse roman, *Diepwater*. Hoogs eksperimenteel, met swart bladsye, bladsye met net dialoog, afgewissel met pastiches van verskeie Afrikaanse tekste.

In die middel negentigs skryf Viktor sy laaste groot roman – *Vlakwater*. Volgens hom die tweede in 'n beplande trilogie, waarvan *Diepwater* die eerste was. 'n Distopiese toekomsvisie. 'n Apokaliptiese vermenging van die historiese Suid-Afrikaanse verlede, 'n massief oordrewe hede, en 'n wetenskapsfiksieagtige toekoms. 'n Opeenstapeling van verdorwenhede, angstighede, politieke anarchisme, korrupsie, wanbestuur, opportunisme, vervleg met elemente van die Groot Trek, Grensoorloë, mynstakings, kernkragdebakels, godsdienstige fundamentalisme, boeremusiek, rappers, delwerye, imbongi's, wit en swart tycoons, toordokters, mutimoorde. Satanisme en satanistiese rituele. Groot dele van die lukrake handeling speel af in 'n reusebegraafplaas, 'n soort heldeakker, tussen die grafte van helde van die Anglo-Boereoorlog en die Struggle. Daar is die desekrasie van hierdie grafte. Daar is (soos in *Diepwater*) kannibalisme en nekrofilie. Uitbarstings van kommunale geweld, oorvol lykhuise, grootskaalse moeder- en kindersterftes as gevolg van verhongering en armoede in die vroeëre tuislande, bladsye met inventarisse van ministeriële vergrype en misbruike – onder meer die onregmatige toe-eiening van grond, van tenders. Sinodale vergrype. Dit alles vermeng met verstommende tegnologiese vooruitgang: vlieënde motors, robotte as bediendes. Faksies op die platteland voortdurend op oorlogsvoet, groepe wat hardnekkig vasklou aan tradisies; voorvaderaanbidding; profete en profesieë. Kommunikasie met die dooies.

Geen uitgewer wou daaraan raak nie. Viktor word gedwing om dit op eie koste te laat druk en versprei. Niek belê 'n stewige bedrag in die projek. En kan hy sommer die bokse gedrukte boeke by Niek stoor ook, asseblief, van waar hy, Viktor, dit dan op bestelling aan mense sal versend.

Toe die verkope na anderhalf jaar steeds nie na wense verloop nie (min mense was lus vir daardie inventaris van verdorwenhede), en die terugvoer minder geesdriftig is as wat Viktor verwag het, maak hy hom uit die voete. Van die een op die ander dag is Viktor skoonveld.

*

Niek se vriend Blinky Booysen was kort, bonkig, altyd natgesweet, skrefiesoë, skrefiesmond, wye neusvleuels. 'n Rotgesig – geslepe, spits en grynslaggend tegelyk. Verregaande werk – skokkend, skandalig. Fantasties. Blinky se ateljee was ook 'n groot solder in 'n industriële gebou, naby 'n treinspoor, in een van die smerige Dickensiaanse geboue naby Niek s'n in die omgewing van Kaapstadstasie. In sy ateljee was alles smerig – jare se aangepakte roet en stof. Daar het hy sy groot doeke geskilder en hulle was die Here weet wonderwerke. Blinky was 'n neo-ekspressionis en 'n aanhanger van Trotski.

Toe Niek terugkom in die Kaap na sy weermagopleiding is Blinky dood, of hy het verdwyn. Niemand kon Niek presies hieroor inlig nie, en hy het nie meer kontak gehad met Marlena Mendelsohn, Blinky se troue metgesel, nie.

*

Blinky het vir Niek sy werkplek gereël. Soos Blinky se ateljee, was dit koud en roetbesmeer, vol voëlkak (duiwe in die oop dakbalke), maar dit was groot. Blinky se metgesel, Marlena Mendelsohn (platoniese metgesel, sover Niek kon aflei), was besig met 'n meestersgraad in sielkunde, of kunsgeskiedenis,

26

of albei tegelyk, hy het nooit presies geweet nie. Omdat Blinky se ateljee naby syne was, het sy soms by Niek in sy ateljee kom sit. Sy was 'n bron van vreemde inligting. In die twintigste eeu, het sy gesê, word monochromatiese werk oorspronklik geassosieer met die verskyning van die radikaal reduktiewe skilderkuns van die Russiese avant-garde. (Niek het in dié fase 'n voorkeur vir tonaliteite van grys gehad.) Sy't op die enigste stoel (plastiek) in sy ateljee gesit en haar tee gedrink. In die somer het sy kort rokkies gedra en in die winter 'n trui met gate, waarvan die moue te lank was. Sy het hoë voetbrûe gehad, smal voete, en benerige seunskneë. Die delikate beentjies van haar enkel (die onderste gedeeltes van die tibia en fibula, waar dit heg aan die beentjies van die voet) was perfek geproporsioneer.

Sy het gesê: Moenie net na eietydse kuns kyk nie. Kyk na ouer kuns. Kyk na Matthias Grünewald se Isenheim-altaarstuk. Kyk of daar iets in die eietydse kuns is wat die intensiteit daarvan ewenaar. Die demoon in die *Versoeking van die heilige Antonius*. Die heilige Antonius self, met sy barstende swere en gruwelike absesse. Die aangetaste demoon wat ly aan die Vuur van die Heilige Antonius in die onderste linkerhoek van die *Versoeking*. Niek se gebruik van grys het haar interesseer. Sy't hom gewys op die gryse in Goya en Manet se werk. Sy was blond. Haar oënskynlike verlooptheid was net 'n skans. Haar oë was 'n onbepaalbare grysgroen, dromerig, en altyd gerig op iets nét agter hom. Sy't hom daarop gewys hoe hy hom inhou in sy werk. Sy't hom gewys op grys as die kleur van ontkenning en weerstand.

Grys, het Marlena gesê, is inert, dis neutraal. Swart en wit het te veel bagasie. Swart het te veel mistieke assosiasies. Wit

het te veel modernistiese assosiasies van suiwerheid en tran-
sendensie. Grys is die enigste anonieme, die mins persoonlike
kleur. Juan Gris, het sy gesê, het sy naam verander na John
Gray, om so anoniem moontlik te wees. Grys stimuleer nie,
dit is perseptueel bewegingloos. Giacometti het byna mal ge-
word, het sy gesê, met 'n beker tee in haar hand, haar bene
oormekaar gekruis (self iets om van mal te word), en grys was
'n uitweg. Reeds so geteister deur angs het Giacometti byna
van sy kop af gegaan toe hy die portret van Isaku Yanaihara
geskilder het. Hy het die beeld van sy sitter nie kon vasvang
nie, kompulsief die areas herwerk, totdat daar groter en groter
ongedefinieerde grys areas in die werk was. Sartre het van die
ses variasies van hierdie Yanaihara-portrette gesê dat hulle die
eksistensiële stryd uitbeeld tussen being en nothingness. Die
kleure het die een na die ander weggeval, het Giacometti gesê,
en al wat oorgebly het, was grys, grys, grys. Niks omvou die
figuur nie, sê Sartre, niks bevat hom nie, hy is geïsoleer in die
immense grensloosheid van die leegte.

Toe Niek terugkom na sy weermagopleiding is Blinky
weg – hy het óf selfmoord gepleeg óf sommer net verdwyn.
Niemand kon Niek presies hieroor inlig nie, en hy het nie
meer kontak met Marlena Mendelsohn gehad nie. Hy het
verneem dat sy 'n verhouding met Viktor Schoeman aange-
knoop het.

*

Die meisie wat die kamer by hom huur, werk hard. Sy's ge-
heimsinnig oor waarmee sy besig is. Hy wil nie te veel uitvra
nie. Hulle sien mekaar nie dikwels nie. Sy is 'n ideale huurder.
Stil, netjies in die kombuis, sy't haar eie badkamer. Hulle loop

mekaar soms laatmiddag in die kombuis raak, wanneer sy vir haarself 'n koppie koffie maak. Al wat hy van haar weet, is dat sy 'n fotografiekursus in die Kaap kom doen het by die Skiereiland Kunsakademie. Hy het nie gevra om na haar portefeulje te kyk nie. Hou sy afstand. Ander dinge op die oomblik op die hart.

Is haar kamer groot genoeg vir haar om in te werk? vra hy.

O ja, sê sy. Sy't nog nooit soveel ruimte vir haarself gehad nie.

# Vyf

'n Paar dae nadat hy die poskaart van Viktor ontvang het, kom Niek laatmiddag terug van sy ateljee, waar hy die hele dag gewerk het. Toe hy by sy hek stilhou, kom 'n motor met getinte ruite stadig by hom verby, hou langs hom stil, 'n venster word afgerol, en 'n reeks obseniteite word Niek toegeslinger. Dan versnel die motor en ry weg.

Niek haas hom sy huis binne. Dit was onaangenaam. Hy het geen idee waarom hy op dié manier geteiken is nie. Die huis is vreemd stil. Hy het skielik 'n gevoel van voorbode. Sy huurder het gesê sy gaan die naweek weg, dalk is sy al terug. Sy't gesê sy gaan iewers foto's neem. Sy is saam met 'n vrou hier weg, 'n Desirée iemand, 'n lang, maer vrou met 'n tulband om haar kop. Nie baie vriendelik nie. In die kombuis is daar 'n koppie en 'n bordjie in die droograk (altyd versigtig – sy laat nooit 'n krummel iewers lê nie, was alles dadelik op na sy dit gebruik het). Dit beteken sy is terug.

Hy gaan besluiteloos in die gang staan wat lei na haar deur. Haar naweeksak staan in die gang en haar deur is op 'n skreef oop. Dit doen hy nie gewoonlik nie, maar hy loop na die half-oop deur. Hy klop sag, noem haar naam. Geen antwoord nie. Hy klop weer, harder. Geen antwoord nie. Hy maak die deur verder oop en loer by die kamer in.

Die gordyne is toegetrek. Charelle lê op die vloer, op haar maag, haar kop skeefgedraai, haar wang teen die vloer. "My God, Charelle," roep hy uit, en sak op sy hurke by haar neer, "wat het gebeur?!" Sy maak haar oë effens oop. 'n Bietjie bloederige spoeg loop by haar mond uit. Sy kreun. Geen bloed op die grond of op haar klere nie, sover hy kan sien. Sy dra pajamas, die een broekspyp het halfpad teen haar been opgeskuif (delikate enkel en kuit). Geen teken van enige uitwendige besering nie. Hy weet nie wat om te doen nie. Hy vat versigtig aan haar boarm. "Charelle," sê hy. Sy maak haar oë effens groter oop dié keer. Dit lyk nie of sy hom herken nie. Moet hy 'n ambulans bel? Dit lyk of sy normaal asemhaal.

Baie versigtig probeer hy haar ten minste op haar rug draai. Hy sit 'n kussing onder haar kop. Behalwe vir die bloederige skuim by haar mondhoeke lyk sy ongedeerd. Sy probeer regop sit. Hy help haar versigtig op, sodat sy op die stoel sit. Haar hare staan wild en stowwerig. Die plankvloer het 'n imprint op haar wang gelaat. Sy lyk steeds of sy hom nie herken nie.

"Wat het gebeur," vra hy, "het iemand jou seergemaak?" Sy lek haar droë lippe af. "Wag," sê hy, "ek kry vir jou water." Sy hande bewe toe hy die glas by haar mond hou. Haar oë beweeg traag na hom asof sy hom nie kan eien nie. Sy frons effens, haar oë vreemd slaperig ongefokus, en herken hom dan skynbaar ineens.

"Wat het gebéúr, Charelle?" vra hy toe sy 'n slukkie water geneem het. "Is jy okay?"

"'n Aanval," sê sy. "Ek ly aan epilepsie."

"My Here," sê hy. "En jy was alleen by die huis."

"Dis okay," sê sy. Sy praat so stadig, of haar tong 'n obstakel in haar mond is. Dit lyk asof sy pas nou weet wie hy is.

"Moet ek jou dokter toe neem?"

Sy skud haar kop. "Dis okay."

"Ek maak vir ons tee," sê hy, "vir die skok."

Sy knik.

Sy hande bewe steeds toe hy tee maak. Tee met baie suiker vir hulle albei. Hy het geskrik. Hy weet niks van epilepsie nie. Moet sy slaap, moet hy haar probeer wakker hou? Sê nou sy gaan in 'n koma?

Hy sit by haar. Hulle drink hulle tee. Toe sy klaar is, sê sy sy's moeg, sy gaan nou slaap. Sy slaap altyd na 'n aanval. Hy wil haar help om op die bed te lê, maar sy sê dis okay, sy's gewoond hieraan, sy sal regkom.

Hy gaan lê op sy bed. Onseker oor wat om te doen. Hy weet niks van epilepsie nie – miskien moet sy na 'n aanval nie alleen gelaat word nie.

Die aand hoor hy haar in die kombuis. Sy't 'n kamerjas aan, sy beweeg stadig, effens onvas, of sy die grond onder haar voete nie heeltemal vertrou nie. Hy spring haar voor; ek maak vir ons tee, sê hy, sit. Sy gehoorsaam. Hulle sit saam by die kombuistafel en tee drink. Vir die tweede keer vandag, dink hy. Eers sien hulle mekaar skaars, en nou drink hulle vir die tweede keer op dieselfde dag saam tee. Haar gesig is slaperig, haar oë steeds effens ongefokus, sy lyk of sy nog nie heeltemal by is nie. Daar is 'n bloukol op haar regterwangbeen en haar onderlip is geswel. Haar hare staan nog steeds wild krullerig.

"Is daar iets wat so 'n aanval veroorsaak?" vra hy.

Eers haal sy haar skouers op; enigiets, sê sy. Toe sê sy, stres. Toe sê sy: "Daar's iemand agter my aan. Ek dink hy was vanmiddag hier."

"Wie is dit?" roep hy ontstig uit.

"Iemand," sê sy. "Iemand wat nie nee kan vat vir 'n antwoord nie. Hy was hier met sy vriende."

"In 'n swart kar met getinte ruite?!" vra hy.

Sy skud haar kop. Sy weet nie. Sy't nie so opgelet nie. Hy was by die hek. Sy wou hulle nie laat inkom nie. Sy't genoeg gehad van sy nonsens. Toe't hy haar gedreig. Toe's hulle hier weg.

Hoe laat was dit?

Sy weet nie. Sy't nie opgelet nie. So vieruur se kant. Sy't pas by die huis aangekom. Desirée het haar afgelaai. Net haar goed neergesit. Sy't gesien Niek is nie hier nie.

En wanneer het sy die aanval gehad?

'n Rukkie later. Vyfuur of so.

Kanse is goed, dink hy, dat dit dieselfde fokkers is wat haar gepla het wat op hom gevloek het. Hulle dink dalk sy bly by hom, dat hulle lovers is of iets.

Sy't vroeër Saterdagmiddag al vreemd begin voel, sê sy, maar sy't haar nie eintlik daaraan gesteur nie, want sy't lanklaas 'n aanval gehad en die naweek was lekker.

Wie is Desirée? vra hy.

Sy's 'n vriendin van haar ouer suster. Sy ken haar al haar lewe lank. Hulle kom van dieselfde dorp. Sy gee klas by die universiteit, genderstudies.

En die man wat agter haar aan is?

Ag, dié is sommer 'n lastige klong. Dis iemand wat haar lankal fancy, al van skooltyd af. Maar sy wou nooit iets van hom weet nie.

Hy's nie dalk deel van 'n bende of so nie?

Miskien. Sy weet nie. Sy dink sy vriende is dalk skollies. Tikkoppe, party.

Skollies, gangsters, tikkoppe, wat is die verskil, dink hy. Alles beteken moeilikheid. Vir haar, en dalk vir hom ook.

"Jy moet versigtig wees," sê hy.

Sy knik.

Eers was sy net 'n meisie wat 'n kamer by hom gehuur het, en nou voel hy – teen sy sin – verantwoordelik vir haar veiligheid.

# Ses

TWEE DAE PER WEEK gee Niek klas by 'n klein privaat kuns-
skool net buite Stellenbosch. Hy los een van die dosente
af, 'n vrou wat skielik met siekteverlof moes gaan. Hy sou
kon aanbly in die huis in Stellenbosch nadat hy en Isabel
uitmekaar is, maar hy het die dorp en die huis beklemmend
gevind. Niks het hom meer daar gehou nie. Die huis is ver-
koop. Hy't die huis in Kaapstad gekoop; Isabel is vort. Hulle
was kinderloos.

Die studente is meesal kinders van vermoënde ouers. Hy
verwag nie veel van hulle nie; daar is selde 'n student wat hom
verras. Dis net 'n tydelike job wat hy doen. Sy hart is nouliks
daarin.

Die dag is laag. Dis warm. Die hitte duur nou onafgebroke
vir dae aaneen. Die afgelope dae is daar hewige bergbrande by
Stellenbosch en die Franschhoekvallei. Geen wonder die ge-
moedere van mense loop hoog nie: die verskriklike hitte, die
wind, die stakings oral, bloedige konfrontasies met die polisie,
openbare onrus.

Hy moet vandag sy studente te woord staan oor hulle
projekte. Sy eerste afspraak is met 'n jong mannetjie, een
van die min studente wie se werk hom interesseer. Die stu-
dent sit ineengedoke voor hom in sy stoel. Hy kyk deuren-

tyd na 'n punt voor hom op die mat. Praat met 'n monotone stem. Lang stiltes. Hy praat nie graag oor sy verlede nie, sê hy. Baie tyd op straat deurgebring. Wat hy wil oproep, is sy gelukkige kindertyd. Hy wil in verskillende mediums werk: skilder, teken, beeldhou, teks en films. Hy stoot stadig 'n lêer oor die lessenaar na Niek. Niek blaai daardeur: beelde van koplose seemeeue, hotelle met gebreekte vensters, 'n verlate sanatorium. 'n Foto van 'n klein wasbeeldjie van 'n kind, sy oë verseël met kopspelde. (As dit herinneringe aan 'n gelukkige kindertyd is, wil hy nie weet hoe die teendeel lyk nie.)

Hy is die hele dag ongeduldig met die studente. Die hitte is versengend. Die omliggende berge brand steeds. Hy dink hy ruik rook. Die veraf geluid van helikopters, van sirenes 'n ent weg in die dorp – brandweerwaens of ambulanse. Hy wil wegkom, hy wil in sy koel ateljee gaan werk. Hy't voorlopig genoeg van die studente gehad. Die meeste van hulle hoort nie hier nie, hulle het te min talent en hulle ouers te veel geld. Hulle weet nie wat hulle wil doen nie, hulle stel nie regtig belang nie, hulle is heeldag op hulle laptops en selfone en hulle praat soos barbare. Hy weet hy's bevooroordeeld, maar hulle lyk vir hom dom.

Die laaste student wat hy sien se hare is in 'n blonde nes op haar kop gestapel en sy dra swart shorts wat so klein is dat hy dink hy die vou van een van haar haarlose (waxed) skaamlippe kan sien. Skaamteloos. Maar nee, van skaamte of skaamteloos weet sy op die oog af ewe min – haar gelaat is so onbeskrewe, so oningevul, asof geen ervaring nog sy merk daarop gelaat het nie. Nie goed of sleg nie. Al ooit gepenetreer, wonder hy, daardie gladgeplukte kontjie? Sy's soos iets wat pas uit 'n eier gekruip het, waarvan die karapaks nog sag is. Hoewel mens met hierdie kinders nooit kan sê nie. Agter daardie vlak blik sit dalk 'n leeftyd van ervarings waarvan hy nie die geringste benul het nie.

Hoe oud sou sy wees, wonder hy, agtien, negentien? En wat beplan sy om te doen vir haar semesterprojek? vra hy. Sy weet self nog nie eintlik nie. Haar gelaatstrekke is reëlmatig, haar hare blond, haar ledemate slank en goed geproporsioneer. Liggaamlik perfek, sonder die geringste sigbare letsel of ontsiering. Is daar dalk 'n tema, 'n saak, wat haar na aan die hart lê (vra hy vermoeid). Hy moet homself maan om geduldig te wees, nie neerhalend te wees nie, nie sarkasties nie, gedúldig (die ouers betaal baie geld, die kind se gemoed is jonk en ontluikend, kwesbaar). Hy moet die skraal talent wat daar is probeer ontwikkel, wie weet wat blom daar dalk onder die regte – aanmoedigende – leiding.

Ja, sy wil miskien iets oor haar hondjies doen. Watse hondjies het sy? vra hy. Soos in miniatuurpoedeltjies, sê sy. Poedels, vra hy, of sóós in poedels? Soos in póédels, sê sy, met 'n geringe fronsie. (Soos in, wat is sy cáse? dink hy.) Waaraan het sy gedink? vra hy. ('n Plakboek dalk? Hy moet hom inhou, geduldig wees.) Dink sy in terme van 'n installasie, vra hy, 'n video dalk, 'n fotoreeks, en vanuit watter teoretiese invalshoek wil sy dit benader – ekokritiek, 'n analise van die dierediskoers wat nou so modieus is? (Hy weet hy moet ophou hiermee. Dis onregverdig, in haar oë sien hy 'n effense blik van distress, soos 'n hond in die water wat paniekerig die oorkantste wal probeer bereik. Hê meelewing! maan hy homself. Sy's 'n kind, sy's nie verantwoordelik vir die tekortkominge in haar opvoeding nie.)

Nee, sy weet nie eintlik nie. Verskuif ongemaklik op haar stoel, slaan die een bruin, gladgeskeerde been oor die ander. Sy dink nie so nie. Maar daar is iets ánders waaroor sy nogal sterk voel.

En wat is dit?

Satanisme.

Satanisme, sê hy.

Ja, sê sy, sy wil iets doen oor satanisme.

Watter aspek van satanisme, Karlien? vra hy. (Of is dit Karla? Hy kyk weer vlugtig na die naamlys voor hom.)

Sy't 'n foto in die *Huisgenoot* gesien, soos in by 'n plek wat hulle in Johannesburg ontdek het, nè? (Sangerige ritme, waar leer die kinders so práát?)

Hy sou haar wou wegstuur met die opdrag om te gaan kyk na die lewe en werk van Ilya Kabakov, na sy lewe onder die Sowjet-regime. Kyk of jy iets daarvan begryp, sou hy wou sê. Maar dit sou nutteloos wees, die kind is gebreinspoel, haar kop is vol clichématige frases, haar verbeelding gevorm deur Facebook images. Hy wil haar die opdrag gee om na alle afbeeldings van duiwels in die Middeleeue te gaan kyk, maar die kinders weet nie meer wat die Middeleeue is nie.

Bring foto's, sê hy, bring enige inligting, enige beeldmateriaal en dink aan 'n formaat.

*

Toe die gesprek met die meisie klaar is, besluit hy om iets in die dorp te gaan drink totdat die verkeer minder druk is. Die dorp is besig, hy sukkel om parkering te kry; dis warm, hy is geïrriteer.

Hy bestel koffie, kyk na die koerant. 'n Kort artikel oor die nuwe pous. Natuurlik is die portret van pous Innocentius pragtig, het Isabel gesê, 'n wonder, en ook die twee Vermeers, en die Halse, veral die Halse, dis van die min skilderye waarna sy nog met plesier kan kyk, maar sou dit 'n verskil gemaak het as sy dit nie gesien het nie? Hý kan hom nog verheug in wat die dag bied, het sy gesê, terwyl sý net dink dat sy aan die einde van hierdie dag 'n dag nader aan die einde van hulle reis is. Verheug, het hy bitter gesê, verheug in wat die dag bied, wat laat haar dit dink?! Sy's jammer, het sy gesê, jammer jammer jammer.

Iemand raak liggies aan sy skouer. Hy skrik so dat hy behoorlik koffie in sy piering mors, want vir 'n oomblik dink hy: Chris – Chris Kestell! (Chris, van wie hy toevallig die vorige nag gedroom het. Bitterbek Chris, vriend van Viktor Schoeman.) Die man het dieselfde langerige, olierige hare, dieselfde groot swartraambril en uilagtige blik. Net 'n oomblik duur die verwarring.

Is die plek oorkant hom geneem? wil die man weet. Die coffee shop is vol, Niek sit by die enkele lang tafel. Gee hy om, vra die man, as hy die plek oorkant hom neem? Weier kan Niek nie, hy's moeg en prikkelbaar, hy't nie lus vir praatjies maak met 'n vreemdeling nie, veral nie noudat hy vir 'n oomblik gedink het die kêrel is Chris Kestell nie.

Die man gaan sit oorkant hom. Niek hou aan koerant lees. Hy sien uit die hoek van sy oog hoe die man se hande bewe wanneer hy sy koppie koffie vashou. Hy skrik weer, want so het Chris se hande ook gebewe. Veral as hy die vorige nag meer as gewoonlik gedrink het, of besig was met een of ander heftige tirade (soos dikwels die geval). En nog meer as gewoonlik teen die einde. Net voor hy homself in-gedoen het. Vertrou op Chris Kestell vir 'n dramatiese exit. Pille en 'n klomp alkohol gedrink, 'n klip aan sy been vasge-maak, en homself in die dorpsdam hier bo verdrink. Ironies, want Chris wou nooit sy voet in water sit nie. Altyd op die wal gesit met 'n bottel drank, sy voetswam aan't vertroetel, en beledigings na die swemmers uitslinger. Hulle lustig vies-likhede toegeroep.

Die man hou hom dop, sien hy wanneer hy omblaai. Hy't duidelik lus vir gesels; Niek nie. Hy skuil agter sy koe-rant, maar sy sielerus is daarmee heen. Hy kan nie onge-stoord koffie drink wanneer hy weet iemand hou hom dop nie. Hy staan op, groet die man met 'n kopknik, betaal, en gaan uit in die blakende son. Dis nog te vroeg om te ry, die verkeer is steeds te druk. Hy gaan sit in die kroeg om die hoek, hoewel hy nie van die plek hou nie. Ten minste is dit koel hier binne. Solank die man hom nie volg nie, en waarom sou hy?

Maar waaragtig, kort voor lank kom die man die kroeg binne. Hierdie keer gaan hy 'n entjie verder sit. Niek draai sy rug op hom, maar kry tog die grieselrige gevoel die man hou hom dop. Hiervan hou hy niks.

Toe hy betaal het en by die kroeg uitgaan, is die man langs hom. Niek is vir 'n oomblik verblind deur die helder son. Die man neem hom aan die arm en sê: "Is jy séker ons het mekaar nie al iewers ontmoet nie?" Van nader is die ooreenkoms met Chris Kestell aansienlik minder as wat hy met die eerste oog-opslag gedink het. Die man het om mee te begin nie Chris se spottende, ironiese blik nie. Hy lyk verwilder en sy een oog dwaal soekend buitentoe. Meer as net soetskeel. 'n Bietjie weersinwekkend. "Nee," sê Niek, "ek is seker daarvan ons het nog nie vantevore ontmoet nie." Hy groet kortaf en begin vinnig aanstap na waar sy motor geparkeer is. Die man bly op 'n drafstap langs hom. "Woon jy op die dorp?" vra hy. "Nee," sê Niek, nou seker daarvan dat die kêrel 'n skroef iewers los het. Indien nie selfs 'n raps vertraag is nie. "Nee," sê Niek, "as jy my sal verskoon." Daarmee versnel hy sy pas en laat die man hopelik agter.

*

Marthinus het hom genooi om na werk 'n bier te kom drink. Marthinus sit op die stoep toe hy aankom. Hy kom Niek tegemoet met 'n beker tee in die een hand en 'n sigaret in die ander. Pragtige uitsig van hier oor die stad.

Hy vertel vir Marthinus dat sy huurder gister 'n epileptiese aanval gehad het.

"Toe ek gister by die huis kom," sê hy, "tref ek haar op die vloer in haar kamer aan."

"Ag nee!" roep Marthinus uit. "Jy moet met haar praat, mense gaan in altered states voor so 'n aanval."

"Die punt is," sê Niek, "dat iemand haar kort vantevore gedreig het. Iemand wat haar al lank in die oog het en met wie sy niks te doen wil hê nie. Toevallig het daar gister 'n kar langs my stilgehou toe ek by die huis kom en iemand het die venster afgedraai en my vieslik uitgevloek."

"Dit klink nie na toeval nie," sê Marthinus. "Jy moet waaksaam wees. Hou jou oë en ore oop. Ek het kontakte. Mense wat weet wat in die omgewing aangaan. Ek kan by hulle uitvind."

"Het jy vir Chris Kestell geken?" vra Niek.

"Ek het!" sê Marthinus. "Was hy en Viktor nie kop in een mus nie?"

"Hulle was vriende, ja," sê Niek. "Terloops," sê hy, "'n man het my vandag in die dorp voorgekeer – eintlik eers agtervolg. Toe ek hom die eerste keer sien, dag ek hy's Chris se dubbelganger. Maar van nader toe tog nie soveel nie. Dit was nogtans grillerig."

Marthinus staan op. "Ek wys jou iets," sê hy. Hy kom terug met 'n klein boekie. "Kyk wat ek gister toevallig by 'n tweedehandse boekwinkel raakgeloop het. Kýk!" sê hy, en steek 'n sigaret aan, "kyk wat staan voorin geskryf."

Niek kyk. Die titel is *'n Bybels-maatskaplike regverdiging vir rasse-segregasie in Suid-Afrika*, deur professor J.G. Kestell, hoogleraar in Ou-Testamentiese Eksegese, asook Moderator van die NG Kerk van Suid-Afrika. Voorin staan geskryf: *Vir Christiaan Gerhardus Kestell, van sy oupa, C.G. Kestell. Eer jou God, jou ouers, jou leiers en jou nasie, en jy sal altyd wandel in die lig van geregtigheid.* Daaronder, in 'n groot geronde kinderhandskrif: *Hierdie boek behoort aan Christiaan Kestell*, en die datum: *15 Julie 1966.*

"Wat sê dit vir jou oor die kinderjare van Chris?" sê Marthinus.

"Die kinderjare van Chris," sê Niek, verwonder.

"Kan jy dink wat so 'n patriargale opdrag moet doen aan die gees van 'n intelligente, sensitiewe kind, iemand wat op sy eie die status quo al begin bevraagteken het? Om dan met hierdie waansin gekonfronteer te word? Sy oupa was 'n predikant, sy pa was 'n predikant. Albei bankvas agter apartheid."

"Ek het gedink Chris het seker iewers 'n slegte knock gevat," sê Niek floutjies.

"Maar presies!" sê Marthinus. "Hier het jy al 'n moont-like sleutel tot Chris se diep psigiese verwonding. Om van sy groot ongedefinieerde woede nie te praat nie."

"Mens kan dit seker so sien," sê Niek, nie seker of die hele Chris-ding hom op die oomblik interesseer nie. Hy kyk na die inhoudsopgawe, blaai deur die boekie. Een van die hoofstukke is "Apartheid as roeping, die verantwoordelikheid van die Sterkere teenoor die Swakkere". Daar is onderafde-lings soos "Binne- en Buite-egtelike bloedvermenging", en "Die insypeling van nie-blanke bloed". In die slotbeskouing word rasse-apartheid gesien as die taak van die blanke ras, en sou dit nie gebeur nie, sal rasse-verbastering die gevolg wees.

"Jy's seker reg," sê hy vir Marthinus, "dié soort ding kan 'n gevoelige kind seker 'n lewenslange knou gee."

*

Toe hy by sy straat indraai, sien Niek 'n swart motor stadig voor sy huis verbyry. Dit lyk vir hom verdag baie na die motor waaruit daar op hom gevloek is. Hoewel hy met geen seker-heid kan sê nie. Hy haas hom na binne. Hy tref Charelle in die kombuis aan. Sy is besig om tee te maak.

"Was hier iemand?" vra hy.

Nee, sê sy verwonderd. Sy't 'n rukkie gelede by die huis aangekom en hier was niemand nie. Kan sy vir hom ook 'n koppie tee maak? Hy sak verlig op 'n stoel by die kombuistafel neer. Hy voel ineens behoorlik aangedaan deur hierdie gebaar van haar.

Hy hou haar dop terwyl sy tee maak. Sy is vir hom mooi. Sy het donker oë en donker wenkbroue, en 'n groterige neus en 'n besliste mond en haar tande is oneweredig. (Geld vir ortodontiese werk was daar seker nie.) En dan die sagte, welige, digte bos krullerige hare. Delikaat gebou. Hy hou gewoonlik van meer robuuste vroue, maar sy is vir hom mooi. Wonderbaarlik dat 'n volwassene (hy neem aan sy is ouer as agtien) sulke smal kinderpolse kan hê. Hy is dankbaar, ontroer dat hulle so saam aan die kombuistafel kan sit en tee drink.

Hy wil haar nie met vrae bestook nie, maar daar is heelwat wat hy nie van haar weet nie. Hy het nog skaars 'n behoorlike gesprek met haar gehad sedert sy hier kom woon het. Hy wil nie indringerig wees nie, hy wil die nuwe gemeensaamheid waarmee hulle hier sit, nie versteur nie. Sy is skaam, hy wil haar allereers gerusstel.

Hoe vind sy haar kursus?

Sy hou daarvan. Dis baie opwindend.

Het sy werk om vir hom te wys? (Onmiddellik spyt dat hy dit gevra het. Éintlik wil hy so min as moontlik by haar lewe betrek wees. By énigiemand se lewe.)

Sy sal graag vir hom wys. (Haar gesig verkleur effens. 'n Donker blos.) Sy sal haar portefeulje bymekaar kry. Hy sien dat sy nie heeltemal op haar gemak is nie. Hy staan op om nog tee te maak, toe die deurklokkie lui. Eers oorweeg hy om dit te ignoreer. Hy wil hulle gesellige samesyn nie onderbreek nie. Maar die klokkie lui weer. Twee keer. Nadruklik. Hy staan op. Toe hy die voordeur oopmaak, is daar niemand buite by die hek nie. Hy sit die stoeplig aan. Maak die voordeur weer toe. Hoe het die persoon wat die klokkie gelui het, dit reggekry om so vinnig te verdwyn? Hy hou nie hiervan nie.

Hy gaan terug in die huis. "Niemand," sê hy. Sy sê niks. Kyk af na haar hande.

"Hierdie man wat jou agtervolg," sê hy, "is hy in staat om . . . het jy rede om bang te wees vir hom?"

Sy haal haar skouers op. Sy weet nie. Sy dink sy vriende is 'n slegte invloed. En hy's ook lekker deurmekaar in sy kop. Maar sy weet nie. Dit hang af met wie hy saam uithang.

Op watter manier is hy deurmekaar in sy kop? vra hy.

Hy't al van skooltyd af hierdie ding oor haar, maar sy't nooit in hom belanggestel nie. Hy't Kaap toe gekom om werk te soek. Maar sy dink nie hy't al werk gekry nie. Sy dink hy hang nou met tikkoppe uit.

Het sy al met hom gepraat?

Nie eintlik vandat sy hier is nie. Net die een keer voor sy die aanval gehad het.

Wat het hy toe gesê?

Hy't haar gedreig. (Sy kyk af. Onwillig om te praat.)

Waarmee?

Hy't gesê sy sal nie wegkom nie. Hy sal agter haar aankom totdat sy met hom saamgaan. As sy nie wil nie, sal hy haar laat betaal.

"Jy kan hom nie by die polisie aangee nie?" vra hy.

Sy skud haar kop. "Hy't nog niks gedoen nie," sê sy sag.

"Moet jy nou eers wag totdat hy iets doen?!" vra hy.

Sy haal weer haar skouers op.

Die gesellige sfeer tussen hulle is verbreek. Kort daarna gaan sy na haar kamer. Hy bly alleen agter by die kombuistafel. Onrustig en onbehaaglik. So het hy in New York ook by die tafel in hulle apartement gesit. Isabel het elke oggend gehuil. Smiddae het sy nie gepraat nie. Hy was later bang vir haar, so verbete desperaat was sy in haar blou kamerjas. Hulle het oomblikke van swygsame gemeensaamheid gehad op die moltrein, in strate onderweg na museums, maar die opwinding van New York het grotendeels aan hulle verbygegaan. Daar het 'n stroefheid oor hom gekom. Desondanks het hy haar nog steeds by tye begeer. Intens begeer. Hy wou haar blou kamerjas oopslaan en haar stook soos 'n vuur. Totdat sy spontaan in vlamme uitbars en hulle albei daardeur verteer word. In die museums het net die Oosterse kuns hom nog aangespreek. Die delikate hand van Jizõ se *Bodhisattva Ksitigarbha* uit die twaalfde of dertiende eeu. Die elfdeeeuse Bodhisattva uit die Noordelike Song-dinastie met sy regop rug en trotse, verlig-verrukte gesigsuitdrukking. Vir die Westerse kuns het hy met enkele uitsonderinge geen ooghare meer gehad nie. El Greco se *Gesig op Toledo* en portret van die kardinaal; Jeff Koons se werk (Ilona se trim klein poephol).

Laterig die volgende middag koop hy – vir die eerste keer in weke – uitgebreid kookbestanddele. Vanaand kook hy. Hy wil Charelle vra of sy saam wil eet. Hy't lanklaas ordentlik gekook en hy is 'n goeie kok. Hy maak 'n groen Thai-kerrie. Die kombuis raak gevul met verlokkende geure. Die ruite raak toegewasem. Die ongewone hitte is gebreek. Dit het skielik begin reën. 'n Goeie dag vir kerrie. Hy wil haar nie amptelik nooi nie, bang hy skrik haar af. Hy sal die kans waag. Dalk kom sy nie eens terug nie, of het sy ander planne, hoewel sy tot dusver nie dikwels saans in die week uitgegaan het nie. Nie dat hy eintlik voorheen so opgelet het nie.

Sy kom vroegaand terug. Wakker oë, oplettend. Hoe het sy hier gekom? Met 'n taxi, sê sy, en toe 'n paar blokke gestap. Op haar wange weer die dieprooi blos (van die vinnig stap, van opwinding?), en fyn waterdruppels in haar digte bos krulhare. Hy nooi haar om saam te eet, hy't kos gemaak, sê hy, sy kan net sowel. Eers lyk sy effens onseker. Maar sy laat haar ompraat. Saam sit hulle in die opgewasemde kombuis. Hy en die kind met die dun bruin polse soos Tamar in die Bybel. (Kind?) Afgesluit van die wêreld, en veilig, terwyl hulle hier sit. Sy eet. Sy moet honger wees. Hy't nog nie vantevore nagedink waarvan sy eintlik leef nie, want in die yskas is daar nouliks enigiets: af en toe 'n bakkie jogurt, 'n plakkie kaas, 'n houertjie met goedkoop margarien. Hy vra haar uit oor haar familie aan die Weskus. Wanneer sy begin foto's neem het. Hulle drink wyn en sy praat makliker as vantevore. Sy't op hoërskool al begin foto's neem, universiteitstudente het as deel van 'n projek vir die skoolkinders klein kameras gegee. Sy was van die begin af mal daaroor. Sy't alles afgeneem, voor die voet. Meesal die mense van die dorp. Die begraafplaas. Die landskap. Stadigaan het sy meer gewaag. Voor sy weg is uit die dorp het sy 'n reeks selfportrette in vreemde kontekste gemaak. Sy't baie nuwe idees – die idees kóm net. Sy geniet haar kursus by die kunsskool – dis uitdagend, en die ekstra joppie wat sy doen, is nie te bad nie. Sy help twee middae 'n week in 'n vriendin se haarkappersalon. Doen kliënte se naels en so. (Tot sy skande het hy nooit eens gevra wat sy doen nie.) Sy's nou al twee jaar in die stad, maar dis haar eerste jaar by die kunsskool. Sy't hard gewerk om daarvoor te spaar. Haar vel is merkwaardig sag, letselloos soos dié van 'n meisie voor puberteit. Hulle praat nie oor die kêrel wat haar teister en dreig nie, maar dis daar, die gegewe is daar tussen hulle. Hy is seker sy voel dit ook aan.

Die volgende dag is daar by hom 'n vreemde opwinding. Hy gaan die aand weer kook. Dalk kan hulle nou meer dikwels saans saam eet. Op dié manier kry sy darem elke dag 'n behoorlike, voedsame maaltyd in.

Hy beplan die spyskaart noukeurig. Hy stap met 'n ligter tred; die studente irriteer hom minder. Hy vind selfs die meisie wat oor satanisme wil werk, minder belaglik. Hy's geduldig met haar, al lyk dit nie eintlik of sy rigting kry nie. Hy begin selfs dink dat sy iets met die installasie-projek kan doen. Hy is ondersteunend. In so 'n mate dat hy in 'n onbewaakte oomblik agterkom dat sy hom stip dophou, iets wat sy nog nie vantevore gedoen het nie. Dalk dink die kind hy wil haar verlei – hoe sal hy ook weet wat in daardie kop aangaan. Dink dalk hy wil haar plattrek op die luiperd-velkombers wat sy in haar installasie wil gebruik (gebaseer op 'n *Huisgenoot*-foto van 'n "satanis-hool" wat in 'n verlate mynskag aangetref is), onsedelike dade met haar pleeg. Die kinders word seker deesdae uitvoerig teen pedofiele gewaarsku.

Hy maak die aand 'n geurige hoendergereg. Uit die boonste rakke, dink hy. Charelle eet geredeliker saam. Hulle drink weer wyn en sy gesels nog vryliker as die vorige aand. Is Charelle 'n familienaam? wil hy versigtig weet. Nee wat, sê sy, bruinmense is lief vir fancy name. Dis bietjie van 'n mode, name soos Lisché en Shinique en Izona. Watse soort mense is haar ouers? vra hy. Sy trek haar skouers op. Eenvoudige dorpsmense. Konserwatief. Gelowig. En sy? Sy trek weer net haar skouers op. Maar sy glo wel in die duiwel? Sy lag net, skud haar kop ontkennend. Hulle praat oor die kuns waarvan hulle hou. Sy is duidelik gretig om soveel as moontlik van tydgenootlike kuns te wete te kom. (Anders as sy blasé, trae studente by die kunsskool.) Sy het 'n manier om haar wenkbroue te lig wanneer sy geesdriftig oor iets praat. (Teen die einde was Isabel se wenkbroue soos twee gekruiste swaarde – bleek, soos haar hare.) Hy vertel haar van Ilya Kabakov, na wie se werk hy die afgelope tyd met hernude aandag kyk. (Tot sy spyt was niks daarvan in New York te sien nie.) Sy luister met belangstelling; wakker oë. Hy vra haar uit na haar jeug. Haar pa het eers in Klippiesbaai in die kreeffabriek gewerk, sy's op die dorp gebore, maar later is hulle Veldenburg toe, waar hy nou by 'n houtsaak werk. Sy't daar skoolgegaan, op die dorp. Maar sy't vroeg geweet sy wil meer hê in die lewe. Sy wil 'n kunsfotograaf wees. Dis haar doel met haar opleiding. Het sy baie vriende in die stad gemaak? Nee wat, sy's eintlik maar 'n alleenloper. En die man, die kêrel wat haar so lastig val? Hy't eers begin van die jaar in die Kaap aangekom.

Hy maan homself om nie met haar te familiêr te wees nie, om 'n betaamlike afstand te behou. Die volgende twee aande eet hulle weer saam. Sy wys haar portefeulje vir hom. Hy is beïndruk. Verrassend, dat hierdie meisie, wat in 'n klein Weskusdorpie grootgeword het, met waarskynlik geen behoorlike skoolopleiding nie en seker tot dusver beperkte blootstelling aan internasionale kuns, met werk vorendag kom wat so vars is. Soos Cindy Sherman plaas en fotografeer sy haarself in allerlei kunsmatige situasies. Een van hierdie selfportrette is geneem in 'n slaghuis, met meters wors om haar kaal lyf gedrapeer. (Dit skok hom, moet hy

49

erken.) Hy moet haar nie onderskat nie – delikate polse of te not, sy's waagmoedig, gefokus, en ambisieus. As sy kan deurdruk, kan sy met haar natuurlike talent en vindingrykheid ver kom.

# Sewe

LAATSOMER WORD HERFS. Dit reën. Dit raak geleidelik koeler. Hy is twee dae per week by die kunsskool. Die res van die tyd bring hy in sy ateljee deur. Dis nie 'n ruimte waarvan hy baie hou nie, hy huur dit tydelik, hy moet begin uitkyk vir iets anders. Hy werk aan figure wat hy uit hout kerf – eenvoudige, gestileerde figure, met vreemde koppe: soms dié van diere, soms dié van mense. Soms staande, soms knielend, met vergrote genitalieë. Soms selfs met sterte, grynsend, met grimasse. Dit is al 'n hele paar jaar dat hy nie meer skilder nie, net kerf, en teken. Hy is by sy galery bespreek vir 'n uitstalling volgende jaar.

In die weke na Charelle se epileptiese aanval kom Niek in die gewoonte om minstens twee keer per week saans en dikwels ook oor die naweek vir hulle te kook. Hy vra haar uit na die kêrel wat haar gedreig het. Nee, sê sy, hy agtervolg haar nie meer nie. Sy't hom lanklaas gesien. Sy weet nie waar hy nou uithang nie. Maar met hom sal sy die vrede nooit heeltemal vertrou nie – hy's swak van inbors. Wat bedoel sy? vra hy. Nee, dit sal haar nie verbaas as hy ook kriminele neigings het nie. Sy het dit al van ver sien kom. Van skooltyd af. Niek sien ook nie weer enige verdagte motors voor of in die omgewing van die huis nie, en daar is nie 'n herhaling van die vloek-insident nie.

Dis al heelwat koeler, en hy vind die aande saam met Charelle gesellig in die warm, opgewasemde kombuis. Hy begin uitsien hierna. Hy doen moeite met die kos. Hy dink sy raak geleidelik meer op haar gemak met hom. Hy vind haar skerp, gevat; hoe meer sy op haar gemak met hom raak, hoe meer waag sy – hy terg haar oor die duiwel, en sy terg terug. Sy is vir hom mooi. Ongewoon, met die smal polse en die groot gelaatstrekke – die donker oë en die digte, warm hare. Hoewel nie sy tipe nie, is sy vir hom sexy. Sy begin hom versigtig uitvra oor sý lewe, oor sy werk. Hy vertel nie veel nie. 'n Bietjie oor Isabel. Oor die reis na New York. Hy vertel haar waarmee hy besig is, maar neem haar nie na sy ateljee nie. Miskien later. Hy is versigtig. Wanneer sy 'n boek nodig het, bring hy dit soms vir haar van die kunsskool af. Sy vertel hom van haar kindertyd en van haar skooldae. Toe sy tien was, is hulle na Veldenburg, haar pa het daar 'n beter werk gekry. Toe sy op vyftien begin foto's neem het, wou sy álles in haar omgewing dokumenteer. Sy't die jong mense afgeneem in die township, buite die dorp. Sy't sommer goed afgeneem soos mense se agterplase, en die kos op hulle tafels, alles waarop haar oog geval het. Sy't graag in die begraafplaas foto's geneem van al die nuwe grafte wat daagliks bygekom het. En van die swanger meisies wat hand om die lyf staan met hulle vriendinne (nooit 'n vader in sig nie). En van die jong ma's met hulle babas – die meisies vir wie sy jammer was, want as hulle eers 'n kind op die heup het, is hulle lewens daarmee heen. Sy is drie-en-twintig. (Ouer as wat sy lyk.) Sy't 'n paar jaar op die dorp gewerk om geld te verdien voor sy Kaap toe gekom het. Hulle praat dikwels oor kuns. Dit gaan goed met haar by die kunsskool. Sy's bly sy doen die kursus. Dit was 'n goeie besluit. Sy hou ook baie van haar kamer. Sy het nog nooit soveel ruimte vir haarself gehad nie, sê sy weer. Soms voel sy skuldig daaroor, maar sy kla nie. Sy het gedink sy't haar epilepsie ontgroei – sy neem al lank nie meer medisyne daarvoor nie. Sy't haar so geskaam, sê sy, nadat hy die dag so op haar afgekom het. Nee, sê hy, nee, dit moet sy nóóit voel nie. Hy aarsel om haar te vra of sy al in 'n ernstige verhouding betrokke was. Hy is bang sy sal dit dalk verkeerd interpreteer. Maar sy sê self 'n keer dat toe sy na skool 'n verhouding met iemand gehad het, die kêrel wat haar nou agtervolg bitter jaloers was.

Sy vertel hoe miserabel sy die eerste paar weke in die Kaap was. Hoe sy haar ouers en die vertroude omgewing van die dorp gemis het. Obs het vir haar gevaarlik gevoel, die straatjies was so nou. Sy't nooit geweet van waar sy gevaar te wagte moet wees nie. In Main Road en oral het die gedurige getoeter van die taxi's haar ontsenu. Die berg het sy eers later mooi begin vind. Maar sy hou nog altyd meer van die Weskus en omgewing.

Isabel is altyd daar, wanneer hy en Charelle in die kombuis eet. Knaend, onder die oppervlak – altyd nét buite sy gesigsveld, sy veld van bewussyn. Hy dink daaraan om 'n beeld te maak, 'n soort harpy-agtige figuur, met die liggaam van 'n voël en die kop van 'n vrou, wat balanseer op die rand van 'n kom, of 'n skottel, waarin sý kop, so groot soos 'n hoendereier, lê.

Afgesien van sy sketsboeke, waarin hy elke dag teken, begin hy weer op groot velle papier van 150 x 75 cm werk. In sy tekenboeke teken hy verlengde figuurtjies, brandende figuurtjies, figuurtjies met afgekapte ledemate, met varksnoete, skedelagtige koppe, comic-ogige koppe en bolwange, bakke-baarde − almal op een of ander manier verwring. Hy teken skedels en kruise, doodskiste, gloeiende kole, vlamme en duiwels − al die rekwisiete en parafernalia van die hel − geïnspireer deur die Middeleeuse afbeeldings daarvan. Maar op die groot velle papier verwring hy nie die figure nie. Op 'n groot, bar vlak teken hy talle mansfigure wat mekaar op verskillende maniere gewelddadige dinge aandoen: skiet, met stokke slaan, begrawe, versmoor, martel, ophang, en soms selfs teregstel. Nie 'n boom, struik, plantjie of grasspriet op hierdie groot vlak nie, net die mans wat mekaar gewelddadig leed aandoen, op enige denkbare manier.

Soms drink hy laatmiddag, nadat hy heeldag in sy ateljee gewerk het, saam met Marthinus 'n bier. Marthinus nooi hom dikwels om saans saam DVD's by hom aan huis te kyk, maar Niek doen dit net wanneer hy die aand nie vir hom en Charelle kook nie. Hy en Marthinus kyk onder meer na *Aguirre, the Wrath of God* (met crazy Klaus Kinski − skynbaar een van Marthinus se helde). Hulle kyk na enkele klassieke meesters van die Japannese filmkuns. *Woman in the Dunes* en *Ran* maak 'n groot indruk op hom. Eersgenoemde het hy al vantevore gesien, maar om een of ander rede is dit vir hom pynlik om nou daarna te kyk. Dit het iets te doen met die tekstuur van die vrou se vel. Hy is dae daarna nog onder die indruk van die sfeer van die twee films. Na afloop het Marthinus gewoonlik heelwat te sê oor die DVD's. 'n Intense man, wat geesdriftig reageer op alles wat hom interesseer.

Karlien, die student wat die satanisme-projek doen, se ouers kom spreek hom een oggend. Die ma is klein, blond, sexy, bruingebrand, geklee in 'n perdryuitrusting. Welige wimpers, kwistige maskara. 'n Trophy wife? Die pa lyk vir Niek bekend, een of ander big shot-besigheidsman. Hy dra 'n sportbaadjie en ruik na drank, elfuur in die oggend. Die ma doen die praatwerk. Die pa lyk verveeld, kyk kort-kort op sy horlosie. Hulle is bekommerd oor Karlien. Hulle hou nie van die idee dat sy haar met satanisme besig hou vir haar projek nie. Hulle dink nie dis 'n gesonde belangstelling nie. Hulle dink dit kan haar dalk op die verkeerde pad bring. Kuns is haar lewe, dis haar droom, die groot belangstelling in haar lewe, behalwe perdry. En haar hondjies. Sy is vasberade om dit nog ver te bring in die kunswêreld. (Dis vir Niek nuus.) Hulle is bekommerd oor haar, want by die huis kon hulle nog 'n oog oor haar hou, maar sy't 'n tydjie gelede saam met 'n vriendin in 'n woonstel in die dorp ingetrek. Niek weet nie hoe om te reageer nie. Die ma lyk nice genoeg, maar die pa lyk soos 'n behoorlike bastard. Van die soort wat dink kuns is 'n mors van tyd.

*

Charelle vertel hom een aand van die eerste dag toe sy in die Kaap aangekom het twee jaar gelede. Sy't 'n lift uit Veldenburg gekry saam met iemand, dit was koud vroeg die oggend toe hy haar in Kaapstad aflaai. Sy't sleg period pain gehad (hy is onkant gevang deur dié intieme mededeling), en sy was bang vir die berg. Sy wou nie daarna kyk nie. Die berg was oral. Sy sou tydelik in 'n vriendin se kamer in 'n huis bly, totdat sy haar eie plek gevind het, terwyl die vriendin oorsee was. Die huishulp het haar ingelaat. Sy't gesê sy moet solank in die kombuis sit. Later het sy iemand hoor inkom. Die persoon het by die voorste kamers ingegaan, die deur toegemaak, en verskriklik begin huil. Sy het verskrik by die kombuistafel bly sit. Later het die meisie uitgekom en by haar in die kombuis kom sit. Haar ouers se hond is besig om dood te gaan, het sy gesê, en vir hulle tee gemaak.

Niek is te alle tye versigtig. Nie 'n woord, nie 'n gebaar wat haar moontlik onder 'n verkeerde indruk kan bring nie. Hy sorg dat hy nooit te veel omtrent homself sê nie. Hy behou sy afstand. Dis net in die kombuis waar hulle ooit bymekaar is – nooit enige ander plek in die huis nie. Die enkele uitsondering is die dag toe sy die epileptiese aanval gehad het, toe hy by haar kamer ingegaan het. Soms kom die vrou met die tulband haar vir die naweek oplaai, en een of twee keer besoek sy haar ouers in Veldenburg. Sy laat hom altyd weet as sy die naweek weggaan.

*

Een Saterdagoggend in die middel van April klop Marthinus douvoordag aan sy deur. Hy dra 'n mus en army-jas. Hy blaas op sy hande en stamp sy voete. Dis 'n koue oggend. Niek kyk oor sy skouer, verwag half om 'n vark op Marthinus se hakke te sien. Niek nooi hom binne. Hulle sit by die kombuistafel. Niek maak vir hulle tee.

"Het jy gesien?!" vra Marthinus.

"Wat?"

"Die nuus."

"Nee, wát?" Hy't lanklaas televisie gekyk. (Die afgelope tyd saans te besig met kos voorberei.)

"'n Mislukte sluipmoordpoging op 'n besigheidsman in die omgewing van Moorreesburg. 'n Onbekende man en drie

56

ander persone is onder verdenking. Die polisie is op soek na hulle."

"So? Niks ongewoons hieraan nie."

Mag hy rook?

Sure.

"Nee, op die oog af nie!" sê Marthinus en blaas die vuurhoutjie dood. (Wat 'n geesdriftige man is dié tog. Hy herinner Niek aan 'n neef van hom, sy pa se oudste broer se een seun. Altyd vol ingewings.) "Nee, maar wag hiervoor – die ander drie persone is ontsnapte psigiatriese pasiënte!"

"So?" sê Niek.

"Ek het 'n gevoel Viktor Schoeman het iets hiermee te doen – mark my words!"

"Hoe kan jy so sê?" vra Niek verbaas.

"Nie jou gewone besigheidsman nie – hy's ook 'n kunsversamelaar. The plot thickens!" roep Marthinus uit.

"Op watter manier, Marthinus? Ek sien geen plot hier nie. Ek sien net 'n paar toevallighede." (Sou Charelle al op wees? Hy't nog niks gehoor nie. Miskien is sy skaam om in die kombuis te kom as sy hoor hier is iemand. Hy't haar nie gisteraand hoor inkom nie. Maar hy was self 'n rukkie uit.)

"Viktor is onder bedenklike omstandighede uit Engeland weg. 'n Saak met skuldeisers of iets dergeliks. Hy's in geldelike nood," sê Marthinus, "en hy het 'n kunsagtergrond."

Niek wonder vlugtig of Marthinus nie dalk na te veel DVD's gekyk het nie. "Hoe weet jy dit alles?" vra hy. "En Viktor was in elk geval nog altyd in geldelike nood, vandat ek hom ken. Dis ook niks nuuts nie."

"'n Vriend van Alfons het kontak met iemand wat kontak met Viktor het."

"Dit bewys nog niks."

"Kyk," sê Marthinus, "onthou jy die deel in *Vlakwater*," en hy skuif vertroulik nader, "waar 'n groep ontsnapte psigiatriese pasiënte rondswerf en amok maak? Presies dít — ontsnapte psigiatriese pasiënte! Kan dit toevallig wees?! Hulle is 'n soort roofbende wat verwoesting saai waar hulle gaan. Hulle hoof-kwartier is 'n kamer agter in 'n lykhuis. Die leier lê snags agter so 'n groen plastiekgordyn wat sy bed van die opgebergde doodskiste skei, en hy scheme. Hy scheme 'n hond uit 'n bos. Briljánt! Interne monoloog op interne monoloog! Briljánt! Portret van 'n paranoïede skisofreen waarop Dostojefski trots sou wees! Ek het nog altyd gedink dis een van die mees ver-stommende dele in die roman."

(Niek onthou die toneel vaagweg. Hy't nooit *Vlakwater* enduit gelees nie, hy was in dié tyd te afgepis met Viktor.)

"Skiet die man nie die ander en dan homself nie?" vra hy. (Hy's ongeduldig, hy wil eintlik nie hierdie gesprek hê nie. Hou sy ore gespits vir enige geluid in die gang.)

"Ja. O Here. 'n Toneel wat my nogal aan *Salammbô* van Gustave Flaubert laat dink het. Staties. Byna slow-motion. Maar magistraal. Gruwelik barbaars, die geweld daarvan."

"Viktor het nooit weggeskram van die uitbeelding van ge-weld nie," sê Niek droog.

"Nee! Hy het nie! Geweld is sy medium. Dis sy natuurlike taal!"

"Jy sou dit nooit sê as jy na hom kyk nie," sê Niek. "Hoe-wel. Dis seker nie toevallig dat hy soos William Dafoe in een of ander skurkagtige rol lyk nie."

"Ja-nee," sê Marthinus. "David Lynch en Tarantino is ook so in sy kraal."

"Blinky kon hom nie verdra nie."

"Nie?! My maggies, nè."

"Hy't gedink hy's 'n poseur."

"'n Poseur, nè? Ja, hy het nogal 'n voorliefde gehad vir die geaffekteerde gebaar. En weet jy wie was sy helde?!"

"Nee," sê Niek.

"Brigadier Theunis 'Rooi Rus' Swanepoel, en die Dalai Lama." Hy steek nog 'n sigaret aan. Sy tee is seker al yskoud, maar hy drink dit nog met ewe veel smaak.

"Ewentwel," sê Marthinus, "ek is bereid om my kop op 'n blok te sit dat Viktor agter die ontsnapping én die sluip-moordpoging is. Dis dáár, dis alles daar in sy romans!"

"So?!" roep Niek uit. "Sy romans kan tog geen basis wees vir so 'n aanname nie!" Hy is ongeduldig. Hy is nie meer in die bui vir Marthinus se vergesogte vermoedens nie. Dis reeds tienuur. Charelle slaap nooit so laat nie. Moet hy vir haar gaan sê dis okay, sy kan maar kombuis toe kom, sy't seker al lus vir 'n koppie tee?

"Wag en kyk," sê Marthinus. "Dis een honderd persent Viktor se soort scenario."

"Van waar het die pasiënte ontsnap?" vra Niek.

"Een of ander hoësekuriteit- psigiatriese hospitaal in die omgewing van Moorreesburg. Net die mees ekstreme gevalle kry jy daar. Die regtig swaar versteurde ouens. O Here, dit pas so in Viktor se kraal! Hoe afwykender, hoe beter."

Marthinus drink sy tee klaar. Rook nog 'n sigaret. Dan moet hy (gelukkig) iets by die huis gaan doen, die varke gaan versorg of wat ook al.

Wat moet hy doen? wonder Niek. Om nou aan Charelle se deur te gaan klop, neem dit miskien 'n bietjie te ver. Sy kom dalk uit sodra sy nie meer stemme in die kombuis hoor nie.

Elfuur klop hy sag aan haar deur. Geen antwoord nie. Hy roep haar naam en klop harder. Geen antwoord nie. Teen sy beterwete maak hy die deur versigtig oop. Sy is nie daar nie. Haar badkamerdeur is oop. Niemand daar nie. Haar tandeborsel is nog daar. Haar kamer is netjies, soos altyd, die bed opgemaak. Haar naweeksak is bo-op die hangkas. Hy het haar nie gisteraand hoor inkom of vanoggend hoor uitgaan nie. Waarom is hy ontsteld – sy's hom geen verduideliking van haar kom en gaan skuldig nie.

Hy het 'n afspraak in Woodstock om na 'n ander moontlike ateljeeruimte te gaan kyk. Hy moet die ateljee wat hy in Observatory huur binnekort ontruim. Hy't te lank uitgestel. Hy was nie lus vir die ontwrigting nie. Hy't geen verterende lus om vanoggend te gaan kyk nie. Maar goeie ateljeeruimte is moeilik bekombaar.

Teësinnig gaan kyk hy. (Waar sou Charelle so skielik heen wees? Sy gaan selde uit.) Die ruimte lyk goed genoeg. Hy sal dit neem. Dit skeel hom nie vandag soveel waar hy werk nie. Die werk waarmee hy besig is, is nog nie substansieel genoeg vir sy uitstalling volgende jaar nie. Hy sal vinniger moet werk, vinniger moet produseer. Die skuif na Kaapstad was ontwrigtend, dit het hom momentum laat verloor. Die druk is groot vir enige kunstenaar om op die radar te bly. (Hy los tydelik af in iemand se plek by die kunsskool omdat hy finansieel onder druk was na die skuif hierheen.) Intussen beweeg die kunswêreld aan. Daar is elke dag honderde jong kunstenaars wat interessante en innoverende werk maak. Almal is gedrewe en ambisieus. Soos Charelle. Miskien nie almal ewe talentvol as sy nie, maar talent is deesdae nie meer 'n vereiste nie. Hy sal nie meer veel langer op sy naam en vorige sukses kan staatmaak nie.

Hy lees die koerant terwyl hy koffie in 'n klein coffee shop drink. Hy sien geen berig oor die sluipmoordaanval óf voortvlugtende psigiatriese pasiënte nie. Sou die hele ding 'n versinsel van Marthinus se lewendige verbeelding wees? Hy't al vermoed die kêrel gaan op loop met dinge (so baie soos sy onrealistiese neef) – soos met die praatjies oor Chris Kestell.

Laatmiddag kom hy by die huis. Weer is daar geen antwoord by Charelle se deur nie.

Saterdagaand is sy nog steeds nie by die huis nie. Dis naderhand negeuur, tienuur. Sy't nie gesê sy gaan die naweek weg nie. Sy doen dit gewoonlik. Hoewel sy dit natuurlik nie hóéf te doen nie. Sy's die vorige naweek weg saam met die vrou met die tulband. Desirée, nie 'n besonder vriendelike vrou nie. Hy wil Charelle nie bel nie. Sy sal dink hy check op op haar. Onvergeeflik. Elfuur gaan hy slaap. Hy slaap aanvanklik lig, luister vir haar voetstappe. Iewers in die voornag word hy half wakker, en verbeel hom hy hoor stemme op die sypaadjie voor die huis, hoop half deur die slaap dis Charelle, maar hy hoor haar nie inkom nie, en hy slaap onrustig verder.

Hy word die volgende oggend in 'n befoeterde bui wakker. Hy moes wéét hy gaan haar vroeër of later die skrik op die lyf jaag. 'n Middeljarige wit man wat skielik vir haar begin kook. En dit nogal haar huisbaas. Heeltemal te close vir comfort. Hy voel verleë en verneder. Wat het hy gedínk? Dan dink hy weer: behalwe dat hulle die afgelope weke gereeld saans saamgeëet het, het hy niks gedoen wat haar hoegenaamd die idee kon gee dat hy op enige manier toenadering soek of met 'n verleidingspoging besig is nie.

Teen Sondagaand is sy steeds nie terug nie.

# Agt

DIE BOME RAAK GESTROOP VAN BLARE. Dit word steeds later
lig. Ek drink soggens tee in die bed en kyk na die berge. My
blik, sien ek in die spieël, is lakoniek. My gees is oproerig
en gekwel. Die onderhandelings met professor Markus
Olivier – emeritus hoogleraar in geskiedenis – vorder nie.
Hy is die vader van die Olivier-broers, 'n tweeling, oor wie
ek die monografie skryf. Dat so 'n vader twee sulke seuns
kon verwek! Ek wil met hom praat, hoewel ek nog nie seker
is wat ek by hom wil weet nie. Hoe meer obstakels hy in my
pad gooi, hoe meer vasberade is ek om by hom uit te kom.
Ek onderhandel nie direk met hom nie – alle kommunikasie
(telefonies en per e-pos) gaan deur sy sekretaresse-cum-
huishoudster. Ek het geen idee hoe sy lyk nie, maar ek stel
my 'n saaklik-kompetente vrou voor, geklee in 'n uniform,
met dienlike leerskoene met dik rubbersole.

Op kaarte bring ek alles aan wat met die broers en hulle
werk verband hou. Biografiese inligting (die vader, die afwe-
sige moeder, hulle jeug in Suid-Afrika), hulle opleiding (voor-
en nagraads), poppespelery (puppetry), literêre invloede (Franz
Kafka, Bruno Schulz, ens.), die surrealisme ('n belangrike
komponent van hulle werk), musiek, die tegniek van stop-
action-verfilming (hulle voorkeurtegniek en een waarin hulle

as moderne meesters beskou word), die kritiese resepsie van hulle werk (daar is heelwat oor hulle geskryf). Intussen onderhandel ek met die sekretaresse/huishoudster. Ek is van plan om aan te hou totdat ek 'n onderhoud met die ou vader kry.

Die dorp is mooi, maar ook weersinwekkend.

Ek vermy mense. Dis 'n tyd van afsondering. Op die voorgrond: ek en die berge en die broers. Daar is soms 'n gezoem in die lug. Die berge vibreer. Op die agtergrond: die afwesige maar dringende teenwoordigheid van die halsstarrige ou vader en sy sidekick-cum-huishoudster. Soms ontmoet ek jou in die dorp. Altyd praat ons oor hom, want sy dood is nog vars in ons gemoedere. Soms is dit beter, en soms is dit slegter, sê jy, maar die gemis bly.

Wanneer ek nie met die kaarte besig is nie, volg ek skakels op die internet. Ek lees dat Philip Roth in 'n onderhoud sê hy is klaar met skryf. Hy het die grootste en die beste deel van sy lewe aan die roman gewy, maar nou het hy nie meer die gedrewenheid nie. Daar is 'n foto van hom: hy lyk soos 'n ontnugterde ou man, maar sy blik is nog steeds priemend. Klaar is hy vermoedelik met karakters soos Mickey Sabbath: panty-sniffing, outrageous Sabbath, wat 'n loflied sing op die klitoris, masturbeer op die graf van sy minnares met die kort beentjies (of verwar ek haar met 'n ander karakter – Winnie Verloc dalk, in *The Secret Agent*? Winnie wat nie te diep in dinge wou kyk nie).

Dan op 'n dag bel die sekretaresse, 'n mejuffrou De Jongh. Professor Olivier is bereid om my te woord te staan. Maar die onderhoud is onderhewig aan streng voorwaardes. Dit sal nie langer as 'n halfuur kan wees nie, korter selfs as die professor vind dat dit hom te veel vermoei. Ek moet my vrae vooraf stuur vir die professor se goedkeuring.

Ons maak 'n afspraak vir die einde van die week, om vieruur die middag.

# Nege

TOE CHARELLE MAANDAGMIDDAG nog nie terug is nie, bel Niek haar op haar selfoon. The subscriber you have dialled is not available, is die enigste boodskap wat hy telkens kry. Hy gaan kyk weer in haar kamer. Ruim, byna die grootte van twee vertrekke. Sy het meer as een keer gesê sy't nog nooit in haar lewe soveel ruimte vir haarself gehad nie. Alles op die groot werktafel (waaroor sy baie bly was) – ordelik gerangskik. Daar is min van haar eie goed in die vertrek, behalwe haar eie gehekelde bedsprei oor die bed. Alles pynlik netjies. Nie 'n frilly, meisieagtige kamer nie. Hy kyk in die hangkas. Al haar klere is nog daar, sover hy kan oordeel. Hy't hom al so dikwels oor haar klere verwonder – alles lyk vir hom tweedehands – nie modieus tweedehands nie, arm tweedehands. Die verslete boots en tuisgebreide truie. Hy't al gewonder of hy haar moet neem om te gaan klere koop – maar dit sou seker verregaande en aanmatigend wees van hom. Hy kyk weer in die badkamer. Tandepasta en tandeborsel. Velprodukte (na sy mening nie baie duur nie). In 'n klein make-up-sakkie (sagte materiaal met 'n geborduurde Sjinese draakmotief op, seker by een of ander Sjinese winkel gekoop) – maskara en lip gloss. Twee botteltjies naelpolitoer. (Smal vingers, smal naels.) 'n Naelskêrtjie, naelvyltjie. Tampax in die kassie onder die wasbak. Toiletpapier. Shampoo en conditioner in die stort, 'n stortkeps. Hy kan nie onthou wat sy gewoonlik met haar saamneem soggens nie. Hy herinner hom vaagweg dat sy soms 'n rugsak dra. Dis nie daar nie.

Hy gaan sit op haar bed. Hy onthou skielik dat sy hom vertel het dat sy die meisie in wie se kamer sy gebly het toe sy pas in die Kaap aangekom het, nie baie goed geken het nie. Haar kamer was verskriklik deurmekaar, en verskriklik vol. Sy kon nie glo dat iemand soveel goed het – soveel nuttelose goed nie. Sy't probeer aan kant maak, maar sy't nie geweet waar om alles te bêre nie, en dan het dit haar ontmoedig. Sy't heeltemal vervreem gevoel in daardie vertrek. En sy't altyd koud gekry daar. Maar sy't baie gehou van die ander meisie wat in die huis gebly het. Die een wat die dag so gehuil het oor haar ouers se hond.

Dinsdag bel hy weer deur die loop van die dag. Steeds dieselfde boodskap. Hy weet nie waar om die Desirée-vrou in die hande te kry nie, hy weet nie wat haar van is nie.

Woensdagoggend is Charelle nog steeds nie terug nie. Hy gaan teësinnig werk toe. Die studente is terug na hulle drie weke lange Paasvakansie. Goddank het hy nie vandag 'n afspraak met die Karlien-meisie nie. Sy't aan die einde van die vorige kwartaal begin draal met haar satanisme-projek (doodgebore, begin Niek vermoed). Miskien omdat haar ouers dit afkeur. (Die pa het soos 'n boelie gelyk. 'n Brutale kêrel, wat gewoond is om sy sin te kry.) Hy dink nie hy sou vandag taktvol met haar kon wees nie. Hy gaan vroeg huis toe. Hy bel Marthinus en vra of hy kan oorkom. Daar is iets wat hy dringend met hom moet bespreek. Marthinus wag hom boaan die trap in, beker tee en sigaret in die hand. Kom in, kom in, sê hy. 'n Hartlike kêrel. Niek is dankbaar om hom te sien.

Hy verduidelik vir Marthinus die situasie. Hoe lank is sy al weg? vra Marthinus. Al sedert Saterdagoggend. Dit wil sê vier dae. Moet hy polisie toe gaan? Nee, sê Marthinus, vergeet van die polisie. Hulle stel nie belang nie. Daar's te veel vermiste persone. Hy't 'n beter plan. Hy neem Niek na 'n plek waar die mense 'n baie goeie idee het van wat oral in die omgewing en onder in die stad aangaan – oral: onder brûe, in tonnels en waterpype, in elke denkbare uithangplek. Hierdie ouens het hulle hand op die ondergrondse pols van die stad. Ondergronds én bogronds. Hy neem hom sommer vanmiddag nog.

"Waar werk sy, wie is haar vriende?" vra Marthinus toe hulle later die middag eers 'n paar blokke in die rigting van die berg stap, toe regs draai en nog 'n paar blokke verder teen 'n helling op stap.

"Ek weet nie. Sy't 'n vriendin, Desirée, 'n vrou met 'n tulband."

"Dis al iets," sê Marthinus, "daar's nie baie vroue met tulbande nie."

"Haar naam is Charelle Koopman," sê Niek. "Sy studeer by die Skiereiland Kunsakademie. Sy's baie ernstig oor fotografie. Sy help 'n vriendin twee middae per week by 'n haarsalon. Sy's stil, sy gaan nie dikwels uit nie. Sy't nog nooit eintlik vriende by die huis ontvang nie. Ek kook soms vir ons saans." (Hy voel bietjie kak om dit te moet sê.)

"Waar kom sy vandaan?" vra Marthinus. Van Veldenburg, sê Niek. En hy's bang dat die mense wat op hom gevloek het,

68

en die kêrel wat haar 'n tyd gelede gedreig het, miskien iets met haar verdwyning te make het.

Wat laat Niek so dink? (Enige intrige, en die man is die ene aandag. Die geval van Viktor Schoeman en die ontsnapte psigiatriese pasiënte 'n pertinente voorbeeld.) 'n Swart kar wat hy een of twee keer na die vloek-episode voor sy huis sien verbyry het, sê hy, en as hy reg onthou, het hulle ook uit 'n swart kar op hom gevloek, hoewel hy dit nie met sekerheid kan sê nie. Sy het wel onlangs gesê dat sy 'n hele tyd al nie meer las gehad het van die man wat haar gedreig het nie. Hy hang blykbaar met slegte geselskap uit – tikkoppe en so.

"Klink nie goed nie," sê Marthinus. "Daar steek waarskynlik iets in jou vermoedens."

"Waarheen is ons op pad?" vra Niek.

"Na 'n nedersetting hier bo teen die hang," sê Marthinus.

"'n Nedersetting?" vra Niek.

"'n Vriend van Alfons het dit begin as 'n depot vir verstotelinge en verskoppelinge. Jy kan maar sê die man was 'n soort volksplanter. Hy het die plek jare lank met 'n baie ongewone styl bestuur. Toe het hy dit onlangs oorgegee aan 'n jonger kêrel – baie idealisties – wat besig is om die hele spul as't ware te hervorm," sê Marthinus, en hy lag sy abrupte laggie. "O Here," sê hy.

"O," sê Niek, nie baie oortuig van Marthinus se plan nie, maar bly dat hy ten minste iets dóén, nie net onrustig en magteloos rondsit nie.

Aan die einde van die steil bult swenk hulle weer regs. Nog 'n entjie verder op kom hulle by 'n hek. Daar is 'n wag hier. Die hek is op slot. Marthinus ken hom skynbaar, hy praat met hom in Xhosa. Die man laat hulle in. Soos hulle met die pad boontoe stap, verduidelik Marthinus.

Die eerste gebou op regterhand is die kombuis en rekreasie-area. Hier word een keer per dag 'n voedsame maaltyd gekook, geborg deur die Departement van Welsyn. Op linkerhand is daar 'n paar prefab-geboue, hier woon die permanente inwoners. Dis nog vroeg, die meeste mense is seker nog nie terug van die werk nie, sê Marthinus.

Agter die kombuis is die groentetuin. Dit beslaan 'n groot stuk grond, alles is hier in netjiese rye geplant en duidelik goed onderhou. Die mense werk self in die tuin in ruil vir verblyfplek, sê Marthinus. Hy het hier met die nuwe uitleg en aanplanting gehelp – die oorspronklike tuin was so verwaarloos, daar was omtrent niks van oor nie. Nou kweek hulle genoeg groente en vrugte om selfversorgend te wees. Daar word van man, vrou en kind verwag om hier te werk.

Regs van die groentetuin word die diere aangehou: varke, hoenders en twee melkkoeie. Eiers en melk is daar volop, sê Marthinus. Sy varke is die afstammelinge van hierdie varke.

Agter die groentetuin is daar die vrugteboord.

"Vantevore was alles hier baie meer chaoties," sê Marthinus. "Minder gereglementeer. Die stigter het vroeër min of meer enigiemand in nood hier ingeneem – hoewel meesal weeskinders en haweloses. Hy het die aanvanklike groentetuin aangelê en die bome geplant. Dit was 'n bewonderenswaardige projek maar dit het later begin handuit ruk. Die higiëne het veel te wense oorgelaat. Die kombuis was skynbaar so vuil, die gesondheidsdepartement was bang die pes kan hier uitbreek. Die inwoners het onder mekaar begin baklei. Die honde het aangeteel. Die varke het los in die omgewing rondgeloop. Niemand het meer na die tuine

omgesien nie. Die weeskinders het rondloperbendes gevorm.
Hulle het op voorstedelike sypaadjies gekak. Die Departement
van Welsyn het van alle kante klagtes ontvang."

Heel bo teen die bult draai die pad na regs. (Niek sukkel
teen die bult uit, hy's onfiks, hy't lanklaas enige oefening ge-
doen.) Dit was die afgelope dae oordag weer behoorlik warm.
Voor hulle is daar vyf bunkeragtige geboue.

"Wapenopslagplekke tydens die Britse militêre bewind
aan die Kaap," sê Marthinus. "Die man was 'n kunstenaar. 'n
Kunstenaar en volksplanter! Hy het die bunkers as installa-
sieruimtes gebruik. Dít was nou waaragtig iets om te sien," sê
hy, skud sy kop, fluit saggies deur sy tande. "O Here. Dit was
grensverskuiwend, dit was way-out. Vyf verskillende ruimtes
en elk met 'n ander tema. Maar dónker, hoor. 'n Genadelose
aanval op gevestigde Afrikaner- kulturele waardes."

"Wat het van hom geword?" vra Niek.

"Ek is nie seker nie. Kyk, daardie man was 'n pionier, en
rusteloos. Hy't verveeld geraak met die projek. Hy was moeg
vir baklei met die Departement. Met die hele omgewing. Hy't
al wat departement en instansie en bourgeois belangegroep is
voortdurend op sy nek gehad. Die logistiek het te veel van sy
tyd en energie gevra. Die diere en die mense het hom begin
irriteer. Hy was seer sekerlik humanitêr en filantropies, maar
hy't ook goed na sy eie belange kon omsien. Hy't dalk begin
voel hy raak deur al die aansprake in 'n hoek gedruk. Hy's hier
weg. Van die een dag op die ander. Die hele projek net so aan
iemand anders oorgegee. Wie weet – hy't dalk iewers anders
iets gaan stig. 'n Man met visie. 'n Nuwe uitdaging nodig ge-
had. 'n Komplekse kêrel, so te sien, al het ek hom nie baie
goed geken nie."

Niek luister met 'n halwe oor; ongerus oor waarheen Marthinus met hom op pad is.

"Die man wat by hom oorgeneem het," sê Marthinus, "het 'n heeltemal ander aanslag. Goeie organiseerder, ordelike kop. Miskien té ordelik, maar goed. 'n Soort hervormer – een van jou missionaris-tipes. Ek vermoed hy beplan hier 'n soort utopie – sy idee van 'n ideale samelewing. Maar dis een ding om so iets te beplan, en 'n ander om dit te laat werk. O Here, jy sal sien. Die man weet nog nie waarteen hy te staan gekom het nie. Hier is magte aan die woel wat hulle nie sal laat stuit deur enige utopiese planne nie. Miskien kom ons die man nog teë. 'n Soort Albert Schweitzer-inkarnasie." En hy lag plesierig.

Niek is nie meer heeltemal seker wat dit alles met Charelle se verdwyning te make het nie.

"Kom," sê Marthinus. "Ek wys jou binne die sale." Uit die rigting van een van hulle is 'n koortjie van kinderstemme hoorbaar. Wat hulle sing, klink na iets tussen "Hansie Slim" en "Shosholoza".

"Daar word nou na die voorskoolse kinders omgesien terwyl hulle ouers werk," sê hy. "Vroeër het hulle soos straathonde hier op die werf en in die buurt rondgehardloop. Nou begin hulle die dag met 'n gebalanseerde ontbyt."

Niek is moeg en ongeduldig. Hy wil die sale nie van binne of van buite sien nie. Hy wil nou met wie ook al inligting oor Charelle kan gee, in aanraking kom.

"Die nuwe man," sê Marthinus, "het van 'n allemintige hoeveelheid rommel ontslae geraak. Het jy lus om hom te ontmoet? Hy's dalk iewers in die omgewing. Anders kan ons iets reël. Soos ek sê, hy's ook 'n vriend van Alfons. Ons nooi hom vir 'n bier. Hoewel hy miskien nie eers bier drink nie!" En hy lag. Wat is die man tog vol onblusbare geesdrif en binnepret. Gotweet. Die laaste ding op aarde wat Niek nou wil doen, is om hierdie hervormer te ontmoet – nie nou nie en nie in die afsienbare toekoms nie – wat ook al die omvang of aard van sy utopiese droom of projek.

"Kan ons aanbeweeg," sê hy. "'n Ander keer dalk."

"Vir seker, vir seker," sê Marthinus. "Ons maak 'n keer 'n afspraak met die man dat hy ons persoonlik kan rondlei."

"Goeie idee," sê Niek.

"Kom," sê Marthinus. En hy begin met 'n klein voetpaadjie links verby die bunkers op stap, totdat hulle by 'n stewige draadheining 'n hele entjie verder op kom. Hulle is nou reeds teen een van die hellings op. Hy fluit. Roep iets in Xhosa. 'n Man kom agter een van die lae hange te voorskyn en kom hulle tegemoet. Hulle loop 'n entjie met die heining langs, tot by 'n opening in die draad, kunstig verbloem met takke, wat die man opsy skuif sodat hulle kan deurklim.

"Kom jy dikwels hier?" vra Niek.

"Ja," sê Marthinus. "Ek het 'n tyd gelede iemand hier in die oog gehad."

"Okay," sê Niek.

"'n Vrou uit die Demokratiese Republiek van die Kongo. Verskriklike ontberinge gely om tot hier te kom. Te voet deur oorloggeteisterde streke."

"Waar is sy nou?" vra Niek.

"Sy's Johannesburg toe om as prokureursklerk opgelei te word. Sy't haar studies moes onderbreek toe sy hierheen gevlug het. Sy't haar opsies goed oorweeg. Sy's 'n beginselvaste vrou met 'n goeie oordeel."

"Ek sien," sê Niek.

Hulle het intussen 'n stywe ent teen die hang opgestap, en toe hulle halfpad bo kom, kyk hulle af op wat verdag baie na 'n klein informele nedersetting lyk, in 'n kom tussen twee hange, nie sigbaar van verder ondertoe nie. 'n Laer van skuilings. Verskillende materiale is gebruik om hierdie tentagtige skuilings aanmekaar te flans – dik plate karton, planke, veselbord, seil, hoewel hoofsaaklik plastiek en takke, wat die mense waarskynlik oral in die omgewing versamel het. Verder op, teen die hang, lyk dit selfs asof daar skuilings uitgegraaf is, die ingange daarvan met plastieksakke bedek. Versigtige rokies. 'n Stemmige sfeer heers hier.

"Dis hiérdie mense, begryp jy," sê Marthinus, "wat met hulle oor teen die grond leef. Hulle weet álles wat onder in die stad aangaan. Hulle het kontak met mense wat soos rotte in sementtonnels onder die stad leef. In waterpype onder paaie en brûe. Dié plek word by die dag groter. Maar die mense is versigtig. Hulle hou 'n lae profiel. Sommige kom net snags uit. Superwaaksaam. As hulle gevang word, word hulle gedeporteer. Terug na eertydse tuislande en interneringskampe." Hy lag. "O Here," sê hy. "Maar wie gaan hulle teëhou?!"

"I get the picture," sê Niek.

Hulle stap in die rigting van 'n nogal stewige sinkstruktuurtjie. Buite, op 'n ou motorsitplek, sit twee mans in die son.

"Niek, ontmoet menere Tarquin Molteno en Junius X," sê hy.

Niek wil nog vorentoe staan om hand te skud, maar bedink hom. Tarquin maak sy tande met 'n stokkie skoon. Sy voorarms

is getatoeëer, hy dra 'n dik goue ketting om sy nek en 'n seël-
ring aan sy pinkie. Sy hare is kort en staan regop gejel. Klein
mondjie. Klein kennetjie diep in die nekvoue ingetrek. Vlesige
kieue. Netjiese paar jeans. Donker bril. Fancy sneakers. Cool
customers, dink Niek. Dalk druglords. Fokweet.

Tarquin beduie in die rigting van twee plasticktuinstoele.
Marthinus sleep hulle nader. Hy en Niek gaan sit. 'n Oudiën-
sie, dink Niek. Hy ruik homself, hy sweet soos 'n vark, van die
stap en die spanning. Hy hoop nie die twee kan hom ruik nie.
Dit maak dalk 'n slegte indruk. Marthinus, daarenteen, lyk
hoegenaamd nie gefaze nie. Hy steek 'n sigaret aan, blaas tyd-
saam die rook uit, bewonder die uitsig, wat inderdaad nogal
iets besonders is op hierdie hoogte. Voor hulle lê die ganse
Tafelbaai uitgestrek. Onder ander omstandighede sou mens
die asemrowende uitsig kon bewonder.

'n Kort rukkie sit hulle in gemeensame stilte. Dit prik on-
gemaklik onder Niek se armholtes. Nie sy idee van 'n mid-
dag se entertainment nie. Saam met die mafia in die heerlike
oopte. Geséllig. Hy haal diep asem, probeer die uitsig sonder
sukses geniet, en hoop vir die fokken beste.

Tarquin roep oor sy skouer en 'n meisie kom uit. Sy lyk nie
veel ouer as vyftien nie. Stywe jeans en groot oorbelle. Tarquin
beduie iets met sy kop. Sy gaan weer binnetoe en kom kort daar-
na uit met 'n skinkbord, 'n bottel en vier glase daarop. Skínk,
beduie Tarquin. Johnnie Walker Blue Label. Niek wil nog beduie
dat dit te vroeg in die dag vir whisky is, maar hy vang Marthinus
se oog en iets in sy blik sê vir hom jy weier nie hierdie drankie
nie. Die meisie skink flink. Tarquin en Junius X slaan hulle s'n in
feitlik een asem weg. Niek is bang as hý dit probeer, gooi hy op.
Nie 'n goeie begin vir enige onderhandelings nie.

"Wat's julle problem?" vra Tarquin.

Marthinus sê: "My vriend Niek se huurder is nou al vyf dae lank vermis. Ons wil weet of julle van enige vermiste of ontvoerde meisies in die omgewing weet."

"Daa's baie van hulle," sê Tarquin. "Wat maak dié een soe special?"

Hulle almal kyk na Niek, wat met die halwe glasie whisky in sy hand sit, en die son wat op sy kop blaker, en 'n fokken blank so groot soos 'n huis wat hom skielik gestrike het.

"Sy's 'n epileptic," sê hy.

"So?" sê Tarquin, "daa's baie van daais ok. Epileptics en worse."

"Sy huur 'n kamer by my en ek voel verantwoordelik vir haar veiligheid," sê Niek. (Hy voel skielik soos 'n groot wit bourgeois kont. Beláglik.)

"Wat is haar naam?" vra Tarquin. "Anything om haar by te identify?"

Wat het sy tog laas aangehad? Wat sal hy sê: sagte vel, smal bruin polse? Hulle lag hulle gatte af vir hom.

Hy maak keelskoon: "Haar naam is Charelle Koopman," sê hy, "sy's 'n student by die kunsskool in die stad," en hy beduie in 'n onbepaalde rigting met sy kop. "Sy neem foto's. Sy's kleinerig met . . ." hy beduie met sy hande, "donker hare, krullerig." (Doos, dink hy, kon hy nie dínk nie – watter coloured meisie gaan steil blonde hare hê?)

Tarquin se gesig is uitdrukkingloos agter die donker bril. Oor sy skouer roep hy weer na die meisie. "Djý!" beveel hy. "Ga roep djy vi Blackie." Weg is sy, rats soos 'n ribbok tussen die skuilings deur.

Tarquin kyk op sy selfoon. Hulle sit. Niek drink sy whisky klaar. Got, die goed brand sy maag en het alreeds na sy kop gegaan. Tussen die tente kom die meisie kort daarna met iemand aangestap. 'n Albino met spierwit dreadlocks.

Tarquin kyk skaars op van sy selfoon. "Any casualties die naweek," sê hy, "rapes en mutilations en abductions en so?"

"Daa's 'n meisie gerape onne in Strandstraat – ees mettie hanne en toe mettie draadhenge verwurg en op 'n rubbish heap gegooi," sê die man, die albino met dreadlocks. "Daa's 'n meisie se decomposed body innie Liesbeek gekry daa warrie pad soe 'n bend maak nabyrie highway. By Bellvillestasie is 'n meisie gerape en besteel en vi dood agte'gelos. 'n Student van die university is voo'gelê en gerob en gerape en geskop. Twie kinders is geabduct byrie flatse in Clarke Estate. Die polieste het nog niks gekry nie. 'n Man het sy girlfriend doodgeskiet in Riverlea. 'n Meisie is gegangrape in Bishop Lavis. Twie kinnes is vermo in Lansdowne. Twie hoë'skoolmeisies word vermis in Khayelitsha, die polieste dink dissie sataniste wat hie'agte sit. Een kind is in Delft South gerape en aan die brand gesteek en 'n anne kind is gerape toe sy die communal toilets naby ha huis gebryk'et. 'n Kind is doodgeskiet toe hy innie crossfire van twie gangs beland'et. Drie anne klonge van die een gang is deurie anne gang doodgeskiet en een kar is by Bishops annie brand gestiek en twie hyse by Delft South toe vannie membe's vannie gang daar geskuil'et."

Niek wil niks meer hoor nie. Die fokken son, die fokken whisky, en nou nog hierdie gruwelike fokken lys. Marthinus kyk hom simpatiek aan. 'n Antwoord word seker van hom verwag. Hy weet nie, sê hy, hy kan nie sê nie.

Oudiënsie verby. Tarquin en genote sal 'n oog oophou. Af is Niek en Marthinus weer. Af met die steil helling. Deur die nedersetting of hoe dit ook al heet. Utopiese proefplaas. Terug na die koelte van Marthinus se huis.

"Kom kyk môreaand 'n paar DVD's by ons," nooi Marthinus hom. "Dit sal jou aandag aflei."

Niek wil nie. Hy wil nie sy aandag afgelei hê nie.

# Tien

DIE MIDDAG VIERUUR meld ek my by die aftreeoord aan. ('n Luukse oord, dit moet 'n aansienlike bedraggie kos om hier te bly.) Die ysterhekke gaan oop, ek word deurgelaat. Die oord lê op die rand van die dorp, die omgewing is pragtig. Die huishoudster-cum-sekretaresse ontvang my. As sy, soos die meeste mense, effens onkant gevang word deur my voorkoms, wys sy dit nie. Ek merk wel dat haar blik (soos dié van die meeste mense) 'n oomblik te lank op my onooglike lipletsel talm. Sy stel haarself voor as mejuffrou De Jongh. Geen voornaam dus nie. Allermins 'n uniform en dienlike skoene – 'n weldeeglike décolletage, met indrukwekkende borste. Swart laehalstoppie, stywe swart jeans. (Dra dit die professor se goedkeuring weg – verkies hy haar nie in 'n stemmige uniform nie?) En 'n raving bottle blonde. Nou toe nou. As sy enigsins verbaas is, is ek dit ook.

Sy neem my na die stoep wat uitkyk op 'n welige fynbostuin. Emeritus professor Olivier sit in 'n rolstoel, met 'n kombersie oor sy knieë. Sy rug is na ons gekeer. Toe hy my groet, gee hy geen teken van herkenning nie. Waarom sou hy ook, dit was byna dertig jaar gelede. Sy hoof is beneriger as ooit, sonder die versagting van hare, waarvan hy nooit baie gehad het nie. Ek wil nie te veel, en te openlik, staar nie. Hy beduie

79

met 'n breë, geelbleek hand (affliksie van die lewer?) hy wil afgestoot word na die tuin. Dis 'n mooi dag, helder, nie te warm nie. Die vrou trek die kniekombersie reg. Sy stoot die rolstoel, ek stap agter hulle aan. Geen kans op enige gesprek nou nie. Af met die slingerpaadjie, deur beddings met fynbos en geurige kruidgewasse, tot by 'n groot vywer. Hy beduie dat hy hier wil stop. Ons staan op die geplaveide rand van die vywer, eintlik meer 'n soort dam. Groot koi-visse kom dadelik aangeswem. Veral een bly na aan die rand rondhang, taamlik na aan die wateroppervlak. Staan ek, die professor en die mejuffrou De Jongh en tuur na die vis. Wat 'n vreemde verskynsel, van nader beskou. Helderrooi, met twee uitsteeksels aan weerskant van sy bek en iets, merk ek, soos 'n blouerige vlies oor sy oë. Sou die vis blind wees? Die bek, soos dit oop- en toemaak, het iets obseen-seksueels daaraan. Is dit 'n verhulde boodskap van die ou vader? 'n Skuins verwysing na ons seksuele eskapade byna dertig jaar vantevore?

"Het die tweeling ooit visse aangehou?" vra ek (om iewers te begin).

"Nee," sê die ou vader (sonder om sy kop in my rigting te draai), "geen visse nie. Wel honde."

"Waarmee het hulle graag as kinders gespeel?"

Olivier wag 'n rukkie voor hy antwoord. Hy gaan dit duidelik nie vir my maklik maak nie. Mejuffrou De Jongh skop die rem ferm aan, gaan sit 'n entjie daarvandaan op 'n bankie, skop haar bene voor haar uit en steek 'n sigaret aan. Min gepla, en ou vader maak nie beswaar nie.

"Waarmee gesonde, normale jong seuns hulle gewoonlik besig hou," sê hy.

"En dit is?" vra ek.

"Hulle het gelees, op hulle fietse rondgery, boomgeklim, bal gespeel," sê hy (geïrriteerd?), "aan sport deelgeneem. Hulle het trouens 'n groot aanleg in dié rigting getoon."

"Het hulle daarvan gehou om strokiesprente te lees?"

"Binne perke," sê hy. (Hierdie perke, vermoed ek, was sy vaderlike perke.)

"Ek neem aan hulle het graag geteken?"

"Uiteraard."

(Sal ek vooroor buk, my mond langs sy oor, en fluister: Ek weet waartoe jy in staat was. Ek het nie vergeet nie. Vinnig en ongeërg, voor die blonde iets agterkom?)

"Wat het hulle geteken?" vra ek.

Hy maak 'n geïrriteerde gebaar. "Enigiets. Diere. Vliegtuie. Wat noem 'n mens hulle – superheroes."

"Het hulle as kinders poppespelvertonings bygewoon?"

"Ek het hulle 'n keer of wat geneem," antwoord hy.

"Het u enige idee waar hulle fassinasie met die idee van die poppekas vandaan kom?" vra ek.

"Dit moet jy hulle maar self vra," sê hy.

"En het u nog gereeld kontak met hulle?" vra ek.

Die man aarsel 'n oomblik voor hy sê: "Hulle is besig. Hulle beweeg op die internasionale verhoog. Maar hulle stuur getrou vir my katalogi van elk van hulle uitstallings."

Dan hou hy sy hand woordeloos uit in die rigting van mejuffrou De Jongh, wat opstaan, 'n klein plastiekbakkie van iewers uit sy rolstoel te voorskyn haal en dit aan hom oorhandig. Nou begin hy die koi-vis voer. Die obsene bek van die vis verskyn kort-kort bo die wateroppervlak soos dit hap na die kos. Ek staan met fassinasie en weersin en toekyk. Die onderhoud het nie besonder goed afgeskop nie. Die ou vader kan nouliks minder tegemoetkomend wees. Ek vra nog een of twee vrae, maar vir my doeleindes lei dit eintlik nêrens heen nie. Kort voor lank maak hy weer 'n handgebaar in die rigting van die vrou. Sy trap haar sigaretstompie dood, staan op, skop die rem los, en ek het 'n idee die onderhoud is verby. Nie een keer het die ou man my aangekyk nie. Geen blyke gegee van herkenning nie.

*

Ek werk verder aan die monografie. Toe ek 'n volgende af-spraak wil maak, beweer mejuffrou De Jongh professor Oli-vier is in die bed met 'n swaar griep. Ek glo daar niks van nie, maar so gou gee ek nie op nie. Ek het nog 'n hele paar vrae wat ek hom wil vra. Waarom sal ek hom so lig daarvan laat afkom?

# Elf

DONDERDAGOGGEND, en Charelle is nog nie terug nie. Dit is nou vyf dae sedert haar verdwyning. Dit wil sê as sy verdwyn het, en nie net weg is om iewers anders te gaan bly nie, sonder om hom in kennis te stel. Maar al haar goed is nog in haar kamer. Hy het oor en oor gecheck. Al haar klere en onderklere en skoene is nog daar, sover hy kan oordeel. Hy bel die kunsakademie, maar eers weier hulle om enige inligting omtrent hulle studente te verstrek. Selfs aan hom, haar huisbaas, soos hy geduldig aan hulle uitlê. Al is sy sy huurder, hou hulle voet by stuk. Haar ouers se adres dan. Niks, geen inligting nie. Toe hy weer bel (hy sal aanhou totdat hulle ingee), sê die sekretaresse – half onwillig – dat een van hulle dosente wel gesê het dat die betrokke student sedert die begin van die week nie klas toe gekom het nie. Dit maak Nick radeloos van bekommernis. Miskien moet hy tóg na die polisie toe gaan.

Donderdae hoef hy nie in te gaan werk toe nie, en hy moet sy tydelike ateljee dringend ontruim. Hy vra Marthinus om hom te help trek. Geen probleem nie, sê Marthinus, hy bring 'n bakkie en helpers. Verstommend hoeveel kontakte die man het. Die trekkery is harde werk, want Niek se werk moet versigtig hanteer word, maar Marthinus is die geesdrif en blymoedigheid self, en hy neem beheer oor alles – net sowel, want Niek het min geesdrif vir die hele onderneming, hy voel ongerus en afgelei.

Die nuwe ateljee is in Woodstock, op Main Road, op die eerste vloer, in 'n ou maar goed instandgehoude gebou. Op straatvlak is daar 'n paar klein winkeltjies: 'n klein supermark (Best Price Superette), 'n videowinkel (Vezi's Home Videos), 'n wegneemeteplekkie (Bismillah's Fast Foods), 'n klein tweedehandse winkel, en op die hoek, bokant die Battery Centre, die House of Glories Ministries. Aan die oorkant van die pad, glimpe van die berg tussen die geboue. Die area is lawaaierig, met toeterende taxi's, en druk verkeer tydens spitstye, maar Niek vind dit nie 'n probleem nie. Hy verkies dit bo die woonbuurt waar hy nou bly (hy moes gewéét het toe hy daar gekoop het), en beslis bo Stellenbosch, waar hy en Isabel 'n paar jaar lank in middelklas-afsondering gewoon het. Hy het dit gehaat, daardie woonbuurt, waar hulle buurman, die arme, niksvermoedende meneer Burger, se veranderinge aan sy huis en estetiese keuses Isabel tot raserny gedryf het. Die laaste paar maande, voor die finale afloop van hulle verhouding, was onuitstaanbaar – Isabel soms radeloos en bykans van haar kop af, party dae byna nie meer in staat om te gaan werk nie. Hy't soos 'n gevangene gevoel in sy ateljee (die gerenoveerde eertydse bediendekwartiere), in die huis, in die welaf buurt, en in die verhouding.

Na die trek sit hulle laatmiddag in die nuwe ateljee 'n bier en drink. Marthinus is beïndruk deur die ruimte; hy is geesdriftig oor Niek se werk – dit wat hy tot dusver daarvan kon sien. Die persoon wat die ateljee voor Niek gehuur het – 'n skilder wat vinnig besig is om internasionaal opgang te maak en na 'n meer upmarket area verskuif het – het 'n paar meubelstukke gelos. 'n Bed, 'n rusbank, 'n boekrak, 'n paar plastiekstoele. Die vertrek, met badkamer en stoorkamer, is groot, eintlik baie meer aanneemlik as wat Niek besef het toe hy dit so inderhaas gehuur het. Hy is dankbaar vir hierdie nuwe, neutrale ruimte. Hy verkies dit bo sy huis – waarna hy vandag nie lus het om terug te gaan nie.

Later kry hulle roti's by Bismillah's Fast Foods, en hulle drink van die whisky wat Niek altyd byderhand hou in sy ateljee. Die groot vertrek is koel – dit gaan koud wees in die winter, die enkele verwarmer gaan nie veel help nie. Maar vanaand is dit gesellig met Marthinus saam hier. Hulle sit op die plastiekstoele, hulle kos en drinkgoed op 'n krat tussen hulle omdat Niek se groot tafel vol onuitgepakte en toegedraaide voorwerpe staan. Marthinus met sy groot, nobel hoof, sy bruingebrande gesig. Sy hare 'n bietjie soos 'n leeu se maanhare. Groot gelaatstrekke, sy uitdrukking vol vertroue, sy oë simpatiek. 'n Goedhartige man, edelmoedig van uitstraling. 'n Groot hart. Vrygewig met sy tyd en sy aandag. Oënskynlik so sonder skanse, en hy staan oop vir die wêreld. En taktvol. Niek wonder wáár Marthinus hom al oral in die wêreld bevind het, want hy kon tog nie altyd net met varke gewerk het nie.

Maar 'n práter! 'n Prater by uitnemendheid. Hy het dit nou oor varke. "Kyk," sê hy, "jy kry jou Large Whites. 'n Geharde en robuuste breed, wat goed doen in enige klimaat, maar ek hou meer van die swart vark" (hy lag), "of selfs die gespikkelde. Die oorspronklike Large Blacks kom uit Amerika, maar my varke – die afstammelinge van die plaas se varke – is al so verbaster dat jy nog skaars kan sien wat die oorspronklike lyn is. Ek werk graag met varke. Hulle is slim. Hulle is geslepe.

Hulle het karakter. Jy kry selfs jou vark met inbors. President Burgers is so 'n vark. 'n Natuurlike leier. Boesem vertroue in by mens en mede-dier."

Niek vertel dat sy pa lank voor sy geboorte Large Whites op 'n familielid se plaas aangehou het. Marthinus vra hom uitvoerig uit hieroor, maar Niek is onseker oor heelwat van die feite.

Toe hulle klaar oor varke gepraat het, verskuif die gesprek na Zen, na aanleiding van die klein Japannese teekommetjies wat Niek uitgepak het en waaruit hulle nou hulle whisky drink. (Hy het die kommetjies en 'n teepotjie uit New York saamgebring.)

"Ek vra myself af," sê Marthinus, "moet mens 'n leermeester hê? En as jy dan moet, wie sal dit wees? Die Boeddha, Jesus, meneer Mandela, Noam Chomsky, Jiddu Krishnamurti? Dis 'n moeilike keuse. Elkeen het sy meriete. Ek hou van die glimlag waarmee die Boeddha altyd uitgebeeld word. Siddhartha Gautama. Ook bekend as Shakyamuni Boeddha, die wyse van die Shakyas. Op die nag van sy konsepsie het sy moeder gedroom 'n wit olifant kom haar baarmoeder binne. Die droom het daarop gedui dat die kind spesiaal sou wees. Hy't onderrig ontvang in astrologie, wiskunde, tale, boogskuttery, stoei en ruiterkuns. Hy was 'n opgevoede, gekultiveerde man. Hy't weggeloop, die lewe in die paleis het hom begin vermoei. Hy't verskillende opsies probeer. Hy't homself verhonger, die vlees gestraf. Oplaas, onder die boom gaan sit. Hom voorgeneem om nie op te staan voordat hy nie verligting bereik het nie. Daarna, alles met nuwe oë gesien. Baie aantreklik as 'n leermeester. Ek hou van die manier waarop hy sit – gemaklik, rooted. As hy sit, sit hy. As hy loop, loop hy. Effens vol van lyf, compassionate glimlag. Attachment as the root of all suffering. Iets om oor na te dink. Jesus daarenteen. Intelligent, charismaties, maar moeilik om hom los te dink van die kruis. Het jy terloops al Pasolini se *The Gospel According to Saint Matthew* gesien? Ons moet 'n plan maak om daarna te kyk. Baie oortuigend. Lees Saramago, *The Gospel According to Jesus Christ*. 'Why save the lamb and slaughter the sheep?' Goeie vraag. Meneer Mandela – hy was miskien ons enigste kans op 'n groot man in hierdie land. 'n Geroepene. Welwillend. 'n Goeie klap van die Boeddha-natuur. Kragtig, in kombinasie met die aristokratiese Xhosa-afkoms. 'n Inheemse prins. Chomsky, as sy soort politieke aktivisme jou ding is. Persoonlik neig ek deesdae in die rigting van ou Jiddu, meneer K." (Niek het nog nooit van hom gehoor nie.) "Daar's nou 'n man vir alle seisoene, en 'n tawwe leermeester. Kompromisloos."

Marthinus neem 'n slukkie whisky uit die delikate teekommetjie. "Kyk, ek het hierdie wonderlike dokumentêre film gesien oor 'n Sjinese gewigopteller."

Niek hou daarvan om te luister as Marthinus praat. Dan hoef hy nie te dink nie; dan dink hy minder aan Charelle. 'n Deel van hom voel dis genoeg, hy't niks meer nodig nie (soos hy saam met Charelle in die kombuis aan tafel gevoel het), die inspanninglose gemeensaamheid het dieselfde verwarmende effek op hom as die whisky. 'n Ander deel van hom voel desolaat, buite bereik van warmte of troos.

Marthinus vertel hom van die dokumentêr. "Kyk," sê hy later. "Genoeg van hierdie gebabbel. Ons kyk vanaand *Cries and Whispers* van Bergman. Het jy lus om te kom?"

"As ek vanaand na *Cries and Whispers* moet kyk," sê Niek, "skiet ek myself na die tyd in die kop."

"O Here," sê Marthinus, "het jy 'n geweer?"

"Nee," sê Niek, "maar as ek een gehad het."

"Jy't my laat skrik," sê Marthinus. "Maar miskien ís Bergman 'n bietjie heavy. Ons kan altyd iets anders kyk. Buster Keaton, Laurel en Hardy?"

"Nee, dankie," sê Niek, "dan nog liewer Bergman." Hy's nie in die bui vir Bergman se donker drama nie, maar wragtag ook nie vir slapstick van enige aard nie. Hy wil by die huis wees as Charelle dalk sou terugkom. Hy sê dit nie, maar hy weet Marthinus vermoed dit.

*

Saterdag – 'n week sedert Charelle se verdwyning – gaan hy vroegoggend na sy nuwe ateljee. Wanneer hy by die huis is, hou hy heeltyd sy ore gespits vir Charelle. Liefs aan die werk kom, sy ateljee inrig, alles staan nog net so rond soos dit neergesit is. Vandag teken hy. Dit doen hy in 'n spesiale groot tekenboek wat hy gebruik om sy idees in op te skryf en waarin hy voorstudies maak vir die beelde wat hy kerf. Hy teken bladsye vol figuurtjies met vergrote koppe en geslagsdele. Sommige bestaan net uit 'n kop en 'n geslagdeel. Die koppe het stoppelbaarde en star starende oë. Sommige het iets van die strippeprentkarakter Popeye se bolwange en iets van Oom Kaspaas – maar in albei gevalle heelwat boosaardiger – boewe en moordenaars die lot van hulle. Hierdie figuurtjies takel mekaar toe met allerlei voorwerpe: knuppels, stokke, katse, karwatse. Vereenvoudigde, byna kinderagtig-naïef getekende figuurtjies staan hande omhoog of op hulle knieë in plasse bloed. Vroue met opvallende borste en kurwes in bikini's – prikkelpopagtig – staan gewapen met messe, of in aanvallende posisies soos Barbarella.

Isabel het nie gehou van die manier waarop hy vroue uitbeeld nie. Wat is hierdie manlike obsessie met sexy slette, het sy gevra. Neem Alban Berg – 'n komponis van wie sy baie hou; sy ambivalensie vind by haar aanklank, sy fassinasie tot die dood toe met die negatiewe – maar die operas, *Wozzeck* en *Lulu*, nee, jammer, van daardie beheptheid met gestereotipeerde sexy slette wat vermoor word wil sy niks weet nie.

Eers het sy nie beswaar gehad teen sy werk in die algemeen nie (al kon dit selde opheffend genoem word). Maar later het sy gesê sy vind sy fassinasie met geweld afstootlik. Die fokken manlike obsessie met geweld en die konstánte uitbeelding daarvan, het sy gesê – asof die piel die oog is waardeur die wêreld waargeneem word.

Toe hy genoeg gewerk en sy ateljee min of meer ingerig het, was hy sy hande in die klein badkamertjie. Hy kyk na homself in die spieël. Hy sien vandag sy ma se beeltenis in homself. Hy skrik daarvan. 'n Vroeg-middeljarige man, effens geset (fisies onfiks), sy hare nie meer so welig soos vroeër nie, die uitdrukking in sy oë afstandelik. Is Charelle veilig? Waarom het sy hom nie laat weet sy gaan weg nie? Hy gaan sy selfoon na vir boodskappe, dit was af terwyl hy gewerk het.

Daar is 'n boodskap van Marthinus: *Tarquin het laat weet daar's 'n moontlike link in Blue Downs. Ons kan môre soontoe gaan.* Hy was nog nooit in Blue Downs nie. Hy dink nie hy wil soontoe gaan nie. Dit klink vir hom verskriklik wat mens moontlik daar kan aantref.

\*

89

In die laaste maande het Isabel hom selde meer direk aange-kyk (wat nie goed was vir sy reeds wankelende selfvertroue nie), maar wel nog haar drome vir hom vertel. Dit het hom gegrief. Sy praat nie met hóm nie, het hy gevoel, sy gebruik hom net as 'n klankbord. As sy in die voortuin loop en daar 'n vars drol van die buurman se hond sien, het sy die vreemde dwanggedagte dat die buurman haar dwing om dit op te vreet, het sy een oggend gesê. (Niek was geskok.) Haar terapeut, het sy gesê, sou waarskynlik sê sy voel dat die buurman haar dwing om stront te vreet. (Niek kon hom net voorstel wat die arme, regskape, onskuldige, welmenende maar beperkte meneer Burger, wat nét nie kon sien dat sy keuse van bak-stene teen Isabel se estetiese sin ingedruis het nie, hiervan sou dink.) Haar drome voorspel niks goeds nie, het hy gedink. En hoe reg was hy.

Wat 'n versoenende gesamentlike reis moes wees ('n reis wat sy al lank wou onderneem), was merendeels 'n straf en 'n beproewing vir hulle albei. So dikwels het sy oorkant hom in museumrestaurante en kafees gesit, haar gesig bleek, haar bleekwit wenkbroue soos twee gekruiste swaarde. Hier sit sy nou, het sy 'n keer gesê (in 'n Sjinese eetplek – City Lights of China; bedroewende lights, wat hom betref het), en sy't haar gat behoorlik gesien. Wat bedoel sy? het hy gevra (onwillig). Sy't afgekyk. (Haar kos nog so goed as onaangeraak, terwyl hý al halfdronk van al die ryswyn was.) Dat sy nou moet voel dat die buurman haar dwing om elke dag sy hond se kak op te vreet – nie as 'n abstrakte metafoor nie, maar as iets wat sy haar grafies verbeel – terwyl sy haar lewe lank 'n intense hekel aan die oordrewe optimisme van almal om haar gehad het. Nou sien sy haar gat, het sy gesê, as voorvegter vir die negatiewe.

Kan jy nie sién nie, het sy gesê – ek smág na ondubbelsin-nigheid, ek smág daarna om 'n dág lank, om één enkele uur van die troebelheid af te wees! Elke minuut beweeg ek deur 'n moeras, elkeen van my bewegings voel of dit bomenslike kragsinspanning verg. (Ek kan nie meer vry beweeg nie, het hy gedink, ek voel asof ek aan jou vasgemaak is, ons beweeg saam soos gekettingde veroordeeldes.)

Hy't niks gesê nie. Hy't begin uitsien na die einde van die reis. Wat 'n gruwelike verkwisting van 'n duur reis na New York. Hy moes die tekens vooraf gelees het. Hy't gehoop die reis gaan haar uit haar onbehae lig, gedeelde plesiere gaan hulle nader aan mekaar bring. Hy was fokken naïef. Bleek soos 'n non het sy teenoor hom gesit, gefolter deur haar nood, haar kos onaangeraak. Saans het sy die blou kamerjas afwe-rend om haar gevou, soos 'n ridderharnas, soos die Japannese oorlogsmonderings waarna hy lank in die Met staan en kyk het. Dit het hom aan iets herinner, maar hy het nie geweet wat nie. Daardie Japannese krygsmonderings het iets diep in hom aangeraak. Hy het 'n vreemde vereenselwiging daarmee ervaar. In die laaste week van hulle reis het hy trouens nog net die Oosterse sale besoek. Dit was al waarvoor hy nog oop-gestaan het. Hy het toenemend 'n renons, iets so heftig dat dit byna fisies was, in die hele ganse Westerse kuns ontwikkel. Vreemd genoeg het nog net Jeff Koons se werk – van alle damn kunstenaars, hy, 'n kunstenaar wie se werk Niek nooit vantevore ernstig geneem het nie – hom nog in 'n mate aan-gespreek. Asof Ilona se skoongeskeerde poephol op 'n onver-klaarbare manier ongekontamineer was, asof dit ten minste sonder enige bagasie gekom het. What you see is what you get: Ilona's ass. En dan die twee skilderye van El Greco – die portret van die kardinaal, en die *Gesig op Toledo*. Vir die res, net die eindelose sale Oosterse kuns. Dit is al wat nog tot hom gespreek het.

Hy't vir hom 'n paar boeke gekoop: onder meer *How to Read Chinese Paintings*, en daarin 'n mate van onderskraging gevind. Oor een van die papierrolle (scrolls) van die kunstenaar Ni Zan uit die twaalfde eeu (ink op papier) word gesê: Afgeleë berge simboliseer dikwels 'n toevlug of paradys, maar in hierdie papierrol sien Ni Zan duidelik so 'n ontvlugting as buite sy bereik. Die veraf berge word geskei van die voorgrond deur bome en 'n wye watervlak.

En dan nog één ding waaroor hy opgewonde was: in die MoMA was daar 'n uitstalling van die Olivier-broers se mees onlangse werk. Hulle het dit ver gebring, die tweeling. Byna tydgenote van hom op kunsskool, 'n bietjie jonger as hy. Twee skaam en innemende kêrels, seuns van die befaamde historikus Markus Olivier. Twee begaafde knape, identies, moeilik van mekaar te onderskei. Aanvallig van voorkoms – byna engelagtig trouens: blond, blou-ogig, slank soos adolessente, ligvoets en grasieus (goeie tennisspelers ook, skynbaar), maar uit die staanspoor met iets uitsonderliks aan hulle werk. Iets veel meer afgerond en gesofistikeerd as die werk van hulle medestudente. En tóé al iets enigmaties. Die vader was 'n perd van 'n ander kleur, volgens gerugte 'n moeilike man – kontroversieel, konfronterend, gewetenloos selfs, as daar enige waarheid gesteek het in die verhale wat oor hom in omloop was. Die detail hiervan kan Niek nie onthou nie, maar wel die sfeer van berugtheid wat om die man gehang het.

# Twaalf

CHARELLE IS WEG en hy kan hom nie van die feit afsluit nie. Hy sidder as hy dink aan wat moontlik met haar kon gebeur het. Die besoek met Marthinus aan Tarquin en kie teen die berghang was allermins gerusstellend. Die albino-kêrel met die spierwit dreadlocks wat 'n ganse litanie van moord en verkragting opsê, asof hy dit ingestudeer het. Marthinus is daarvan oortuig dat daardie mense hulle vinger op die pols het van wat ook al in die stad en omliggende gebiede gebeur – van Blue Downs tot Bishop Lavis. As hulle nie weet waar iemand is nie, meen Marthinus, is daardie persoon so goed as onopspoorbaar.

Niek wil Charelle terughê in sy kombuis; hy wil weet sy is veilig. Hy wil nie by vreemde mense in vreemde nedersettings moet gaan uitvind of hulle enige idee het waar sy haar bevind nie. Hy wil haar ongeskonde terug by hom aan die tafel hê. Dis seker aanmatigend, selfs belaglik, om so iets te verlang. Sy's dalk weg juis omdat sy sy attensies onbehoorlik gevind het. 'n Wit man, haar verhuurder, wat vir haar kook. Sy't niks laat blyk van enige ongemak met die situasie nie, maar sy't dalk iets aangevoel, en sy wou hom die verleentheid spaar om met hom daaroor te praat.

\*

Hy werk gewoonlik nie op Maandae nie, maar vandag moet hy spesiaal ingaan op aandrang van die hoof van die kunsskool, Albrecht Bester. 'n Besoekende kunstenares kom lewer 'n praatjie en Albrecht wil die personeel voltallig teenwoordig hê. Nege dae sedert Charelle se verdwyning. Koud en droog, maar winderig. Niek het nie lus om in te gaan nie. Hy weet wie die vrou is, Liesa Appelgryn; sy is deesdae nogal 'n gerekende kunstenaar; haar werk val ineens massief in die smaak, hy weet nie presies by wie nie, maar dis tans all the rage en sy stal by vooraanstaande galerye uit, volgens Albrecht. Niek vind haar werk afskuwelik. Albrecht kon sy geesdrif oor die voorgenome besoek byna nie beteuel nie. Hy is camp to a fault en sy Afrikaans is onberispelik. Ou skool, hoewel nie veel ouer as Niek nie.

Niek is laat. Die verrigtinge het reeds begin. Albrecht erken sy teenwoordigheid met 'n stywe kopknik en 'n ysige blik. Die kunsskool se lokale is state-of-the-art. (Geen gebrek aan befondsing gewees nie.) Die praatjie vind vanoggend plaas in die hoofuitstallokaal, 'n groot, sirkelvormige ruimte. Die studente sit op die vloer, die dosente staan agter teen die muur. Voor by die kateder staan Liesa Appelgryn en die blosende, popelende Albrecht Bester. 'n Paar van die vrou se skilderye hang teen die muur. Vir die res sal hulle op 'n Power Point-presentasie getrakteer word, sonder twyfel.

Liesa Appelgryn is jonger as Niek, sy was saam met die Olivier-broers op kunsskool, as hy reg onthou. Hy het 'n vae herinnering aan haar as muisvaal en bedremmeld, maar dit is sy duidelik nie meer nie. Sy is deesdae 'n blonde met volronde kurwes en 'n indrukwekkende buustelyn – sy is geklee in 'n noupassende rok met 'n oop hals tot byna by haar nawel. Dit is dan vaal, talentlose Liesa Appelgryn in haar nuwe inkarnasie. In lewende lywe is haar werk nog meer skrikwekkend as wat hy hom dit voorgestel het. Vroulike naakfigure – 'n kombinasie van sentimentele Cardies-kaartjies en pornografiese tydskrif-images. Naakfigure met enorme tiete, boude, bosse skaamhare, op blombedekte heuwels, op swaaie in tuine, op beddens in slaapkamers met die wind wat deursigtige gordyne saggies lig, in piëtistiese posisies: die hande saamgeslaan, die oë na bo gerol. Soetige pastelkleure. Baie duidelik 'n statement. "It's about allowing the work to embarrass you," lees hy in die klein gefotostateerde statement wat gesirkuleer word. Die andersins apatiese studente gons soos bye. Die lig is te warm in die lokaal. Dit kaats van die groot blomgeel en babapienk en appelgroen doeke af.

Albrecht Bester stel haar voor. Vir die geleentheid is hy getoupee en besnor en gepommeer en hy dra 'n satynblink driestukpak met 'n chevron-motief. (Op eBay bestel, of by De Jagers Mansuitrusters op die hoek van Andringa- en Crozierstraat gekoop?) 'n Rooi sakdoek kordaat in die boonste baadjiesak. Die toupee teen 'n windmaker hoek gestileer. Bruisend van opwinding. 'n Groteske travestie van gotweetwat.

Hy wil net 'n paar woorde sê voor hy die kunstenares self aan die woord stel, sê Albrecht. Hy wil net beklemtoon watter enorme voorreg dit is om 'n kunstenares van haar kaliber vandag hier te ontvang. (Na afloop gaan iemand uit die wings met 'n bos blomme kom, raai Niek, of 'n mandjie met vrugte en neute en 'n bottel uithalerwyn.) Hy wil sy kollega, Rick Toerine, nou aan die woord stel om iets oor Liesa se werk te sê, voordat hulle die eer sal hê om na die kunstenares self te luister.

95

Vir Rick Toerine het Niek ewe min ooghare as vir Albrecht. Nee, minder, want Albrecht het nog 'n soort ouwêreldse geroepenheid tot kunsonderrig en -waardering, maar Rick is jonk, ambisieus, onuitstaanbaar pretensieus, sonder intellektuele integriteit, 'n speler van die eerste water wat presies weet watter modieuse diskoers om op in te zoom. 'n Narcistiese kalant, ingenome met sy kennis, sy voorkoms, sy posisie. Hy dra 'n noupassende groen broek, donkerblou oopknoophemp (albei onberispelik van snit), 'n belt van gevlegte leer. Sy hare is kort aan die kante, langerig en regop gejel bo-op sy kop. Pronkend. Hy lyk vir Niek na die soort man wat Art Deco-stoele wat hy self ontwerp het in sy woonplek sal hê, vergulde ornamente soos hase en pynappels, en 'n klein versameling duur vase in ougoud en turkoois. Niek voel kak; hy's oor die muur; verby sy sell-by date. (Die vase van ougoud en turkoois uitgestal bo-op 'n lakverniste swart kabinet.)

Liesa Appelgryn se werk is 'n selebrasie van seksuele politiek, sê Rick Toerine. Dit is die vroulike kunstenaar wat vir haarself die reg toe-eien om die vroulike naakfiguur te reclaim en te upend. (Sy taal net fashionably genoeg gespike met Engelse woorde om aanklank by die studente te vind.) Dit gaan ook oor klasse-politiek, sê hy. Die kunstenares maak gebruik van haar eie werkersklasagtergrond – haar pa was 'n trokdrywer tussen PE en Johannesburg – om die detritus van 'n white trash-verbeelding te aktiveer en te problematiseer. Op kunsskool het sy vir die eerste keer met die amptelike, gekanoniseerde kuns in aanraking gekom toe sy as jong student die skyfieprojektor tydens lesings gewerk het om ekstra sakgeld te verdien. In daardie stadium was sy nog nie vertroud met kontemporêre kuns nie. Haar vroeë studentewerk beskryf sy self as klein second-hand imitations van die Duitse Ekspressionisme. (Het sy maar nooit daarvan afgewyk nie, dink Niek.) Maar toe het sy deur 'n groot depressiewe episode gegaan – sy is nie skaam hieroor nie (die vrou knik laggend, instemmend – ag hang dit alles uit, die wasgoed, die persoonlike detail, dis alles deel van die reg om geëmbarrasseer te word) – haarself re-invent en na die werk van Jeff Koons en Mike Kelley begin kyk. (Haar werk helaas onvergelykbaar met Koons se verregaandheid en Kelley se donker delirium.) Dis toe dat sy geleidelik begin besef het dat die tasteless, die vulgar, die seksuele – dat dit alles embrace moet word. ('n Slim skuif, dink Niek.)

Liesa Appelgryn se werk is oor edge, sê Rick Toerine. Haar werk is oor die edge tussen provocative en disgusting, tussen goeie en slegte skilderkuns, tussen sielkundige entrapment en sielkundige vryheid. Sy slaag daarin om die oppervlak van elke werk snaarstyf gespan te hou deur haar intelligensie; met haar fyn aanvoeling vir lig en donker bevind sy haar in die groot tradisie van Vermeer en Rembrandt; met haar ondermyning van hierdie tradisie bevind sy haar in die geselskap van meesters soos Jeff Koons en Takashi Murakami.

Dit kan nie waar wees nie, dink Niek. Die man kan tog nie ernstig wees nie. Hierdie werk het met die tradisie van Vermeer en Rembrandt minder as fokkol uit te waai. Hy't nie 'n idee wat die kinders hiervan maak nie, of hulle kop of stert hiervan begryp nie, aangesien hulle ewe min van Vermeer weet as van Murakami. Hy moet ophou aan hulle dink as kinders, hulle is studente – jong volwassenes. 'n Paar, sien hy, is besig op hulle selfone. Hulle is almal aandagafleibaar, hulle kan nie langer as tien minute na 'n lesing of praatjie luister nie. Maar hy moet ophou om hulle so te onderskat. Daar moet 'n paar tussen hulle wees wat sowel talentvol as krities is. Nie dat hy al een teëgekom het nie.

Nou word Liesa aan die woord gestel. She's come a long way. Skaam is hierdie vrou nie, sy't gewis vir haarself die reg toegeëien om haarself in die openbaar te embarrasseer. Sy trek weg met 'n persoonlike belydenis wat nie onvanpas sou wees by 'n AA-vergadering nie.

"My werk is soos in heavy persoonlik en heavy sielkundig," sê die vrou. "Vroeër was ek ordinêr, hoor, ek het so 'n lae self-esteem gehad, ek kon omtrent nie praat nie ek het so gepanic oor myself. Toe kom my ineenstorting, nè. Toe's ek lank in terapie, en nou's ek gemaklik met selfontbloting. Nou kan ek alles vat, alle aspekte van my persoonlikheid, nou's my werk feisty, nou's dit 'n celebration van my repressed sexual fantasies, nè?! En ek dink ek praat vir al die girls hier." (Knipoog; weinig reaksie van die girls in die gehoor.) "Mense vra vir my wanneer gaan ek soos in mans skilder, dan sê ek: Wanneer hulle my verbeelding aangryp. Ek is nie 'n political kunstenaar nie, maar ek is besig met klassepolitiek. Ek werk met images van vroue, as julle nog nie agtergekom het nie" – sy beduie na die werk om en agter haar; 'n paar studente lag. "Ek is nie bang om saggy-breasted, blowsy bottle blondes te paint nie. Ek gee die middelklas die vinger soort van. Al die well-kept girls met hulle trim lywe en plooilose velle." (Die grootste gedeelte van die gehoor is bloedjonk, almal klone van Karlien – trim, blond, plooiloos, vlekkeloos, ongeskonde, geklee in duur designer label-klere.) "Dis die oorblyfsels van my white-trash-verbeelding en ek cherish dit, waar ek eers skaam was daarvoor. Ek het nie altyd soveel selfvertroue gehad soos ek nou het nie. Ek het 'n breakdown gehad, dit het my laat dink en dink – miskien is ek skaam oor iets, nè. Ek kon nie paint nie. Terapie het my geleer om my woede en my insecurities in my werk te kanaliseer. Daai toxic soil van 'dis nie goed genoeg nie'. Niks groei daarin nie. Toe dink ek: Ek gaan daai gif gebruik as fertiliser, en nie probeer om skilder te sien as 'n hoë, heilige plek waarin net mooi en verhewe dinge gebeur nie. Toe't ek reguit uit die verbeelding, uit die subconscious begin verf, 'n groot nude, en blomme in haar mond gedruk sodat sy haar bek hou en gedink: Hel, dis fun." ('n Roering in die gehoor. 'n Paar selfone gaan op om foto's te neem.) "Toe was daar geen keer aan my nie. Toe begin ek hierdie groot, oorgewig girls paint met boude en tiete en hierdie enorme bushes." ('n Getitter by die aanhoor van tiete en bushes.) "Ek was bevry, ek het besef dis deel van my: Hierdie loudness is my strength. My boodskap aan julle – ons ken almal van daai toxic gif. Gebruik dit as fertiliser, moenie bang wees om alles te challenge nie. Break loose. Challenge. Challenge jou eie preconceptions. Challenge society se preconceptions. Challenge art, challenge the whole of art history!"

En inderdaad, toe sy klaar is, en Albrecht haar ekstaties bedank het, kom 'n dun blonde kind vorentoe (Niek dag eers dis Karlien), en presenteer Liesa met 'n reusebos blomme – 'n oordadige ruiker van varkblomme en vlamrooi vuurpyle. Daarna spring 'n hele paar meisies op en drom saam om die kunstenares, sodat hulle vriendinne foto's met hulle selfone van hulle saam met Liesa Appelgryn kan neem. Daar's 'n op-gewonde gegiggel en gedrang om die vrou. Iewers het hulle tog besef hulle het hier met 'n celebrity te make, al kan dit hulle nie 'n moer skeel wat daar oor haar werk gesê is nie.

Hy't iets gedoen om Charelle aanstoot te gee. Of anders het die kêrel wat haar agtervolg haar opdrag gegee om niks met hom te doene te hê nie. Miserie en verlatenheid. Liesa Appelgryn kom na afloop van die fotosessie op hom af, omhels hom, die ene stomende boesem en oordadige, geparfumeerde vroulike vlees. Sy's so bly om hom te sien, sy't nog altyd soveel van sy werk gehou! Wat wil sy van hom hê, in vadersnaam – hy's onversorg, gekwel, emosioneel afgetakel. Hy maak een of ander flou opmerking oor haar werk, maar hoef gelukkig nie veel meer te sê nie, want Albrecht kom glimlaggend en met oop arms op hulle af. Gereed om Liesa weg te swiep na die volgende fase van die verrigtinge – 'n maaltyd iewers op 'n wynplaas. Al die kollegas is genooi (Niek het nagelaat om te aanvaar). Kom Niek saam? vra Albrecht, 'n raps ysig. Maar Niek wys die uitnodiging van die hand, mompel 'n swak verskoning. Hy gaan huis toe, steeds hoopvol om Charelle in die kombuis aan te tref, besig om vir haarself 'n koppie tee te maak.

*

Toe hy by die huis kom, na die vrou se onbeskaamde optrede, sit daar iemand hom buite die hek en inwag. Die persoon sit op die sypaadjie, toegewikkel in 'n groot militêre jas, sy rug teen die draadheining.

Hy spring op toe Niek aankom. "Help," sê hy, "ons kom in vrede." Hy kyk Niek nie aan nie, maak nie oogkontak nie. Hy het nie onlangs geskeer nie en sy kortgeskeerde hare is ook besig om stoppelrig uit te groei. Bandiet, is Niek se eerste gedagte. "Ons kom in vrede," sê hy weer. "Iemand het ons gestuur. Ons mag nie sê wie nie. Dis net ons hand." (Hy hou sy linkerhand omhoog – dis toegedraai met 'n vuil verband waardeur die bloed sypel.) Sy been ook (hy skuif sy een broekspyp op, 'n wond wat nie goed lyk nie). "Ons is gestuur. Ons mag nie sê deur wie nie. Die duiwel kry ons as ons sê. Ons het belowe. Water, ons is dors. Ons is honger."

"Kom in," sê Niek. Teen sy beterwete laat hy die man saam met hom by die hek inkom. Hy laat hom op een van die stoepstoele sit. "Wat is jou naam?" vra hy. Die man sit op die punt van die stoel. Nou begin hy onophoudelik met sy wysvinger teen sy bolip tik. Vinnig en onophoudelik. "Ons naam," sê die man. Hy maak steeds geen oogkontak nie. "Ons naam is ons trots." Die man is duidelik nie lekker nie. "Waar bly jy?" vra Niek. "Ons is nie bly nie," sê die man. Iets is vreemd aan hom. Niek kan sy vinger nie daarop lê nie. Die man is onversorg, en daar skort iets met sy kop, maar hy is nie agterlik nie. Iets edels aan sy (bandiete) hoof, en sy gelaatstrekke is adellik. Sy oë is bleek soos dié van 'n seemeeu. Niek se eerste gedagte is dat hierdie man uit een of ander inrigting ontsnap het. Hy wil nie eens aan die implikasie hiervan dink nie. Miskien moet hy Marthinus laat kom.

"Ons is dors," sê die man. "Ons is honger." Nou het Niek geen keuse nie. Hy kan die man nie nou kos en iets te drinke weier nie. Hy't geen ander opsie nie – hy moet hom saamneem kombuis toe.

Toe hy die deur na die kombuis oopmaak, staan Charelle voor die opwasbak. Haar rug na hom gekeer.

"Charelle!" roep hy verras uit, "waar was jy?"

Iets is anders. Sy is stug. Toe hy langs haar gaan staan, merk hy bloedrooi skaafmerke aan haar (smal) polse. Teen haar linkerwang is 'n groot bloukol steeds sigbaar.

Hy beduie na haar pols. "Waar kom dit vandaan?" vra hy.

"Dis my saak," sê sy, sonder om hom aan te kyk.

"Nee, dit is nie!" sê hy. "Ek het 'n reg om te weet! Ek was bekommerd. Ek was bang jy't iets oorgekom."

"Ek trek uit," sê sy. "Ek het my huur kom opsê."

Hy vat haar aan haar skouers, draai haar na hom toe. "Charelle, kyk na my!" sê hy. Sy ruk los. Maar nie voordat hy die groot roof op haar ander oogbank gesien het nie.

"Iemand het jou geslaan," sê hy.

Sy sê niks.

Hy beveel die man, wat stokstyf bevrore op een plek bly staan het, om by die kombuistafel te gaan sit. (Waarom het hy die fokken kêrel ingelaat?)

"Charelle," sê hy, "wie't jou so seergemaak? Het jy weer 'n fit gehad?" (Hoewel hy wéét dat dit veel meer kos as 'n epileptiese aanval om iemand só te laat lyk.)

Sy sê niks. Spoel die koppie af. Sit dit op die droograk.

"Is dit die man, die kêrel wat jou gedreig het?"

Sy haal haar skouers op.

Agter hom begin die man liggies maar dringend met sy vingers op die kombuistafel tik en hy maak 'n vreemde, hoë nasale neuriegeluid soos 'n singende telefoonpaal.

"Bly net 'n oomblik stil!" sê hy vir die man. Wat meteens sy kop op sy arms laat sak op die tafel en saggies begin weeklaag. For crying in a fucking bucket.

"Charelle," sê hy, "asseblief, laat ons sit. Laat ons praat. Ek maak vir jou 'n koppie tee."

"Daar's niks om te sê nie," sê sy. "Ek gaan my goed pak. Desirée kom my haal." Hy herken haar nie. Dis nie dieselfde meisie wat saam met hom by die tafel gesit en eet en lag en praat het nie.

Sy droog haar hande aan die vadoek af. Hang dit netjies op. Toe sy omdraai om te gaan, beweeg hy onwillekeurig nader aan haar, maar sy tree so heftig agteruit dat hy dink hy die boodskap kry: Moenie aan my raak nie, bly weg van my.

Hy bly alleen agter met die man. Hy't nou geen ander keuse as om vir hom tee en brood te maak nie, wat die man hongerig verslind. Duidelik uitgehonger. Hy stuur vir Marthinus 'n SMS. Hy't 'n probleem, kan hy asseblief oorkom. Geen probleem, hy kom dadelik, laat Marthinus weet. Niek is radeloos. Wat moet hy doen – tog met Charelle probeer praat? Haar na haar kamer volg? Hy wag besluiteloos in die kombuis. Hy maak vir die man nog tee en brood. Ten minste gee dit hom iets om te doen terwyl hy vir Charelle wag om te vertrek. Hy kan dit nie gló nie.

Na 'n ruk staan sy in die deur. Sy hou die sleutel na hom uit. Hy loop agter haar die gang af. "Het ek iets verkeerd gedoen?" vra hy. Sy skud haar kop. Toe hy die voordeur vir haar oopmaak, sê hy: "Ek sal saam met jou polisie toe gaan. Jy moet beskerming kry." Sy lag, honend. Haar reaksie is so onverwags, en sy het so duidelik die bedoeling om hom te kwets, dat dit hom diep krenk. Hy stap saam met haar tot by die hek. Hy buzz haar uit. Verder af in die straat staan 'n motor geparkeer, dit moet die tulband-vrou wees. Charelle stap soontoe, sy kyk nie een keer om nie, klim in. Die motor trek weg. Sy kyk steeds voor haar uit. Hy draai om, verslae. Hy gaan die huis binne. Sy kopvel voel styf en koud. En nou sit daar 'n versteurde vreemdeling in sy kombuis.

Die man sit steeds roerloos voor hom en uitkyk.

Kort daarna klop Marthinus. Niek is bly om hom te sien. Die man bly bewegingloos voor hom uitkyk. Niek lig Marthinus kortliks in oor die situasie. Hy maak vir hulle tee. Die drie van hulle sit by die kombuistafel. (Waar hy en Charelle nog so onlangs rustig saam geëet het.)

"Charelle was hier," sê hy. "Sy's weg. Sy't net haar huur kom opsê."

Marthinus is geskok. "Nee," sê hy.

"Sy's aangerand," sê Niek. "Sy wil nie sê deur wie nie, sy wil nie langer hier bly nie. Ek het geen idee of dit iets met my te doen het nie. Of sy geteiken is omdat sy hier gebly het nie."

"Ons gaan hoor wat Tarquin-hulle sê," sê Marthinus. "Dalk het hulle inligting."

"Inligting van watter aard?!" roep Niek uit. "Dis nóú te laat!"

Skielik begin die man praat. Vinnig en heeltemal toonloos rammel hy die woorde af, soos iets wat hy uit sy kop geleer het, terwyl hy stip voor hom kyk: "Daar't 'n ding uit die lug uit gekom – 'n ronde ding – 'n blink skyf – dit het geblink soos goud – gespin soos 'n wiel – dit was 'n groot wiel – dit het byna soos vlerke gehad – ons was bang – die hemel het donker geword – ons het probeer weghardloop – toe was daar 'n stem – moenie vrees nie, sê dit – 'n man het uitgeklim – hy was in vuur geklee – sy gelaat het 'n glans afgegee – hy was soos 'n magtige vors – hy't sy hand na ons toe uitgesteek – toe was daar 'n verskriklike geraas – soos van die vlerke van duisende en duisende sprinkane – daar was 'n groot stofwolk – ons het geskree – toe was die lug heeltemal donker van die geluid – ons kon niks sien nie van die stof – ons het weer uitgeroep, maar dit was te laat – ons het plat op die grond gelê – daar was bloed oral – daar was baie pyn, en groot duisternis."

Net so skielik as wat hy begin het, hou die man op praat.

"O Here," sê Marthinus, en leun vooroor na Niek oor die tafel. "Onthou jy die gedeelte in *Vlakwater* waar daar hierdie reuseding – iets tussen 'n vlieënde piering en 'n tuisgemaakte ruimtetuig – in 'n mielieland land? 'n Lokval. Daar volg 'n helse skietery tussen die insittendes en die plaaslike mense – 'n ware bloedbad. In 'n stadium word die vlieënde koeëls met sprinkane vergelyk."

"So?" sê Niek, maar hy weet sonder twyfel waarop Marthinus afstuur.

"So," sê Marthinus. "Dit sal my niks verbaas as Viktor Schoeman hieragter sit nie. Lees *Vlakwater* – dis alles daar! Dis onheilspellend. Unheimlich."

Niek is moeg. Hy is ontsteld. Hy wil die man nie in die kombuis hê nie. Hy moet weggaan, nóú. Hy wil nie Marthinus se teorieë hoor nie. Hy wil in sy kamer op die bed gaan lê. Hy wil tyd hê om oor die skok van Charelle se skielike herverskyning en vertrek te kom.

"Wat bedoel jy, Marthinus?" vra hy vermoeid. Oorkant hom sit die man weer strak voor hom en uitkyk.

"My vermoede is dat Viktor hom gestuur het. Hierdie man is 'n visitekaartjie van Viktor."

"Hoekom sou hy dít wou doen?!" vra Niek, ontsteld.

"Uit 'n oormaat van ongekanaliseerde vindingrykheid en venyn," sê Marthinus.

"Wat wát beteken?!" roep Niek uit. Ongeduldig, onthuts.

"Viktor is 'n rustelose schemer," sê Marthinus. "Hy teer op intrige. Hy's paranoid. Soos skurke dikwels is. Hy's manipulatief, hy's 'n maneuvreerder. Hy's vindingryk. Hy sou nie so 'n goeie skrywer wees as hy dit nie was nie. Maar ongelukkig bly dit nie by skryf nie. Hy's agterbaks en gewetenloos. Kortom, hy't 'n oormaat van verbeelding, maar geen vorm of medium kan sy destruktiewe energie bevát nie. En hy's sy eie grootste vyand. Ek weet nie. Het hy een of ander saak met jou?"

"Nee," sê Niek. "Behalwe dat hy my geld skuld. Wat ek nie verwag hy na al die jare sal terugbetaal nie. Van waar ken jý hom?"

"Ek het die twyfelagtige voorreg gehad om hom in aksie te sien toe ons saam in die laat tagtigs op 'n komitee gesit het. Ons het 'n tyd lank met die vakbonde saamgewerk. Net voor ek landuit is."

"Wat nou," sê Niek, "ek sien nie kans om die man hier te hou nie."

"Ek vat hom na ons toe," sê Marthinus. "Geen probleem nie. Daar's 'n ekstra kamer. Rosita kan kyk na sy beserings. Môre vind ons uit waar hy vandaan kom."

"Of hy dalk uit een of ander hoësekuriteit- psigiatriese inrigting ontsnap het," sê Niek. Wrang.

"Netso," sê Marthinus, "o Here."

Die man laat hom sonder teëstribbeling deur Marthinus weglei. Niek is diep dankbaar. Hy't nóg die geduld nóg die empatie om hom verder met 'n beseerde versteurde te bemoei. Hy moes hom in die eerste plek nooit ingelaat het nie. Dit kan hom nie skeel wat dan van die ellendige kêrel sou geword het nie. Aan Viktor wil hy vanaand nie eers dínk nie.

Dis negeuur die aand toe Marthinus oplaas met die man vort is. Niek bly verslae en uitgeput agter. Hy gaan sit op die bed in Charelle se kamer. Die kamer is so leeg asof sy nooit daar gebly het nie. As hy moet weet dat énigiets wat hy gedoen het aanleiding gegee het tot wat met Charelle gebeur het, sal hy van sy kop af gaan.

Hy gaan hierdie huis verkoop. Môre sit hy dit in die mark. Hy sal voorlopig in sy ateljee bly. Hy't niks meer aan hierdie ruimte nie. Dis vir altyd vir hom bederf. Hy wil dit agter hom laat. En hy wil nie hê Viktor moet hom hier aantref nie. Visitekaartjie of te not, hy't nie lus om hom weer te sien nie. Hy hou nie van hom nie en hy wil hom nie weer sien nie.

Hy sukkel om aan die slaap te raak en hy slaap onrustig. Halfpad deur die slaap, in die voormôre, draai hy na Isabel langs hom in die bed en roep haar naam. Hy tas na haar slapende vorm, maar word met 'n skok wakker toe hy besef die bed langs hom is leeg; Isabel is weg uit sy lewe. In die maande sedert hulle uitmekaar is, het sy nog nie weer een keer met hom in aanraking gekom nie.

# Dertien

DIE VOLGENDE OGGEND kontak Niek die agent wat die huis aan hom verkoop het en teen die middag bel sy hom en sê sy het 'n koper. Die persoon het 'n kontantaanbod gemaak en stel belang in onmiddellike okkupasie. Niek skrik. En wie is hierdie voornemende (oorgretige) koper?

Sy naam is Buks Verhoef, sê die agent, miskien weet Niek van hom, hy's 'n Stellenbosse kunstenaar. Hy wil die huis omskep in 'n klein privaat galery.

Buks Verhoef! Enorm suksesvolle kunstenaar. Hy het bekend geraak deur sy hartverwarmende skilderye: vrolike, helderkleurige straat- en landelike tonele. 'n Paar jaar gelede het hy aanbeweeg na driedimensionele werk – bronsbeelde van wilde diere – luiperds, hiënas, leeus, vlakvarke, en deesdae selfs olifante, wat teen gigantiese bedrae deur buitelandse besoekers gekoop word. Dis onwaarskynlik dat hy self vir hierdie beelde verantwoordelik is – hy het vermoedelik 'n span wat sy konsepte vir hom uitvoer in sy enorme werkswinkel agter sy galery. Buks is 'n groot man, met 'n melankoliese uitstraling. Hy lyk na 'n pushover, maar hy is volgens gerugte 'n uitgeslape sakeman.

Marthinus laat die middag weet hy't alle psigiatriese instansies in die hele Kaap en omgewing gekontak. Daar word nêrens 'n pasiënt vermis nie. Die drie kêrels wat uit die hoë-sekuriteit- psigiatriese inrigting naby Moorreesburg ontsnap het, is weer veilig terug agter slot en grendel na hulle klein avontuur. En geeneen van hulle is beseer nie. Rosita het die man se wonde versorg en Marthinus het hom vanoggend na die polisiestasie geneem, waar hy as vermis aangegee word. Hy't nie reageer op Viktor se naam nie, sê Marthinus (effens teleurgesteld?).

Niek is verlig. Hoe minder Viktor in sy lewe feature (dreigend opdoem op die horison), hoe beter pas dit hom.

"Ek het my huis vanoggend in die mark gesit," sê hy. "Die agent het reeds laat weet die Stellenbosse kunstenaar Buks Verhoef wil dit koop. Kontant."

"Buks Verhoef!" roep Marthinus uit. "Jy kan nie jou huis aan Buks Verhoef verkoop nie!"

"En waarom nie?!" vra Niek.

"Bad energy!" sê Marthinus. "Jy wil nie jou hande met sy geld vuilmaak nie – hy's 'n skurk en 'n swendelaar! En bowendien is sy werk 'n abominasie; 'n belediging selfs vir die man op straat. Soos ek," voeg hy by, en lag. "Nee, o Here. Net daarvoor moet jy hom vermy."

Daarmee is die saak dan vir Niek opgelos. Hy bel die agent en sê hy wil nie meer verkoop nie. Hy dink aan verhuring in die toekoms.

*

In die Metropolitan Museum in New York het Niek meer as een keer gaan kyk na die Astor-hof. Die ontwerp van hierdie binnehof is gebaseer op die Tuin van die Meester van die Visnette, uit die Ming-dinastie. Hierdie tuin is in Suzhou, naby

Sjanghai, en staan bekend as een van die mooiste tuine in Sjina. Die binnehof bestaan uit drie tipiese tuinstrukture: 'n bedekte wandelpaadjie, 'n klein ontvangsaal, en 'n halwe pawiljoen teen die westelike muur. Die klein ontvangsaal dien ook as die terras van waar die maan besigtig kan word. Hier het die meester van die huis met vriende bymekaar gekom om poësie te skryf, 'n nuwe tee te beproef, en die volmaan te geniet. Die binnehof is so ontwerp dat dit tydens volmaan heeltemal verlig word. Die plaak bo die ingang na die binnehof as geheel lui: "In Search of Solitude", en die een bo die ingang van die Mingkamer: "Elegant Repose". Tuiniere het poëtiese name vir hulle strukture gekies om 'n spesifieke gevoel of literêre assosiasie op te roep. Elke rots in die Astor-hof is 'n stuk verweerde kalksteen afkomstig van die meer T'ai naby Suzhou. Die Sjinese woord vir landskap (Shanshui), beteken letterlik berge en water. In Sjinese tuine stel rotse groot berge voor, gehul in mis, of drywende eilande. Veral rotse met grillige vorms, topswaar, met heelwat perforasies, is hoog op prys gestel. Hierdie gate in die rotse stel grotte en spelonke voor – simboliese toegangspoorte na ander wêrelde; 'n ontsnapping uit tye van onrus en verwarring. In die een hoek is 'n klein vywer tussen 'n groepie rotse, met koi-visse en kabbelende water, wat 'n waterval in 'n afgeleë landskap tussen berge suggereer.

Aan hierdie terras van waar die maan besigtig kan word, dink Niek toe Marthinus hom die volgende dag (Woensdag) vra of hy nie die aand iets by hulle wil kom drink nie. Niek aanvaar. Dalk lewer die aand met volmaan en onbekende vriende iets interessants op.

Toe hy opdaag, sit daar 'n groot man met 'n eiervormige kop en 'n klein mannetjie met 'n pet op die stoep. Die man met die eiervormige hoof se naam is Anselmo Balla en die kleiner een se naam is Selwyn Levitan. Anselmo grom iets en Selwyn spring op en gee Niek hand. Hulle kyk uit oor die hawe. Hulle drink bier. Die son sak. Anselmo breek af en toe 'n wind op. Hy staar iesegrimmig voor hom uit. Hy's ruste-loos, hy vroetel rond, hy snork, hy maak vreemde geluide deur sy neus. 'n Koel bries stoot op van die see. Niek dink: as hy net met Charelle 'n behoorlike gesprek kan hê.

Later kom die volmaan oor die berg, skuins agter hulle, op. Hulle drink nog bier. Geen tee vanaand soos op die Sjinese pawiljoen van waar die maan besigtig kan word nie. Die maan klim hoër. Ook geen poësie nie. Anselmo snork en blaas en woel rond terwyl hy praat (driftig, emfaties). Sy voet tik op en af en sy hande is nooit stil nie. Selwyn Levitan, daarenteen, sit die hele aand feitlik roerloos vol verwondering na die maan en kyk.

*

Toe Niek laat Donderdagmiddag by die huis kom, sit nie-mand anders nie as Buks Verhoef hom in sy motor voor sy huis en inwag. ('n Jaguar, as Niek nog 'n bewys van Verhoef se welvaart verlang het.) Hy's nie net korpulent nie (klim met moeite uit sy motor), maar skynbaar ook asmaties. Hy hyg by die stoeptrappies op. Vee sy voorkop af met 'n sakdoek. Wil Niek nie tog maar oorweeg om te verkoop nie, vra hy toe hulle sit. Hy kan hom meer aanbied as wat Niek vra. Kontant. Waarom is hy so gretig om hierdie spesifieke huis te koop? vra Niek. Hy't al lankal sy oog op 'n huis in hierdie omge-wing, maar daar's nie soveel beskikbaar nie. Hy wil die huis in 'n klein privaat galery omskep. Wat bedoel hy met privaat?

111

Wel (Verhoef lyk ongemaklik), 'n eksklusiewe galery wat nie vir die algemene publiek toeganklik is nie. Niek kry die idee dat Verhoef nie die volle waarheid vertel nie. 'n Eksklusiewe galery vir eksklusiewe kopers? Dit kan enigiets beteken. Buks gebruik sy asmapompie, vee weer sy voorkop af, skuif ongemaklik rond. Enorme dye. Iets ontwapenends omtrent hom. Iets van die skaam, vet, onbeholpe skoolseun. Niek vind hom innemend, ten spyte daarvan dat hy hom nie vertrou nie.

Voorlopig nie, sê Niek, maar hy sal daaroor dink.

# Veertien

'N Maand of wat na Jacobus se dood vlug ek na die Oos-Kaap. Ek weet ek laat jou in die steek, maar ek kan nie langer hier bly nie. As ek bly, sal ek ondergaan, dit weet ek. Ek bly by vriende op die rand van die Oos-Kaapse dorp. 'n Pragtige uitsig op die steengroef en die omliggende heuwels. 'n Bloekomlaning voor die huis. Hulle stel 'n ruim buitekamer tot my beskikking. Dit pas my goed. Ek kan hier steeds my vryskutwerk doen. Dit is bitterlik koud. Die einde van die winter, dikwels die koudste tyd van die jaar. Soms gaan ek saam met my vriende dorp toe wanneer hulle gaan werk. Ek gaan kyk 'n keer na die selakant in die museum. Die groot vis is geelbleek, so anders as wat ek my dit voorgestel het. In sy natuurlike omgewing flonker dit skynbaar soos perlemoer, in iriserende groene en blougroene. Soms loop ek net deur die dorp, of drink iewers koffie. In die hoofstraat sien ek 'n keer boerbokke vreet uit swart sakke wat op straat uitgesit is. Met Zimbabwiese handelaars, by 'n stalletjie onder in die dorp, agter die katedraal, onderhandel ek om vir my 'n skedel van draad en wit kraletjies te laat maak. Ons kom ooreen oor 'n prys. Toe ek nie tevrede is met die voltooide skedel nie, moet hulle dit verander. Ek vind dat die mond nie oop moet wees nie (in 'n maniese grynslag). Hulle maak die draad los wat die kaakskarniere in plek hou, maak die mond toe; die draadtande pas nie heeltemal goed op mekaar nie, maar dit lyk klaar beter. Toe die skedel klaar is, is dit te breed oor die oogbanke – dit lyk soos dié van 'n Neanderthaler – maar ek hou tog daarvan. Ek bring heelwat tyd deur in die universiteitsbiblioteek. Ek hou daarvan om hier te werk. Dit is waar ek op 'n boek oor Nancy Spero afkom. Haar werk spreek my sterk aan. Ook die werk van Stanley Spencer – wat ek nie so goed ken nie en waardeur ek aangenaam verras word. Veral die opstandingstoneel, en die tonele in die Britse kampe tydens die Eerste Wêreldoorlog. Ek lees ooggetuieverslae van vyf oorlewendes wat vertel wat hulle die dag ervaar het toe die atoombom op Hirosjima geval het. Ek lees in 'n boek oor Spero dat Artaud se skrywe 'n onderwaterse, ondermateriese afduik is in 'n swart, dodelike geweld waarin die vroulike tegelyk bejubel en gestigmatiseer word. Ek het Artaud nooit self uitvoerig gelees nie, want ek kan nouliks sy briljante groteskerie verduur, of sy lewe, of sy lyding, of sy notaboeke oor pyn. Daar in die biblioteek lees ek ook dat Nietzsche beweer marteling is 'n vrou: die trek van die tand, die uitpluk van die oogbal. Die geweld van die Christelike idee, die idee wat vrou word. Die penetrasie van warm vrouelyke wat hulle lyfopeninge aanbied (offer). In Nancy Spero se werk besoedel mans en honde die stad, terwyl vroue hardloop, masturbeer, kopuleer en akrobatiese kunsies doen. Dit is bitterlik koud. Teen hierdie tyd glo ek ek word in my ganse lewe nooit weer warm nie. Dit is nie net meer die organe in my liggaam wat koud is nie, die koue sypel geleidelik deur na my beendere. Ek verbeel my dat ek my bevrore skelet kan sien asof dit voor my op 'n skerm geprojekteer word: my beendere soos yskristalle. My

114

vriende stook saans 'n groot vuur, maar wat baat dit my, my kern bly steeds bevrore; ek is steeds die prooi van my gedagtes. Op die tafeltjie langs my bed staan die Neanderthalskedel van draad en wit kraletjies. In plaas daarvan om die neus hol te maak, het die Zimbabwiese handelaars dit effens laat uitstulp.

Wanneer ek nie dorp toe gaan nie, bestudeer ek my vriende se mediese handboeke. Ek kyk onder meer met belangstelling na die gedeelte oor die sjirurgiese anatomie van die gesplete verhemelte in *Gray's Anatomy*.

In hierdie tyd begin ek intensief kyk na die video's van die Olivier-broers. My goeie vriend Willem Wepener het my op hulle spoor gesit. Later het hy my ook aangemoedig om 'n monografie oor hulle te skryf.

Aan die begin van die lente keer ek terug na Stellenbosch. Dit is 'n verkwikkende seisoen, die ysige lentereëns begin val, miljoene brose slakkies broei oornag uit, en die teer botsels aan die wingerd en akkerboom begin uitloop. Jy is intussen weg op 'n lang reis, om jou aandag af te lei. Jy reis na ver en ongewone plekke, jy tuur in 'n krater af en bestyg 'n bergpiek en roei op 'n rivier vol groen slik. Jy stuur poskaarte. Hoewel jy nogtans daarmee volhou, sê jy, weet jy dat al jou omswerwinge 'n vrugtelose poging is om jou verdriet te verdring.

Aan die einde van die jaar begin ek – aarselend en met groot omsigtigheid – skryf aan die monografie oor die Olivier-broers. Aan die begin van die nuwe jaar is jy weer terug in die dorp en ontmoet ek jou in die coffee shop, die dag toe dit so onophoudelik gereën het.

Ek hou soveel van Saramago se roman *The Year of the Death of Ricardo Reis*. Reis is een van Pessoa se heteronicme. Pessoa is dood en sy gees word nog nege maande op aarde gegun om sy sake in orde te kry. In hierdie tyd verskyn hy soms aan Reis, wat pas in Lissabon aangekom het. Reis se lewe begin stadig uitloop, steeds meer in passiwiteit verval en teen die einde trek hy sy baadjie aan en volg Pessoa na die begraafplaas. Dit is met moeite dat ek my uit die ruimte van die roman weg-skeur. Iets van die somber digtheid daarvan bly my by.

# Vyftien

'N KEER OP HULLE REIS het Isabel vir hom gesê sy voel soos 'n papie. Nie iets waaruit 'n mot of skoenlapper gaan kruip nie, maar soos in 'n film wat agteruit gespeel word, waarin die mot terugglip in die papie, die papie verander in 'n wurm, die wurm in 'n eiertjie, die eiertjie word 'n spikkel, wat kleiner en kleiner word, totdat dit verdwyn. Totdat daar nie eens 'n molekule of 'n atoom daarvan oorbly nie. Sy voel asof sy gaan uitgewis raak, het sy gesê, tot in die diepste kosmiese vergetelheid in, tot in die kleinste kwantum-eenheid van niebestaan – en dit gaan BLISS wees.

Hulle het teenoor mekaar gesit in die kafeteria van die Metropolitan Museum. Niek het nie geweet wat om te sê nie. Hy het niks laat blyk nie. Hou jou blik neutraal, het hy homself gemaan. Moenie wys jy is onthuts nie. Sy het dit nie nou nodig nie.

Hulle het hulle tee in stilte gedrink. Isabel het die mense dopgehou. Uit haar gelykmatige uitdrukking was daar weinig van haar innerlike vertroebeling af te lees, in elk geval deur 'n buitestander. Toe hulle klaar is, het hy gevra of sy saam met hom na die Astor-hof wil gaan kyk. Sy het haar kop net effens geskud, ontkennend. Toe hy haar daar so sien sit, het hy die intense behoefte gehad om haar in sy arms te neem en haar arme, gefolterde kop teen sy skouer te koester. Sy vingers in haar hare (vlaswit soos wol), sy vingerpunte salwend op haar dun, breekbare skedel. Maar hy was tegelyk bang vir haar – sy was so geheel en al ondeurdringbaar in haar ellende. Hy het alleen gegaan, en lank daar op sy eie gesit. Die rotse het berge voorgestel, die vywer 'n meer of die see. 'n Landskap van veraf berge en riviere.

Hieraan het Niek gedink toe hy die Vrydagoggend op pad werk toe kyk na die bergreeks in die verte op die horison. Toe hy die aand by die huis kom, besluit hy hy gaan tog sy huis aan Buks Verhoef verkoop. Ten spyte daarvan dat Marthinus hom afgeraai het om dit te doen. Hy hou nie meer van die huis nie. Dit het vir hom slegte assosiasies. Môre bel hy die agent.

*

Die dag waarop ek die ou vader vir die tweede keer kan sien, drink ek eers 'n koppie koffie in die dorp.

Oorkant my, by 'n lang tafel, sit Buks Verhoef, die beminde dorpskunstenaar. Die plek staan my nie besonder aan nie. Dis pretensieus, soos alles op hierdie dorp. Ek sit by 'n kleiner tafel, met my rug na die rakke vol peperduur eksklusiewe asyne, wyne, muesli's, pakkies koekies en beskuit. My rekenaar is oop voor my. Ek lees wat ek geskryf het oor die Olivier-broers ter voorbereiding vir my onderhoud met die vader.

'n Man kom by die koffiewinkel in. Hy val my op, want dis 'n warm dag en hy dra 'n wintersbaadjie. 'n Vreemd oud-modiese Harris Tweed-tipe baadjie. Baie lelik, baie onvleiende snit. Hy dra 'n groot swartraambril (ook besonder onvleiend), sy hare is byna skouerlengte en olierig, en hy lyk verwilderd. Ek kyk na hom, ingedagte. Ek wonder wat hy hier kom doen, hy kom so misplaas voor. Dit lyk of hy by die tafeltjie in die middel van die winkel, naby die ingang, tussen my en Verhoef, wil plaasneem.

Die volgende oomblik kom hy skielik in beweging, beweeg vinnig na die deur, mik met 'n pistool in die rigting van Buks Verhoef, skiet 'n paar skote, en voor ek behoorlik kan registreer wat gebeur het, is die man by die deur uit. Algemene konsternasie volg: 'n geskree en 'n gegil. Oorverdowend.

Buks Verhoef lê met sy kop vooroor op die skoongeskropte tafel. Noodlottig in die hart getref? Geen bloedsproei op die muur agter hom nie – die koeëls is dus nie deur sy liggaam nie. In die een hoek is 'n bondel gillende kliënte en kelnerinne bymekaar, en in die ander hoek (agter die pilare) skree twee vroue histeries.

Omdat ek opleiding in noodhulp het, snel ek Verhoef te hulp. Ek probeer hom versigtig van agter oplig, my voorarms onder sy oksels. Ek laat hom orent kom, teen my bors terugleun, sy kop val agteroor teen my skouer. Sy gesig is skuins na my gedraai. My wang feitlik teen syne. Hy is 'n groot, swaar man. Te swaar vir my om alleen op die vloer te probeer neerlê. Hy is in die bors geskiet. Die bloed spúit behoorlik uit in 'n helderrooi boog. Ek probeer die bloeding stop – druk 'n handvol servette teen die wond – maar dis moeilik om hom terselfdertyd met net een arm te probeer regop hou. Dis egter vir seker al klaar te laat. Bloed borrel reeds by sy mond uit. Hy moet ook in die longe getref wees. Hy is sterwend. Sy gesig is half na my gekeer. Eers is daar 'n paar oomblikke lank skok en ongeloof in sy blik, dan verwildering, dan wanhoop, en dan slaan hy sy oë in 'n laaste, berustende blik na my op, soos hy hom aan die onvermydelikheid van sy eie dood oorgee. Met my vervagende beeld as begeleiding vlieg die siel van Buks Verhoef by sy mond uit. Arme Buks. Sy liggaam word slap in my arms. Sy kop val weer vooroor, sy arms hang slap langs sy sye toe ek my arms onder sy oksels wegneem. So laat ek hom. Ek het nog nooit vir bloed geskrik nie, maar ek het vergeet hoe helder dit pomp. Ek raak gevolglik deur 'n enorme weemoed oorval.

Daar is bloed oral. Dit het reeds 'n plas voor hom op die tafel gevorm. Klante word uit die winkel gelei. Ek laat die dooie man met sy kop vooroor op die tafel, en glip gou na die badkamer agter in die winkel, voor dit dalk afgesper word. Net sowel die koeëls het nie deur die liggaam gegaan nie, want dan was ek deurweek van die bloed. Nou is daar net bloed op my hande, my polse, en op die moue van my ligte somerstrui. Ek trek die trui versigtig uit. Gelukkig het ek 'n kortmou-T-hemp aan, anders was dit ook besmeer. Ek was my hande deeglik, met warm water, tot by die elmboë. Ek spoel die moue van my trui vinnig met koue water uit – ek sal dit later by die huis behoorlik was.

Toe ek klaar is, het die polisie reeds opgedaag. Omdat ek van agter uit die coffee shop kom, en niemand anders in die winkel oorgebly het nie (ek is die enigste ooggetuie wat nie weggehardloop het of flou geval het nie), is ek ook sommer die eerste verdagte. 'n Volronde vroulike sersant vra my om by een van die tafels te sit. (Haar naambordjie sê Nkosikati Ndlovu.)

Ek sien hoe 'n spannetjie moeite het om Buks se groot liggaam op 'n draagbaar te laai. My bene is lam. My hande bewe. Die tydskrifte wat voor hom gelê het en die koerant waarin Buks gelees het, is deurweek van die bloed. Die bloed is reeds

120

besig om 'n plas onder sy stoel ook te vorm. Die noodhulpspan slaag oplaas daarin om Buks se liggaam op die draagbaar te laai en hom by die deur uit te dra. My hande bewe onbedaarlik. Die sersant ondervra my in Engels. Het ek die oorledene geken? Nie persoonlik nie, maar ek weet wie hy is. (Wie in die dorp weet dit trouens nie?) Hoe laat het ek die winkel ingekom? Ek weet nie, ek kyk op my horlosie, so 'n halfuur gelede, skat ek. Het ek iemand verdags opgemerk? Ja, 'n man met 'n bril en 'n baadjie. Dit vind die sersant verdag. Hoe sal ek dít nou opge- merk het? (Sersant, mevrou, toevallig is ek baie oplettend.) Ek het dit opgemerk omdat dit ongewoon vir iemand is om op 'n warm dag so 'n baadjie te dra. Watter kleur was dit? Grys- bruin, dink ek, met 'n visgraatpatroon. 'n Lelike baadjie, voeg ek by, "not very fashionable; very badly cut". Die sersant kyk met gespitster aandag na my. Hoe meer detail ek gee, hoe meer verdag vind sy my, dis duidelik. As ek boonop in my verklaring kommentaar het op die snit van die persoon se baadjie, moet ek vir seker kriminele neigings hê. Voeg daarby my opvallende en onaansienlike lipletsel, en ek is by voorbaat 'n eerste ver- dagte. Hoe dan anders – die uitwendige letsel as aanduiding van 'n versteurde gees. Wat het ek hier kom doen? Ek het kom koffie drink voordat ek 'n onderhoud met iemand in die dorp gaan voer. Niksvermoedend het ek hier gesit (al verpes ek die sfeer van die plek. Al bedink ek reeds weer 'n moontlike ont- snappingsroete uit die dorp. Ek moet net eers weer by die ou vader uitkom). Ek het hier op my rekenaar gewerk, sê ek. Daar staan dit nog op die tafel waar ek gesit het. Goddank nie gesteel geraak in die algemene chaos nie! Die sersant wil daarna kyk. Bewysstuk nommer een in die hof: die rekenaar van die haaslip met die bloedbesmeerde klere. (Toe ek afkyk, merk ek vir die

121

eerste keer donker bloedspatsels op my T-hemp.) Sersant, sê ek, glo my, ek het niks hiermee te make nie. Kyk gerus na my rekenaar, maar laat my dan asseblief gaan, ek het oor 'n halfuur 'n afspraak wat ek nie kan afstel nie en ek moet my nog opfris, ordentlik maak. (Of sal ek met bloedvlekke op my klere by die ou vader aankom? Sal dit sy geheue laat inskop?) Mag ek nou asseblief weer die badkamer gebruik? Dit mag, maar 'n lid van die Diens moet my vergesel. Sy moet buite die deur vir my wag.

Weer spoel ek my gesig en hande af. Drink water, ek het skielik 'n enorme dors. My hande bewe steeds. Ek trek my T-hemp uit, probeer my bes, maar dis feitlik onmoontlik om die bloedspatsels te verwyder sonder om die hele hemp nat te maak. Gelukkig is dit nie 'n wit hemp nie.

Die sersant lyk geensins oortuig van my onskuld nie. Sy kyk na my ID-boek, neem die nommer. Kry my adres en ander besonderhede. Ek moet sorg dat ek die volgende 48 uur nie die dorp verlaat nie. Ek moet môreoggend by die polisie-stasie rapporteer. Sou ek intussen probeer wegkom, sal hulle dadelik op my spoor wees.

*

Buite is die lig skielik verblindend helder. Die ingang van die coffee shop is met geel lint afgesper, maar 'n groot kring nuus-kieriges staan steeds op die sypaadjie saamgedrom. 'n Vrou huil onbedaarlik. Ek word met groot belangstelling aange-kyk toe ek uitkom. Ek word waarskynlik as verdagte gesien. 'n Kamera flits. Gelukkig het ek my kop afgewend gehou. Môre verskyn my foto in die koerant. Ek laat my nie maklik van stryk bring nie, maar in die motor kom ek agter ek is be-hoorlik bewerig en my tande klapper op mekaar, asof ek koud kry. Al het ek my hande en gesig gewas en die bloed so goed moontlik uit my T-hemp probeer kry (net sowel ek dra vandag donker jeans), is ek nog nie heeltemal skoon nie. (Wie sou ooit kon raai dat ek die bloed van Buks Verhoef op my hande sou hê?) Ek ruik aan my hande, aan my arms, aan my hemp, en verbeel my ek ruik 'n ondertoon van bloed. (Dalk tel die ou vader dit ook op.)

Die hekke van die aftreeoord gaan weer oop. Mejuffrou De Jongh wag my in. Ek lig haar kortliks in oor wat gebeur het. Sy moet dus verskoon as sy iewers 'n bloedkol of twee op my sou merk. As sy geskok is, laat sy dit nie blyk nie, maar ek verbeel my tog dat ek 'n flikkering van groter belangstelling sien in haar oog – iets guitigs selfs? 'n Girl wat oopstaan vir avontuur? Sy dra weer 'n lae top wat haar indrukwekkende borste goed vertoon. Is hierdie manjifieke gesig verkwis op die ou vader, of verlustig hy hom tog daarin? Verlustig en meer. Indertyd niks met sy aptyt verkeerd gewees nie. Hoewel.

Hy sit dié keer in 'n rottangstoel op die stoep. Dis steeds warm genoeg om buite te sit. Hy't 'n ligte reiskombersie oor sy knieë. Weer kyk hy my nouliks aan. Hy sit so dat hy oor die tuin kan tuur, in die rigting van die dam, waar ons laas na die koi-vis staan en kyk het. Wat sal ek drink? vra juffrou De Jongh – 'n koeldrankie dalk, suiker vir die skok? (Sarkasties?) Maak dit iets sterkers, asseblief, sê ek. Sy knik. 'n Verstandhouding. (Dit sou gunstig wees as ek haar aan my kant kon kry.) Whisky? Dubbel, asseblief. 'n Samesweerderige glinstering in haar oog, tensy ek my dit verbeel. (Ek het die sterk drank nodig. Ek het nou 'n ligte bewerasie. Die gille van die klante weerklink steeds in my ore. Van Buks se laaste, pleitende blik raak ek nie ontslae nie.)

Die dubbele dop maak my rustiger, maar minder gefokus. Die vrou lyk trouens nie ongeneë om summier vir my nog een te skink nie. Ek kry skielik die idee sy's self gesteld op 'n drankie of twee, en sy dra waarskynlik die sleutel van die goed voorsiende drankkabinet. Ou vader was geen geheelonthouer nie, tensy my geheue my parte speel. Sal ek en mejuffrou De Jongh vriende word? Vertrouelinge? Sal sy vertel hoe suinig hy is, hoe sleg hy haar betaal, hoe sy dit haat om vir hom te werk, hoe sy dit soms oorweeg om iets in sy drank te gooi? Sy's nie my tipe nie. Haar uitdrukking is te saaklik en onekspressief. 'n Kil blik, en nie ironies nie – soortgelyk aan dié van haar werkgewer.

Daar gaan deesdae dae verby dat ek niemand sien nie, met niemand praat nie. Die dorp vind ek bevreemdend. Die middedorp vermy ek, koop my melk en groente by kleiner plekkies, die KwikSpar, die Engen op pad uit na Somerset-Wes. Na die buitensporighede en vergrype van my jeug drink ek feitlik nie meer nie, die whisky gaan summier na my kop. Dit stomp wel die dringendste snykant van die gille en gesuis in my ore af. Dit maak my vrymoedig. Ek trek my stoel nader aan dié van die professor.

"Soos u reeds weet," sê ek, "skryf ek 'n monografie oor u seuns. Ek wil van u graag meer volledige inligting hê oor hulle kinder- en jeugjare."

Vir die eerste keer kyk hy my direk aan. Hoewel vlugtig. As hy my herken, gee hy geen blyke daarvan nie. Sou hy my nie herken nie, sou dit nie vreemd wees nie. Ek sou hom nie juis daarvoor kon verkwalik nie. Maar het hy snuf in die neus gekry, is sy belangstelling geprikkel deur die sweem van 'n bloedreuk aan my persoon, my klere?

"Wat wil u weet?" vra hy.

(Nóú praat ons.)

"Ek verneem u was die seuns se enkelouer vir die grootste gedeelte van hulle kindertyd en jeug. Wanneer is hulle moeder weg, en onder watter omstandighede? Is dit nie gebruiklik vir die hof om toesig aan die moeder, eerder as aan die vader te gee nie?"

Die whisky het my té onbeskroom gemaak. Verkeerde vraag. Ek sien, of verbeel my ek sien, hoe sy pupille 'n oomblik lank vernou by die noem van sy gewese vrou. Ek moes dit nie so gestel het nie. Ek moes hom nie 'n gaping gegee het nie.

"Die hof gee toesig aan die vader wanneer daar bevind word dat die moeder haar plig versuim het of nalatig was, of in die geval van owerspel of kwaadwillige verlating," sê hy. "My gewese vrou het die kinders sonder skroom, nadenke of enige latere berou in my sorg gelaat toe sy ons kwaadwillig verlaat het. Sy het met haar minnaar weggeloop. Haar minnaar in dié tyd." (Voorlopig ignoreer ek die insinuasie dat daar nog vele minnaars daarna was.)

"Mag ek vra hoe oud die seuns was toe dit gebeur het?" vra ek.

"Die seuns was ses jaar oud," sê hy.

"En het hulle daarna kontak met hulle moeder behou?" vra ek.

"Sy het van haar kant nooit weer enige poging aangewend om met hulle kontak op te neem nie," sê hy.

"So die seuns het sedert hulle sewende jaar nooit weer met hulle moeder kontak gehad nie?"

"Dis korrek," sê hy.

"Leef sy nog?" vra ek.

"Dit sou ek nie weet nie," sê hy.

"En het hulle haar as kinders nie gemis nie? Of self later met haar in aanraking probeer kom nie?"

Verkeerde vrae. Te gou belangrike inligting probeer kry. Ek het die onderhoud verbrou. My fokus verloor. Ek voel die dooie gewig van Buks nog in my arms. Die reuk van bloed is nog in my neusgate. Die whisky het my benewel. Hy ignoreer – tereg – my vraag, draai na juffrou De Jongh, wat bene oormekaar gekruis skuins van hom op 'n tuinbankie sit en rook, en maak 'n gebaar met die breë geelbleek hand. (Ek het die vorm van sy hande presiés onthou.) 'n Teken dat die onderhoud verby is. Sy trap die sigaret onder haar hak dood, staan op, en kort daarna begelei sy my tot by die voordeur. Dis koel wanneer ek na my motor stap. Ek ruik aan my arm, aan my T-hemp. Onmiskenbaar steeds die warm, vleiserige ysterreuk.

Ek en Janetta het iets gaan drink by die hotel net buite die dorp. Ons het soos wolwe oral saamgedraf, kop in een mus. Sy was mooi, met 'n breë voorkop en koel, grysblou oë. Twee mans het oorkant ons in die kroeg gesit. Daar was 'n gesellige vuur in die kaggel. Ek het die een dadelik herken, hy was 'n geskiedenisprofessor aan die universiteit, hoë profiel. Na 'n rukkie het hulle gevra of hulle by ons kan aansluit, vir ons 'n drankie kan koop. Seker, hoekom nie? Na heelwat drankies het die vriend 'n voorstel aan Janetta gemaak. Ek is saam met Olivier na sý kamer. (Waarom die twee vir die nag in die hotel ingeboek was, weet ek nie.) Hoekom het ek met hom saam-gegaan? Ek sou enigiets doen, toe, ter wille van die avontuur, sommer for the hell of it. Nogtans was ek nie voorberei op wat sou volg nie. Skaars in sy kamer, of hy het my sonder om-haal hardhandig op die kant van die bed sitgemaak, voor my

126

gaan staan, sy gulp oopgemaak, my kop stewig beetgepak en afgedruk, sy penis in my mond probeer forseer. Ek het hom gebyt. Hy het my geklap, teen die kant van my kop, hard, dat my ore daarvan suis. Ek het na hom geskop. Hy het my aan die arm beetgekry, regop geruk, teen die een muur vasgedruk, my kop teen die muur gekap, my deur die gesig geklap, sodat my neus begin bloei het. (Ek het gewonder of dit regtig vir hom nodig was om heeltemal so moorddadig te wees.) Ek het hom hárd met my knie tussen die bene gestamp. In die paar oomblikke wat hy van balans was, het ek my handsak op die bed gegryp en gemaak dat ek wegkom. Met bloeiende neus en sonder skoene het ek in die donker terug dorp toe gedrafstap. Dit het gereën. Het ek hom aangegee by die universiteitsraad, of waar ook al? Nee wat. In dié tyd het ek geglo as jy in die moeilikheid beland, sorg jy self dat jy so goed as moontlik daaruit kom. Ek en Janetta het die volgende dag gelag oor my noue ontkoming. Al was ek ver heen in dié tyd en meesal op 'n selfvernietigingsending, sou ek my wragtag nie laat verkrag deur so 'n koue vis, so 'n stupid kont nie. Ek het hom nie weer gesien nie. Kort daarna is ek in elk geval uit die dorp. Ek is weg toe Janetta weg is. Sonder haar het die plek my nog minder aangestaan.

\*

Ek gaan huis toe. Ek spoel die trui uit. Die water word 'n bleek, bloederige rooi. Ek skrop my deeglik af in 'n warm stort. Ek is vies vir myself dat ek die onderhoud verbrou het. Miskien sal die ou vader nie eens weer met my wil praat nie. Nou moet ek weer geduldig sy vertroue wen. Een of ander alternatiewe strategie bedink. Eers met hom oor sy werk praat.

Ek sal hom vlei. Hy's waarskynlik die soort man wat gedy op vleitaal.

Ek koop die volgende dag die koerant. Daar is 'n onduidelike foto van my, my kop weggedraai, geneem toe ek by die coffee shop uitkom. In hierdie stadium is daar nog geen duidelike motief vir die moord nie, beweer die polisie, maar hulle doen hulle bes. Ja, vir seker. Die dorp is geskok, soos een man. *'n Geliefde inwoner sterf*, sê die koerantopskrif. Oral teen die bome die plakkate: *Skokdood van bekende kunstenaar.*

Op 'n vreemde manier wil ek terugkeer na die coffee shop waar Buks Verhoef geskiet is. (Dit is voorlopig nie moontlik nie – die opruimingsoperasie sal seker 'n tydjie neem.) Ek het 'n behoefte om die – steeds onwerklike – gebeurtenis te anker. Ek speel dit oor en oor in my geheue. Dit het so skielik gebeur dat dit is asof dit nooit gebeur het nie. En die arme Verhoef se eers wanhopige en toe berustende laaste blik – soos 'n dier voor dit tereggestel word.

Ek ontmoet jou in die dorp vir koffie. Ek vertel jou wat gebeur het, hoe Buks Verhoef in my arms gesterf het. Hoe ek dit steeds moeilik vind om te glo wat gebeur het. Jy is geskok. Jy kan dink dat dit moeilik is om te glo – so 'n gewelddadige gebeurtenis – so onverwags en sonder waarskuwing. (Ons moet albei dink aan Jacobus se dood.)

Dit gaan goed, sê jy, toe ek jou vra hoe dit gaan. Ek glo jou nie. Jou mooi oë lyk steeds hartseer. Ek dink, soos jy, dat dit nooit weer heeltemal goed sal gaan nie. Sy dood het 'n gat uit jou hart geruk, het jy 'n keer gesê. Onherstelbaar, so iets. Van hier af gaan jy mank, het jy gesê. Vermink. Jy het hom van almal en alles die liefste gehad.

*

Marthinus bel vroegoggend.

"Het jy die koerant gesien?" vra hy.

Niek het van 'n bedding vol swart lawasand gedroom waar-in sy pa sê hulle moet ertjies plant. Hy is nog behoorlik deur die slaap.

"Wát?"

"Buks Verhoef is gister in 'n coffee shop in Stellenbosch doodgeskiet."

Niek is geskok. Sy eerste (skuldige) gedagte is dat hy nou nie meer 'n koper vir sy huis het nie.

"Wat het gebeur?"

"Die polisie weet nog nie. Maar 'n verdagte is aangekeer."

Nou is Niek spyt dat hy sy huis nie onmiddellik aan Buks Verhoef verkoop het nie. Hoewel dit ook seker nie sou help nie. Hy sou sy geld eers kry nadat die boedel afgehandel is. Maar noudat die koop deur sy vingers geglip het, wil hy nóg minder in hierdie huis bly. Miskien moet hy dit onmiddellik verhuur en in sy ateljee gaan bly.

Marthinus sê: "Ek het mos gesê jy moenie jou huis aan Buks Verhoef verkoop nie. Hy's deurmekaar met allerlei skelms en swendelaars."

"Hy's nie noodwendig deur 'n skelm of swendelaar geskiet nie," sê Niek. "Is die coffee shop beroof?"

"Niemand anders is beseer nie," sê Marthinus. "Niks of niemand is beroof nie. Die man het glo in die winkel inge-kom, op Verhoef geskiet en uitgehardloop."

"Dit klink nie goed nie," sê Niek.

"Nee," sê Marthinus. "Verhoef se dood hou waarskynlik verband met sy agterbakse bedrywighede – onwettige kuns-handel en so, dit sal my niks verbaas nie. En dis presies die soort skelmstreke waarmee Viktor hom sal bemoei. Dis presies die soort kriminele aktiwiteit wat hom sal aanspreek."

Niek kreun. "Aggenee, Marthinus," sê hy. "Nou gaan jy te ver. Viktor kan tog nie 'n hand in élke pot hê nie!"

"Waarom nie? O Here. Ek het 'n baie sterk aanvoeling dat daardie man terug in die land is met 'n duidelike agenda en iewers agter die skerms doenig is. Guerrilla-taktiek – die roofbendes en protagoniste en allerlei byspelers slaan die heeltyd op onverwagse plekke toe. Nes dit in sy romans gebeur."

"Maar, Marthinus," sê Niek, "jy kán mos nie omdat dit in sy romans so gebeur dié soort afleidings maak nie!"

"Nie?!" sê Marthinus. "Waarom nie?"

"Dit werk nie so nie," sê Niek.

"Hoe werk dit dan?"

"Marthinus, ek weet nie. Ek weet nie hoe dit werk nie, maar dit klink vir my nie reg nie."

"Dink weer daaroor na," sê Marthinus. "Onthou – Viktor Schoeman is nie jou man op straat nie. Met hom is enigiets moontlik. Hy's nie 'n man wat tussen werklikheid en fiksie onderskei nie. Ek het 'n gevoel dat al hierdie dinge met mekaar verband hou."

"Maar, Marthinus," sê Niek, "eers het jy gedink Viktor het iets met die Moorreesburg-saak te doen – die inmates wat uit die hoësekuriteitsinrigting ontsnap het; toe't jy gedink die versteurde kêrel wat hier in my kombuis gesit het, was een van die inmates. 'n Visitekaartjie van Viktor. In albei gevalle was jy verkeerd. Nou wil jy beweer dat Viktor iets met die moord op Buks Verhoef te make het. Alles op grond van situasies in *Vlakwater*."

"Kyk," sê Marthinus, "ek weet dit klink nie baie oortuigend nie, maar ek het 'n sterk aanvoeling dat daar 'n skakel tussen al

130

hierdie gebeurtenisse is, en ek kan my aanvoeling gewoonlik vertrou."

"Marthinus . . ." sê Niek.

"Kyk," sê Marthinus, "dis nie te sê daar's nie 'n skakel as mens dit nie onmiddellik kan sien nie. Daardie man is terug in die land met 'n doel. Wat die doel is, weet ek nie, maar dat dit verband hou met allerlei dinge waarvan ons die afgelope tyd te hore gekom het, daarvan is ek seker. Ek voel dit in my gebeente. O Here. Hy hou van speletjies. Hy hou daarvan om clues te plant. Vir hom is alles spel – hoe roekeloser, hoe beter – dood en lewe ongelukkig ook. 'n Psigopatiese klap weg, daaroor sal ons saamstem. Indien nie selfs 'n volslae psigopaat nie. Deesdae is die term glo sosiopaat. Maar met hierdie helse verbeelding. Kyk maar na die romans, kyk maar na *Vlakwater*. Onderskat. Te veeleisend. G'n kritikus wou 'n oordeel daaroor waag nie. Plek-plek briljant. Die interne monoloë! Die volgehoue en oneerbiedige verbeelding! Ek wil dit byna 'n meesterwerk noem. Iets tussen Flaubert en daardie gruwelik verstommende Chileen, Bolaño. Dieselfde grusame en sinnelose geweld, dieselfde opstapelingstegniek – honderde bladsye aaneen – dieselfde raaiselagtige dead ends en onopgelosthede en brutale poëtiese sprønge –"

"Ek gaan weg," val Niek hom in die rede. "Ek huur vir my 'n kamer êrens. Ek wil Viktor nie in my huis ontvang nie. Ek wil niks eers wéét van sy planne en psigopatiese bedrywighede nie. Jammer. Ek hou in elk geval nie meer van my huis nie."

"Nee man," sê Marthinus. "Moet jou nie onnodig laat afskrik nie. Kom jy vanaand *The Man Who Wasn't There* by ons kyk?"

\*

Niek koop later die oggend die koerant. Op bladsy drie is daar 'n onduidelike foto van die verdagte wat op Buks Verhoef geskiet het. Hy bekyk dit noukeuriger – die man lyk verdag baie soos die Chris Kestell-dubbelganger wat hy vroeër die jaar in die coffee shop teëgekom het! En die coffee shop is presies die een waar hy vroeër die jaar deur dieselfde man bygedam is. Hoewel die man van nader minder op Chris Kestell getrek het (die dwalende oog). Maar hiervan hou hy in elk geval niks. Hy wil nie vir Marthinus hiervan sê nie. Dit sal net sy vermoedens versterk en hom nog verdere vreemde afleidings laat maak. Hy wil Marthinus nie in sy kwaad sterk nie. Hy ken hom nie goed genoeg om te weet hoe betroubaar sy aanvoelings is nie. Hy gaan niks sê nie. Hy gaan dit aan Marthinus oorlaat om die ooreenkoms te sien, of nie te sien nie. Miskien is die ooreenkoms in elk geval toevallig. Die foto is nie baie duidelik nie. Dalk het hy Chris Kestell op die brein, onder aanstigting van Marthinus.

# Sestien

MARTHINUS NOOI HOM vir 'n bier en hulle sit buite op die stoep, hoewel die herfsluggie reeds begin byt. Vanaand is Alfons daar en Selwyn Levitan. Alfons het lewendige blou oë en 'n regop, fier, patriargale voorkoms.

Dis byna donkermaan vanaand. Die ligte flonker op die baai. Marthinus het die vorige keer vir hom gewys waar die stadsplaas lê, en daaragter die informele nedersetting waar Tarquin Molteno en kie soms uithang. Niek verbeel hom hy sien flou liggies in daardie omgewing, soos van vuurtjies, maar hy kan nie seker wees nie. Die mense moet sekerlik 'n lae profiel hou, veral snags. So nie word hulle opgespoor, geteiken en verdryf – terug na waar hulle vandaan kom.

Hulle praat oor die moord op Buks Verhoef.

Selwyn vra wat gebeur het.

Niek sê die man is point-blank in 'n coffee shop doodgeskiet. Hy noem voorlopig nie dat die verdagte vir hom lyk na die Chris Kestell-dubbelganger wat hy toevallig 'n paar weke vantevore in dieselfde coffee shop teëgekom het nie. As Marthinus dít hoor, gaan hy weer op loop dáármee.

Marthinus sê hy't gelees daar sal 'n gedenkdiens gehou word in die stadsaal. Verhoef het soveel aanhangers en bewonderaars en vriende gehad dat dit die enigste saal is wat groot genoeg

133

is om almal te akkommodeer. Maar hy sal uit die sjofarkerk begrawe word. Satanisme-light, sê Alfons.

"Satanisme," sê Selwyn (in sy vreemde, gebroke Afrikaans), "moet nie lig opgevat word nie. A very real force to be reckoned with. Noem dit Satan, call it whatever you wish."

Niek dink aan Karlien, die uitdrukkinglose blonde kind wat haar so aangetrokke voel tot satanisme. Hy wonder waarin die fassinasie vir haar lê.

Hy het hom 'n keer gesien, sê Selwyn van Buks Verhoef. "A very lost soul. Very permeable barriers. Very open to malediction. Very little psychic protection."

"O Here," sê Marthinus. Hierdie uitspraak van Selwyn interesseer hom. "Permeable barriers, nè," sê hy, "fassinerend. Beteken dit dat hy dalk nie geskiet sou gewees het nie as hy meer psigiese beskerming gehad het, minder deurdringbare psigiese versperrings?"

"Who knows," sê Selwyn.

"Ek het net gedink hy was 'n vetgat en 'n kak kunstenaar," sê Alfons.

Toe Alfons gaan slaap het en Selwyn die nag in is (in 'n taxi, deur Marthinus bestel en betaal), vertel Marthinus vir Niek dat Selwyn se Joodse naam Menasse is. "Hy is jou baie intuïtiewe karakter," sê Marthinus. "Baie fyn ingestem op die wêreld. Diep ingestudeer in die Kabbala. Jy sal dit nooit sê nie – hy's oordag 'n eiendomsagent. Goeie aanvoeling vir die uitstralings van 'n plek. Kopers vertrou hom. Baie spiritueel. Baie. Hy's geïnteresseerd in die chariot."

"Watter chariot?" vra Niek.

"Esegiël se chariot, sy wa van vuur," sê Marthinus. "Die Ma'aseh merkavah. Vra hom daaroor uit! Hy deel graag sy kennis!'

Niek oorweeg dit, hoewel Esegiël se wa van vuur nie nou 'n brandende kwessie in sy gemoed is nie.

*

Charelle reageer nie op sy oproepe of sms'e nie. Niek wil met haar praat. Hy wil voorstel hulle ontmoet iewers op 'n neutrale plek. Hy wil weet dat sy okay is. As hy verstaan waarom sy weg is, kan hy dalk vrede daarmee maak.

Maandag gaan hy persoonlik na die kunsakademie om navraag te doen oor haar. Eers wil hulle geen inligting gee nie. Dan sê die sekretaresse die student Charelle Koopman is nie meer by hulle ingeskryf nie. Sy het haar kursus opgeskop.

Wanneer?! vra Niek.

Die datum wat die vrou noem, is omtrent die tyd dat hy haar laas gesien het, toe sy haar huur kom opsê het.

Het sy enige redes genoem? vra hy. Maar die sekretaresse hou voet by stuk. Sy kan geen verdere inligting gee nie.

Die middag bel Niek vir Marthinus en sê hy dink hulle moet miskien weer vir Tarquin-hulle gaan sien. Dalk kan hulle een of ander lig werp op die saak.

Vir die tweede keer stap hulle teen die helling op na die nedersetting bo teen die heuwel. Vroegherfs, steeds warm. Verby die kombuis en rekreasie-area, die prefab-geboue links. Twee ouerige mans en 'n vrou werk in die groentetuin. In die vrugteboord speel 'n paar kinders onder die bome. Almal groet uitbundig toe hulle verbykom. Bo teen die bult draai hulle weer regs, die bunkeragtige geboue voor hulle.

"Toe Jurgen Wesseker hier oorgeneem het nadat die

volksplanter weg is," sê Marthinus, "het hy begin om van die allemintige hoeveelheid rommel uit die bunkers ontslae te raak. Eintlik wavragte vol. Dit was iets om te aanskou. Werkers en inwoners was dae lank aan die uitdra. Toe alles uitgedra is, is die stad se armes genooi. Taxi's vol mense met shopping bags uit Khayelitsha en omgewing het opgedaag. Hulle het soos brommers op 'n karkas toegesak. Gehawende bakkies het wavragte vol goed hier weggery. Mense het makeshift stalletjies opgerig en van die goed wat die eerste ingepalm is daar verkwansel. Daar was van álles: boumateriaal, kratte en bokse van alle groottes met enige denkbare en ondenkbare ding in; daar was ou tydskrifte, boeke, koerante, kombuisgereedskap, breekgoed, tuingereedskap, stukkende tuin- en huismeubels, leë bottels, tou, draad, halfvol blikke verf, massas spykers, skroewe, slotte, skarniere, dik toue en dun toue, bottels vol rekkies, opgestopte diere en voëls, ou gordyne, gemufte en geskeurde lakens en komberse, kussings, skilderye, sinkplate, stukke Masonite. Stukkende speelgoed. Ou klere, skoene, hangers. Man, te veel dinge om op te noem. Oplaas, toe alles weggeneem is, die plek gestroop, toe het Jurgen met 'n span skoonmakers ingespring. Skoongemaak, geverf, die bunkers as slaapsale vir die weduwees en wese ingerig. Geld gekry by die Departement van Welsyn. Hulle was waarskynlik verheug dat die plek nou in ander hande en onder verantwoordelike bestuur is. Jurgen maak 'n goeie indruk en hy het 'n uitgewerkte twaalfpuntplan gehad. Soos ek gesê het, 'n kêrel met 'n visie. 'n Geroepene vir die taak. 'n Ordelike kop – jy moet so iets hê om so 'n opset te bestuur. Meer as net 'n toevlugsoord vir weduwee en wees. 'n Modelgemeenskap, of dit is ten minste wat hy beoog. Of dit so gaan uitdraai, sal mens moet sien. Daar is heftige kragte aan die woel hier – chaotiese kragte wat hulle deur geen geroepene of kruisvaarder gaan laat teëgaan nie. Ek het dit al genoem. Jy moet Menasse hieroor hoor. Hy't 'n besondere aanvoeling vir revolusionêre kragte – dis sy Joodse, Oos-Europese gene. Dis nou benewens sy mistieke aanleg."

Nou is hulle links verby die bunkers, op met die voetpaadjie. Niek kom agter dat hy al by voorbaat begin sweet. Marthinus dra 'n soort boshoed, kort kakiebroek en stewels. Mooi, stewige kuite. Bruingebrand. Hy lyk vandag soos 'n toergids of boswagter. Niek het ook stewige kuite, maar hy is nie so fiks soos Marthinus nie. Hy sukkel teen die heuwel uit.

"Menasse is een van die mees intrigerende karakters wat ek ken," sê Marthinus. "Die oorspronklike wandelende Jood. Hoogs intuïtief. Enigmaties. Mal oor sport – krieket, tennis – selfversekerd, maar baie spiritueel. Sy hand op die pols van die mistieke. 'n Mistikus, in die gees van Esegiël. As jy goed kyk, sal jy sien – 'n voorkop so adamant soos dié van die ou profete. Vertroud met die siel se ontwaking én ondergang. Kennis van die sfeer van die demone, die donker kant van die skepping. Toe ek 'n keer manies was, het hy die helende hande op my gelê."

Nou kom hulle by die gat in die draad. Verbeel Niek hom, of is hierdie draad nog slapper as die vorige keer?

Dié keer sit Tarquin nie buite nie, maar wel 'n ander man. Een van die main manne, fluister Marthinus tersyde. Niek weet nie wat hy bedoel nie. Main in die gangster-wêreld, main in die nedersetting? Hier bo of onder in die stad? Die main man het hoë wangbene, Oosterse oë, prominente neusgate, 'n blasserige vel, maar donkerrooi deurbloed, en steil hare. Die hoë wangbene laat hom lyk soos Genghis Khan. Tarquin moet eers geroep word. Hy kom swygend te voorskyn. Hoe dikwels sou hy hier uithang? wonder Niek. Die hut is makeshift, nie baie groot nie, sekerlik nie geskik vir 'n man soos Tarquin nie, met sy goue nekketting en duur skoene en smaak vir allerlei luukshede.

Die opset is weer dieselfde as die vorige keer. Hulle sit almal buite, Niek en Marthinus op tuinstoele. Maar dié keer oorhandig Marthinus 'n bottel whisky wat hy uit sy rugsak haal. Dit word in stilte ontvang (for services to be rendered), en deur die meisie geskink. Niek het hom dié keer daarop voorberei, maar vind dit nog steeds moeilik om die drank ewe vinnig en met dieselfde ongeërgdheid as die ander af te sluk. Hy wens hy't soos Marthinus 'n hoed gehad. Die meisie is weer weg om die man met die albino dreadlocks te gaan haal.

Niek sweet. Hy's bang vir wat hy moontlik kan hoor.

Weer die litanie van verkragtings en moorde. Alles word deur Tarquin en die main man in stilte aangehoor. Nie een van hulle reageer op die lys horrors nie. Business as usual. Drie kinders is die afgelope week in Grassy Park verkrag, twee seuns is in 'n skietvoorval in Hanover Park dood. 'n Meisie se liggaam is op die Flatse gekry; sy's verwurg en verkrag. Tien kinders is in Delft verkrag. Die jongste een is 'n baba van drie maande. 'n Kind is deur ander kinders by 'n skool in Delft East verkrag. 'n Plaaswerker van Lynedoch is in 'n sel in Pollsmoor deur medegevangenes doodgemaak. Hulle het hom geskop, geslaan en met 'n elektriese koord verwurg. Twee bendelede is in Mitchells Plain doodgeskiet.

138

"'n Meisie," sê die albino, "is onne in die stad, naby die art school, geabduct en gerape." Niek se hart wil gaan staan.

"Hoe lank gelede?" vra Marthinus.

Die man dink na. "Soe tien, vee'tien dae gelede," sê hy.

"Is sy dood?" vra Marthinus.

"Nee," sê die man. "Sy't weggekom. 'n Anne klong het ha gehelp."

Niek en Marthinus kyk vlugtig na mekaar.

"Kan julle dalk meer inligting oor hierdie voorval kry?" vra Marthinus vir Tarquin. Hy knik. "Wie verantwoordelik was vir die aanval. Enige inligting."

Tarquin knik. Hulle groet. Niek se bene begewe hom byna by die helling af.

"In die omgewing van die kunsskool," sê hy. "Dis omtrent presies die tyd wat sy weggeraak het. Wat is die kanse dat dit sy is?"

"Dit klink nie goed nie," sê Marthinus, "maar jy kan ook nie met sekerheid sê dis sy nie. Dié tipe van ding gebeur die heeltyd. Ten minste het iemand haar gehelp om weg te kom."

Maar Niek voel siek van ontsteltenis. "Iets ergs moet met haar gebeur het, sy is ernstig oor haar kursus, sy sou nie sommerso opskop nie. Sy was anders, sy was nie haarself toe sy haar huur kom opsê het nie. Sy wou nie eers na my kýk nie. Wat nog van met my praat."

Marthinus probeer hom heelpad ondertoe gerusstel. Niek moet homself nie hiervoor blameer nie, sê hy. Dié dinge gebeur. Ás dit sy was, ás dit met haar gebeur het, onthou, dit het nie gebeur omdat sy by hom 'n kamer gehuur het nie.

Hoe weet hy dit, vra Niek, hoe kan hy dit met enige sekerheid sê?

Nee, sê Marthinus, hy kan dit seker nie met honderd per-sent sekerheid sê nie, maar die geweld in hierdie stad is te dikwels ongemotiveer – 'n kwessie van die verkeerde persoon op die verkeerde plek. Te dikwels ongelukkig net 'n kwessie van bad, bad luck.

Maar dit troos Niek nie. Hy moet met die vrou met die tulband in aanraking kom.

# Sewentien

MARKUS OLIVIER laat via mejuffrou De Jongh weet hy sal my nie verder te woord staan nie. Geen redes word verstrek nie. (Hy sou wel iets verdags in die lug gesnuif het – hy sal die reuk van bloed herken waar hy dit teëkom.) Ek het die onderhoud verbrou. Te gou die verkeerde vrae gevra. Ingeduiwel met vrae oor die moeder van die seuns – 'n saak wat pas later en met die grootste omsigtigheid geopper moes word. Benewel deur die dubbele whisky en van stryk gebring deur Verhoef se dood was my tydsberekening heeltemal uit. Ek moes die ou vader eers saggemaak het in die loop van 'n paar onderhoude; ek moes hom geduldig soos 'n vis ingekatrol het.

Toe ek die volgende dag by die huis kom, nadat ek saam met 'n vriendin (een van die weiniges) in die dorp tee gedrink het (die coffee shop nog nie weer oop vir die publiek nie – die vloerteëls moet eers skoongeskrop en die een lang tafel afgeskuur en spesiale aanbiedinge bedink word om kliënte terug te lok na die plek van ramp en euwel), sit daar op die sypaadjie voor my huis 'n lenige swart dier, 'n windhond, so te sien. Sy moet weggeloop of verdwaal het, want sy is nie verwilder nie, net baie maer, en uitgeput. Ek neem haar binnetoe. Gee haar water, gee haar 'n bietjie rou maalvleis met 'n rou eier in. Sy eet en drink gretig. Dan krul sy haar op die bank op en slaap. Sy moet inderdaad baie uitgeput wees.

Later staan sy op en kom sit by my, waar ek werk in die kamer. Die bene van haar bekken en haar ribbes is duidelik sigbaar, maar sy is geen rondloperhond nie, die swart pels is glimmend, goed versorg.

Ek hou haar smal kop in my hande, die hooggebore dier. Ek kyk in haar oë – byna deursigtig, soos amber gekleur. Sy kyk terug. 'n Blik vol vertroue, maar ook 'n lydsame blik. 'n Blik vol ouwêreldse wete.

Ek streel oor haar gladde kop, haar maer flanke. Sy het iets van die otter se gladde, satynagtige pels en kop. Haar ore is koel. Af en toe draai sy haar edel hoof in my rigting, en bejeën my met haar lydsame blik. Dan kyk sy weer roerloos voor haar uit.

Ek maak vir haar 'n sagte bed van opgevoude komberse langs myne, maar sy moet koulik wees, want in die nag spring sy by my op die bed, kruip onder die komberse in. Die hele nag slaap die edel dier styf teen my aan. Ek draai versigtig om om haar nie in haar slaap te steur nie.

Die volgende oggend kontak ek die DBV. Daar is inderdaad 'n hond as vermis aangegee wat pas by haar beskrywing: 'n jong swart windhondteef, reeds drie dae lank vermis. 'n Jong yuppie-paartjie kom haar by my oplaai. Die vrou is oorstelp van vreugde om haar terug te vind. Sy dra die beweginglose dier in haar arms terug na hulle motor.

*

Die dood van Buks Verhoef blý my by. Nie omdat ek skrik vir geweld nie, maar omdat die onstuitbaar spuitende straal bloed uit sy wonde 'n diepgaande weemoed by my gewek het. En omdat ons die oomblik gedeel het waartydens sy siel sy liggaam verlaat het. In die ganse coffee shop (en heelal) was daar niemand anders wat die sagte hik, of snik, waarmee sy siel ontsnap het, gehoor het nie. Ek was die enigste een, met sy mond naby my oor, my wang teen syne.

Vyf jaar gelede is ek in diens geneem deur 'n gesiene man op die dorp. Hy was toe reeds siek. Drie jaar lank, die laaste drie jaar van sy lewe, was ek iets tussen 'n oppasser en 'n vroulike metgesel vir hom. Ek het gereageer op 'n advertensie in die plaaslike koerantjie. (Hy en sy enigste dogter, op besoek uit Kanada, het die onderhoud met my gevoer. Ek het haar onsimpatiek gevind. Ek vermoed ek was nie haar eerste keuse vir die betrekking nie, maar wel syne.) Ek is aanvanklik vir drie middae per week in diens geneem, later voltyds, sodat ek nie meer nodig gehad het om met vryskutwerk my brood te verdien nie. (Die besoldiging was uitstekend.) Toe hy nog beweeglik was aan die begin, het ek hom geneem om sy nodigste inkope te doen, met hom gestap in die park, hom na sy spesiale oefensessies geneem by die plaaslike gym. Ek het die geld nodig gehad. My lewe het al jare lank nêrens heen gegaan nie. Dit is inderwaarheid nog steeds die geval. Die man was 'n uitsonderlik welaf sakeman, verfyn. Teen die einde het ek ure lank langs sy bed gesit en vir hom gelees. Ek het sy voorkop met 'n klam lap afgevee. Ek het hom klein bietjies vloeistof deur 'n strooitjie laat drink. Ek het hom die bietjie kos wat hy kon inneem, gevoer. Ek het die bak vir hom gehou wanneer hy gebraak het. Ek het sy naels versigtig geknip. Ek het geluister na die berou wat hy oor sy lewe uitspreek – die onreg wat hy mense aangedoen het, sy kinders met wie hy geen hegte band het nie. Hy het gesê dat sy geloof nooit juis sterk was nie, maar dat dit nou, in die aangesig van die dood, meer as ooit gewankel het. Hy was bang, het hy gesê, vir die groot donkerte. Ek het gesê dit is begryplik, en sy hand vasgehou. Twee, byna drie maande lank het ek so by hom gesit. Teen die einde, die laaste weke van sy lewe, feitlik dag en nag. Ek het hom met verdriet sien agteruitgaan. Die private verpleegpersoneel – die dag- en nagsusters – het professioneel na hom omgesien, maar van my het hy iets anders verwag. 'n Innige band is tussen ons gesmee. Dit moet in die lig daarvan wees dat hy veranderinge aan sy testament laat aanbring het. (Dit het ek pas na sy afsterwe te wete gekom.)

Toe hy nog sterk genoeg was dat hy kon luister, voor hy in die laaste weke in 'n soort skemeragtige newelwêreld ingeglip het, het ek vir hom onder meer die volgende boeke voorgelees: *The Secret Agent* en *Typhoon* van Joseph Conrad. Hy het van verhale oor die see gehou, het hy gesê. *Moby Dick* van Herman Melville. Ure en dae lank was ons saam met Ishmael en kaptein Ahab op daardie skip. Die verhaal van die wit walvis het ons aandag geheel in beslag geneem. Vir beide van ons was daar tydens die duur van die voorlesing geen plek vir voorbehoud of vertwyfeling nie. As dit soos 'n reis was wat ons saam onderneem het, sal ek dit onthou as die mees betekenisvolle, die mees intieme reis wat ek in my lewe saam met 'n ander persoon onderneem het. Ek was by hom toe hy sterf.

Nou het ek 'n huis in Stellenbosch en geld in 'n trustfonds in die bank. My weldoener het my ten spyte van sy siektetoestand goed opgesom. Dié vrou laat jy nie met 'n klomp geld in 'n bankrekening nie. Hy het eenkeer sy vinger sag oor die letsel van my lip laat gaan en gevra of ek sy naam wil hê, dit sou 'n aantal voorregte meebring – aansienlike finansiële voordele – maar uiteraard ook probleme. (Sy kinders het die haaslip nooit met hulle vader vertrou nie.) Ek het sy aanbod vriendelik van die hand gewys. Maar ek was diep geraak deur sy voorstel.

Aan die begin, toe hy hom 'n keer een middag dinge herinner het – hy was 'n invloedryke man, wat onder meer op die raad van die universiteit gedien het – het hy gesê in die sakewêreld het hy heelwat skurkagtige en agterbakse optrede teëgekom, maar selde het hy 'n groter konkelaar teëgekom as dr. Markus Olivier, hoogleraar in die geskiedenis.

*

Toe die gelate dier weg is, hou niks my voorlopig meer in die dorp nie. Ek pak 'n naweektassie. Ek klim in my kar. Ek is gedompel in 'n toestand van verlies oor die lydsame dier, die edel teef. Ek ry rigting Weskus. Oesterklip voel vir my soos 'n goeie bestemming. Hoewel nog steeds 'n cop-out en 'n kompromis. Ek wil uit die dorp kom. Die herfstige skoonheid daarvan gee my die creeps. Alles raak oordrewe soetig en te aanskoulik. Ek verkies 'n meer gestroopte omgewing. As ek dan met die niks in myself gekonfronteer moet word, dan liefs in 'n plek sonder die skyn van oorvloed en heilsaamheid. Ek besluit op Oesterklip – waarskynlik nou reeds te toeristies – omdat ek een keer vantevore op my eie daar was. In extremis. Toe het daar toeristies nog niks noemenswaardigs aangegaan nie. Dit was winter, die strand was verlate, dit het na bamboes gestink. Ek het in die hotel gebly. Ek was siek in my siel van die verlange na iets ongedefinieers. Die sorg van 'n moeder? Die aanvaarding van 'n vader? Ek was siek in my siel van die vermoede van iets onbeweegbaars in my psige. Wanneer ek langs die see gestap het, het ek nie geweet wat om te dink nie. Ek moet in die eetkamer geëet het, maar ek onthou niks daarvan nie. Ek onthou net die ure wat ek in die kamer op my bed gelê het. 'n Man het my in die eetkamer benader. Ek het apaties toegegee. Wat kon dit my skeel? Ons het in my kamer gesport. Aan geen van beide kante was daar 'n greintjie emosie betrokke nie. Hy het voor die tyd vir my een of ander pornografiese tydskrif gewys. Seker om my aptyt te wek. Ek was nie besonder geïnteresseerd nie. Ek verbeel my hy het kleurlose wenkbroue gehad. Ek het so begeer om die see in te stap, tussen die stink bamboese in, tot op die bodem, om daar tot rus te kom as 'n seeslak. Toe't ek na 'n paar dae weer in my kar geklim en teruggery Stellenbosch toe.

In Oesterklip teken ek in by die hotel. Lankal opgezoot, en dit toon nouliks meer enige ooreenkoms met die plek wat ek jare gelede besoek het. In die kroeg speel 'n liedjie van Bobby van Jaarsveld. Die kroegman is uitbundig korpulent. By klein tafeltjies sit twee jong paartjies met 'n hele aantal shooter-glasies voor hulle en tweet. Die see is plat soos 'n hand. My kamer het geblomde dekens en gordyne. Die klein vertrek word oorheers deur 'n houthangkas, donker, soos die res van die meubels. Neerdrukkend. Ek kyk by die venster uit. Uit die rigting van die parkeerterrein kom 'n groot, lomp man aange-stap met 'n boks onder sy arm.

# Agtien

NIEK MOET VANOGGEND weer die Karlien-meisie te woord staan oor haar satanisme-projek. Miskien moet hy haar finaal afraai om daarmee voort te gaan. Sy vorder nie. Dis duidelik heeltemal bo haar vuurmaakplek. Sy kom nie verder as die idee van 'n kombers met 'n tier of luiperd op nie. Sy steek hardnekkig vas by die foto in die *Huisgenoot* of waar sy dit ook al aangetref het.

Die vorige week het hy, toe sy oorkant hom gaan sit, on-miskenbaar 'n oomblik lank die warm reuk van bloed gekry. Menstruele bloed. Warm en souterig, soos rou vleis, effens áf. Hy kon dit nie glo nie. Hy't nie kon dink normale vroulike hormonale prosesse word in daardie byna ongeseksualiseerde lyf voltrek nie.

Het sy iets gehad om vir hom te wys? (Hy was nie onbewus van die ambivalensie van sy vraag nie.) Nee, sy't soos in niks gehad nie. En waarom nie? 'n Diep gekweldheid het vlugtig soos 'n skaduwee oor haar perfekte, leë gelaat beweeg. Hy het weer eens verduidelik dat sy goed oor die projek moet nadink. Daar moet visuele samehang wees en daar moet 'n konsep, 'n idee, daaragter wees wat hierdie visuele elemente saambind. Hy het geen idee of sy woorde by haar geregistreer het nie.

Dis al goed koel soggens, maar Karlien dra vanoggend 'n

kort toppie wat haar middelrif ontbloot (bruingebrand) en hoë stewels. Die rompie is net-net nog van 'n welvoeglike lengte. Sy is vandag reukloos; hy tel geen reuk by haar op nie. As hy haar nie self die vorige keer geruik het nie sou hy steeds dink haar liggaam is reukloos soos dié van 'n kind. Reukloos, haarloos, sonder sweem van sweet of seks. Haar gelaat so leeg en onbeskrewe asof nog geen rimpeling van die weë en verdriet van die wêreld daaroor gegaan het nie.

Sy het gedink, ja . . . Wat het sy gedink? vra hy (met moeite geduldig). Sy't gedink as sy nou miskien . . . Karlien, val hy haar in die rede, so kan jy nie aangaan nie. Jy gooi die *Huisgenoot* of *You* of waar jy ook al die foto van die kombers gesien het weg. Jy gaan kyk na Goya se Swart Skilderye – daar vind jy wel iets oor die uitbeelding van allerlei rituele, satanistiese aanbiddings ensovoort – jy gaan kyk na Middeleeuse uitbeeldings van die hel. Jy gaan weer kyk na die installasies van die kunstenaars na wie ek jou verwys het – al kyk jy nét na Louise Bourgeois se *Red Room* en *Cell*-installasies. Dis 'n goeie begin om oor installasies te begin nadink – die formele en die inhoudelike aspekte daarvan. Jy gaan nadink oor satanisme. Jy gaan nadink wat dit vir jou beteken. Jy gaan jouself afvra wat dit daarin is wat jou interesseer, met watter aspekte daarvan jy wil werk. Dan gaan jy visuele elemente begin bymekaarsit. Jy gaan die konsep van satanisme met hierdie visuele elemente in verband begin bring. Jy sit nou al weke lank op die satanisme-idee, en jy't nog nouliks met iets tasbaars vorendag gekom. Gaan huis toe, dink goed na, en kom volgende week terug met iets konkreets. Bring vir my 'n uitgewerkte plan op papier. 'n Deurdagte konsep, met 'n duidelike plan om dit visueel uit te voer.

Die meisie staar hom aan. Haar gesig is uitdrukkingloos. Hoewel daar weer eens 'n paar oomblikke lank 'n gekweldheid soos 'n wolk vlugtig oor haar gesig beweeg het. Hy't nie die geringste idee of wat hy sê op enige manier by hierdie kind aanklank vind nie.

*

In hierdie opgezoote hotel hou ek dit nie uit nie. Nie met die geblomde dekens en die oordonderende houthangkas en die oorvol kroeg met Bobby van Jaarsveld en die tweeting couples nie. Een dag en een nag is genoeg. Môre verder, op soek na die laaste oorblywende wildernis. Google die kus: Frederiksbaai, Gonnemanskraal, Velddrif. Ek eet middagete in die opgesmukte eetkamer saam met 'n groep Oosterse toeriste, die tweeting couples, die groot man met die boks wat hy onder sy arm van die parkeerterrein gedra het nou langs hom op die tafel neergesit. (Raaiselagtig. Watter skat sou hy daarin bewaar?) Dit klink of hy moeilik praat, hoor ek toe hy die kelner aanspreek. Na ete lê ek op die bed in my kamer. Laatmiddag stap ek op die strand. Geen stink bamboese meer hier nie. Op die horison twee skepe. Voor aandete drink ek iets in die kroeg. 'n Bedrukkende ruimte, en die musiek nie my eerste keuse nie: Kaptein span die seile / Kaptein sy is myne / Daar waar die son opkom / Daar oor die horison … Daar is een of ander sport-event op die reusetelevisie in die hoek. Die man met die boks staar vasgenael daarna; sy hand beskermend op die boks langs hom. (Watter skat behoef daardie soort bewaring?)

In 'n ander hoek sit 'n man met 'n hoed op, dis die eerste keer dat ek hom gewaar. 'n Maer, beenderige gesig en gloeiende oë, stip op my gerig. Ek herken die tekens. Hy gaan my kort voor lank benader. Een van dié vir wie die beduidenis van 'n haaslip – miskien enige opvallende letsel, trouens – 'n erotiese prikkel is. En wat homself skaars kan inhou net by die gedágte aan die moontlikheid van 'n gesplete verhemelte.

\*

Dis ook nie lank nie, of hy kom na my tafeltjie en vra of ek omgee as hy sit. Hiervoor het ek nie lus nie, maar hy laat nie op hom wag nie. Kan hy vir my 'n drankie kry? Nee dankie, sê ek, ek drink nie. Geloofsoortuiging? vra hy. Ja, sê ek, Sewendedag-Adventis.

En hoe heet die Adventis? vra hy.

Magdalena Cloete, sê ek. Net so min as wat ek my regte naam vir hom gaan gee, gaan hy syne vir my gee. Ek het nie die minste behoefte aan die uitruil van persoonlike detail en allerlei praatjies nie. Ek weet voor my siel dat ek nóú moet opstaan en maak dat ek wegkom. Die man staan my nie aan nie.

Hy leun met uitgestrekte hand oor die tafeltjie na my: Vincenzo Anastagi, sê hy, maar noem my sommer Vince.

Ek skud sy hand kortliks. Dis warm en droog. Iets aan hom herinner my aan Joseph Beuys. Dieselfde hol wange, hoë wangbene, benerige neus, befokte blik. Hy't sy hoed afgehaal en sy hare is kortgeskeer op sy kop, bandietagtig.

"En wat bring jou na hierdie gewestse, Magdalena?" vra hy.

"Niks besonders nie," sê ek.

My gebrek aan geesdrif demp hom geensins nie. Hy is pas terug uit die buiteland, sê hy. Hy is op pad om 'n besoek te bring aan sy geboorteplaas in die binneland, in die Oos-Transvaal, nou glo Mpumalanga. Die plaas se naam is Donkerwater. Dit sal 'n nostalgiese herbesoek aan 'n betekenisvolle plek uit sy verlede wees. Die byna twintig jaar wat hy uit die land weg is, voel soos 'n leeftyd. 'n Mens kom nooit weg van die hunkering nie, sê hy. Daar's altyd die behoefte om terug te keer na die geliefde land.

(Iets in die man se manier van praat en in sy blik plaas my op my hoede. Ek weet nog nie presies waarmee dit verband hou nie. Ek glo geen enkele woord van wat hy sê nie. Ek voel intuïtief dat ek so min as moontlik van myself moet verklap. Ek moet hierdie man nie soveel as 'n pinkielit gee nie. En ek sien hoe sy blik kort-kort strelend op my lip vertoef.)

Hy is terug in die land op besigheid, sê hy. Onafgehandelde besigheid. Maar eers moet hy die plaas besoek, en op pad 'n arme familielid gaan opsoek wat hom in 'n inrigting bevind. 'n Hoësekuriteit- psigiatriese inrigting anderkant Moorreesburg. 'n Neef van hom. Hulle het as kinders saamgespeel. Toe haak die neef op 'n dag lelik uit. Dit lyk of daar 'n swakte deur sy familie loop, sê hy, 'n jammerlike geneigdheid tot geestelike versteurdheid.

Ek het nog niks gesê nie. Ek vind hierdie gesprek uiters verdag. Waarom al hierdie dinge aan 'n vreemdeling vertel? Die man het 'n agenda. Dis nie om dowe neute dat hy hier met my sit en praat nie. Dit wil byna klink asof hy vir een of ander rol repeteer.

"Het jy lus," vra hy ineens, "om 'n paar dae lank saam met my die land te verken?"

Dit het ek nie sien kom nie. Dit vang my heeltemal onkant.

"Nee," sê ek, "dankie. Ek word binnekort in Stellenbosch terugverwag."

Die oomblik dat ek dit sê, besef ek dis 'n fout.

"Ag so," sê hy, "Stellenbosch. Daardie pragtige ou dorpie. Tuiste van die onlangs ontslape kunstenaar Buks Verhoef. Wat 'n tragedie, vind jy nie?"

Sonder dat ek dit kan verhelp, voel ek die bloed in my nek en gesig opstoot. (Dit moet die onverwagse herinnering in hierdie onwaarskynlike konteks aan die sterwende Buks in my arms wees.) Natuurlik merk die man dit onmiddellik.

"O," sê hy, "jy het hom geken? 'n Persoonlike vriend van jou?"

Ek skud net my kop ontkennend. Nou het ek genoeg gehad. "Verskoon my asseblief," sê ek, en staan op.

"Ons kan 'n besonder aangename reis saam hê," sê hy toe ek wil omdraai om te loop. Ek kan nie agterkom of hy dit doodernstig of spottend sê nie. Die hele situasie het my so van stryk gebring dat ek nie gou genoeg kan wegkom nie. Ek kan voel hoe hy my agterna kyk.

Ek haas my na my kamer. Ek sit op die bed. My beeld word in die hangkasspieël weerkaats. Ek sien daar bedremmeld uit, met die verwilderde blik en die brandende wange. Wanneer ek ontsteld is, soos nou, word die letsel rooi, en is dit nog meer opvallend. Nes ek gedink het − goed moontlik iemand met 'n belangstelling in die afwykende. Dit was duidelik in die maniese blik, die aard van die gesprek. Presies die soort wat vir my sal gaan. Boonop 'n fokken bedrieër, iemand wat jy nie so ver as jou hand in die donker kan vertrou nie. Ek weet, ek het dit sekuur aangevoel. En hy't nog lank nie genoeg gehad nie. Daarvoor sien ek nie kans nie. Ek is ontsteld dát ek ontsteld is. Ek vertrek môreoggend voor sonsopkoms. Bestemming nog onbekend. So lank ek so gou en so onopvallend as moontlik hier wegkom.

Die aand skryf ek nietemin – om my te kalmeer – verder aan die monografie oor die Olivier-broers. Ek skryf:

"Die Olivier-broers, Josef en Benjamin, 'n identiese tweeling, word beskou as moderne meesters van die stop-action-film. Hiervoor gebruik hulle handpoppe, wat hulle self maak – meesal uit hout gekerf – en soms ook werklike figure. Dit is veral die besondere ruimtes waarin hierdie handpoppe verfilm word wat kenmerkend is van die broers se styl. Hulle is aanvanklik beïnvloed deur die surrealiste maar het weldra 'n eie, kenmerkende stem en styl ontwikkel. Die kort films, selde langer as twintig minute, is onder meer gebaseer op verhale van Franz Kafka, Bruno Schulz, Robert Walser, Borges en die eietydse Chileen Roberto Bolaño. Omdat daar in die films met enkele uitsonderings nie gepraat word nie, is musiek 'n belangrike komponent. Van die musiek wat hulle gebruik, is werke deur Stockhausen, Terry Riley, Alban Berg en Laurie Anderson, asook Joodse en Griekse volksmusiek (Rebetika), en heelwat kontemporêre elektroniese musiek, soos dié van die Georgiese Natalie 'TBA' Beridze.

Hulle is aan 'n kunsskool in Kaapstad, Suid-Afrika, opgelei as skilders en grafiese kunstenaars, nie as filmmakers nie. Pas nadat hulle die land verlaat het, het hulle geleidelik, benewens die grafiese ook filmiese (kinematografiese) en toneelmatige (senografiese) elemente in hulle werk begin inkorporeer.

Daar is min omtrent hulle persoonlike lewe bekend. Na hulle studie is hulle na Londen, waar hulle hulle sedert die middel negentigs gevestig het. Die broers het al die jare nog saamgewerk, maak selde hulle verskyning in die openbaar, en staan baie selde onderhoude toe.

Die werk van die Olivier-broers is oorwegend donker, met 'n dreigende toonaard en 'n sterk onderliggende obsessie met geweld, met erotiek en met obseniteit."

Op dié manier begin ek die belangrikste temas en motiewe van die monografie oor die broers aangee.

*

Laataand waag ek dit tog om 'n laaste drankie in die kroeg te gaan drink. Ek het nie aandete gaan eet in die eetkamer nie – ek was bang die holwangkêrel lê my weer voor. Nou is ek honger én dors. Ek is baie versigtig, ek kyk die situasie eers goed uit. Sou ek die man gewaar, draai ek summier om. Hy het my ontstel. Ek is nog nie seker waarom nie. Dis nie asof ek nie gewoond is daaraan om accost te word nie. Dis ook nie asof ek nie gewoond is daaraan om my man te staan nie. Maar daar was iets in sy blik – iets manies en obsessief wat my nie aangestaan het nie. En ek het gesien hoe sy blik koesterend oor my lip gly, en talmend daar vertoef. Dis ook nie asof hy dit probeer verdoesel het nie.

Ek gaan sit by een van die tafeltjies buite. Die maan skyn op die water. Ek sit so dat ek my oog op die deur kan hou. Daar is nie meer soveel mense hierdie tyd van die nag in die kroeg nie. 'n Paar geharde drinkers by die toonbank. In die verste hoek, die man met die boks. Ook nie te lank nie, of hy kom met die boks in sy hande na my tafeltjie buite gestap. Mag hy sit? Hy praat moeilik – een of ander spraakgebrek? Die restante dalk, soos in my geval, van 'n gesplete gehemelte. Groot kop, hoë, vierkantige voorkop, groot gesig, waarvan die afsonderlike dele lyk of hulle arbitrêr aanmekaar gelas is – 'n aanneemliker weergawe van 'n Frankenstein-gesig. Vriendelik, maar ook effens besorgd van uitdrukking. Ek wag dat hy praat, maar hy sit die boks voor ons op die tafeltjie neer en kyk na die see.

Aangesien ek ook nie lus het vir praatjies maak nie, sit ons in stilte. Anders as die ander man, die holwang-bedrieër, vind ek die teenwoordigheid van hierdie man nie bedreigend nie. Ek vind sy swygende teenwoordigheid trouens gerusstellend. Ek drink whisky, hy drink iets in 'n lang glas wat lyk na tonic. Nadat ons 'n lang ruk so gesit het, haal hy skielik swygend uit die groter boks 'n kleiner boks, wat hy langs die groter een neersit. Hierdie tweede boks, sien ek, het gaatjies in. Dan moet daar 'n insek of meerdere insekte in wees. Ek buig effens vooroor om snuf in die neus te kry van die inhoud. Ek maak my oë toe. Die reuk van moerbeiblare. Met my oor teen die boks hoor ek dit – die byna onhoorbare geluid van vretende wurms.

"Sywurms?" vra ek.

Hy knik.

Lank sit ons so, in gemeensame stilte, die sagte geluid van die vretende wurms verdring deur die gedruis van die see, voor ek opstaan, hom 'n goeie nagrus toewens, en na my kamer gaan.

\*

In die nag dink ek ek hoor 'n sagte geskuifel voor my deur, maar ek slaap verder, uitgelewer aan die onuitlegbare logika van 'n droom. Toe ek die volgende oggend douvoordag opstaan, om vinnig weg te kom voor die man met die bad-luck-blik my weer voorkeer, vind ek op die vloer voor my deur die boks met sywurms. Ek gaan dadelik na die venster wat uitkyk op die parkeerterrein. Die voertuig waarin die groot man met die Frankenstein-gesig en die boks die vorige dag aangekom het, is weg.

Gister kon ek my alles nog min of meer laat welgeval, maar vanoggend – na die gesprek met die holwang- Joseph Beuys-dubbelganger die vorige middag, en die boks sywurms voor my kamerdeur vanoggend – sak my moed in my skoene. 'n Groot verslaentheid oorval my. Ek ontsnap nooit aan my situasie nie. Vryheid van beweging is my nie beskore nie. Gedagtes in dié trant.

Give me a break, dink ek. Wat moet ék met die fokken wurms doen?

Ek neem die boks binnetoe en maak dit oop. Sewe wurms, vyf wittes en twee sebras. (Vyf brode en twee vissies en 'n wonderwerk op hande.) Hoe gesog was die sebra-sywurms op skool. Hoe pragtig die volgeronde boud van die sebra. Hoe sierlik die flanke van die uitgestorwe kwagga. Hoe fraai die sebra-agtige merke op die rug van die nautilus. Die blare is van gister, byna kaalgevreet, net die nerwe is oor. Die wurms het duidelik hulle weg energiek daardeur gevreet en ewe energiek alles aan die ander kant uitgekak, want daar's meer uitwerpsels as blare in die boks. Die sewe wurms lig hulle koppe hongerig. Ek moet dringend van iewers vars blare vir hulle kry. Waar ek nou ongehinderd by een of ander afgeleë strand die see kon instap, as ek sou wou, moet ek nou op soek na moerbeiblare gaan.

Wat doen wurms? Hulle lê eiers. Hulle broei uit. Die wurms vreet en groei. Hulle spin hulleself toe en verander in papies. Die mot kruip uit die papie en lê eiers. 'n Kringloop wat tot in ewigheid herhaal word.

\*

156

Die maan swel weer. Niek, Selwyn Levitan (alias Menasse, met die profeet se adamante voorkop), Anselmo Balla, Alfons en Marthinus sit op Marthinus se wye voorstoep. Niek dink aan die Astor-hof, wat hy in die Met besoek het, waar die meester van die huis saam met vriende sou bymekaarkom om die volmaan te geniet, poësie te lees, 'n musiekinstrument te bespeel en 'n nuwe tee te beproef en te geniet. Geen poësie word vanaand hier voorgelees nie, geen tee word gedrink nie. Maar die maan swel, en hulle klein groepie sit saam met die meester van die huis, Marthinus, in gemeensame stilte hulle wyn en drink. Benewens die swellende maan is daar vanaand vlieswolkies in die oop hemel, en die maanverligte buitelyn van die groot berg is sigbaar regs agter hulle. Dis goed genoeg, dink Niek, hy kan hiermee saamleef.

Anselmo sit nie vir 'n oomblik stil nie. Hy kriewel en wriemel, hy tik ritmies met sy voet, hy blaas, hy snork, hy praat een stryk deur. Menasse stuur soms met sy sagte stem die gesprek in 'n ander rigting. Marthinus, gewoonlik 'n onstuitbaar geesdriftige prater, is vanaand stil. Hy sit, hy drink sy bier rustig, hy rol en rook sy sigarette. Dit is nie asof hy afgelei is nie; sy aandag is steeds by die gesprek, hy doen net nie mee nie.

In 'n stadium staan Niek op, soek met sy oë links, in die rigting van Seinheuwel, eers na die plaas-area, en dan, verder op teen die hang, na die vlugtelingkamp, snags net 'n donker kol. Daar waar Tarquin Molteno en die main man soms uithang (mal oor hondegevegte en boks, maar 'n kerk- en familieman, volgens Marthinus). Weer verbeel hy hom hy sien die flikkering van liggies in daardie omgewing, die lig van klein vuurtjies. Elke keer as hy daaraan dink dat die albino gesê het 'n meisie is in die omgewing van die kunsakademie verkrag, krimp sy hart ineen van vrees. Dit kan onmoontlik nie sy wees nie, sê hy vir homself. Troebel, gaan hy weer sit.

Anselmo Balla sê: Ons kom voort uit niks en keer terug na die niks.

Menasse sê: Die mens is toegerus om sowel goed as kwaad te begryp, en in sy keuse hang die balans van die wêreld.

Anselmo Balla sê: Ons is die niks wat homself onder oë neem. (Hy beweeg sy kop van kant tot kant terwyl hy praat, hy steun en snork en kyk stip voor hom uit wanneer die ander persoon praat.)

Menasse sê: Die mens het allereers as 'n metafisiese moontlikheid ontstaan in God se gedagtes.

Die maan beweeg vinnig, nou en dan versluier agter wolkies. Die nag is koel. Marthinus swyg steeds in sy hoek. Onder hulle lê die stad, die hawe. Wat gaan hy doen omtrent die verkoop van sy huis? dink Niek.

Anselmo Balla sê: Die heilige Augustinus sê tyd is die plek van onsekerheid. Dit is 'n plek van onseker en gevaarlike oorgang omdat enigiets daarin kan gebeur – die goeie en die slegte. Maar sodra die tyd tot 'n einde kom, kom die geskiedenis tot 'n einde – dan is boosheid verby, dan is geen regstellings meer moontlik nie. Die tyd verdwyn dan. Dit word vervang deur die ewigheid.

Marthinus druk sy sigaret dood en sug sag.

Niek sit nog lank nadat Balla met die eiervormige kop en Menasse met die adamante voorhoof reeds vertrek het (in die taxi wat Marthinus vir hulle bestel en betaal), en Alfons al gaan slaap het. Hy wil nie huis toe gaan nie. Hy is bang vir sy leë huis. Hy is bang vir die gevoelens wat hom daar kan oorrompel. Buks Verhoef, wat hom so 'n aantreklike aanbod op die huis gemaak het, waaragtig ook dood.

Marthinus sê: "Balla dink hy is 'n afgedwaalde Katoliek, maar hy kom nooit weg van die Katolisisme nie. Menasse praat vanuit die Joodse mistiek. Vriende, maar die twee sal mekaar tot aan die einde van dae nie oortuig nie. Ou Testament, Nuwe Testament, ek kan self nie besluit nie. Boeddha – die heer Siddhartha, of Jiddu Krishnamurti – die gesalfde van die Teosofiste? (Al het hy hulle vroeg reeds onder die gat geskop.) O Here ek hink altydmaar op twee, drie gedagtes. Die Koran. Elkeen het sy eie aantrekkingskrag vir my. Ek wil nie eers dínk aan die moontlikheid van Ortodoks nie, want ek was van kleintyd aangetrek deur gesnede beelde. Om van die heilige nagmaalbeker te drink, die altaar of die soom van die Maagd se kleed te kus, die skoonheid van die ryk beskilderde interieurs, die dreunsang van die Bisantynse kore, o Here. As ek 'n Israeliet was, was ek 'n voordanser by die goue kalf. Maar dan is daar ook die brandende bos. Enige manifestasie, ek het so 'n swakheid vir manifestasie. Die brandende bos! Ek sou my voortande gee om dit te gewaar! Om séker te weet waarvan dit 'n manifestasie is!

"Aan die einde van sy lewe sê Jiddu Krishnamurti dat 'n immense energie, 'n immense intelligensie sewentig jaar lank sy liggaam gebruik het. Hy dink nie mense besef, sê hy, die omvang van hierdie intelligensie nie. Maar nou hóú die liggaam dit nie meer nie. Niemand kan begryp wat deur sy liggaam gegaan het nie. Niemand. En laat niemand voorgee hulle kan nie. En nou, sê Krishnamurti – negentig jaar oud aan die einde van sy lewe – na sewentig jaar het dit tot 'n einde gekom. Nie die energie en intelligensie nie – dit is nog steeds hier, elke dag, en veral snags. Maar na sewentig jaar hou die liggaam dit nie meer nie. Jy kom dit nie weer teë nie, sê hy, nie vir honderde jare nie. Wanneer hierdie liggaam gaan, gaan dit ook. Geen bewussyn sal agterbly van dáárdie bewussyn, van daardie energie en intelligensie nie. Mense sal voorgee of hulle verbeel hulle kan in aanraking daarmee kom. Maar niemand kon dit nog doen nie, niemand nie. Dit het hy tien dae voor sy dood gesê.

"Ou Jiddu," sê Marthinus. "Dáár's nou 'n man wat elke skelmstreek en jakkalsdraai van die bewussyn kon voorsien en onderskep. Ek lees hom en ek staan verbyster."

Hy sug weer, en steek 'n sigaret aan.

Nog lank sit Niek en Marthinus so op die stoep, terwyl die maan hoër en hoër klim, en later die enigste en helderste lig in die hemelruim is – trotse heerser – en alles hier benede in 'n melkerige lig baai.

Toe staan Niek op, groet Marthinus (die meester van die pawiljoen), en keer onwillig terug na sy eie donker huis.

# Negentien

NOU MOET EK VINNIG uit hierdie plek wegkom, voordat die man met die hol wange my weer voorkeer, of nog 'n Frankenstein-figuur met 'n vreemde versoek op my afkom. Die wurms is honger, maar ek het nie tyd om verder in die dorp te vertoef nie. Weg is ek daar, maar ek het my misreken. Dis 'n hele ent na die volgende plek, en dis warm vir hierdie tyd van die jaar. Die wurms sal genoeë moet neem met die omstandighede. Die boks staan op die agterste sitplek, ek het 'n serp daaroor gegooi om hulle koel te hou. In die tuin het ek 'n paar blare gepluk wat na my insig die meeste lyk op moerbeiblare. As ek hulle daardeur vergiftig, dan is dit 'n jammerte, maar ten minste het ek hulle nie op straat uitgesit nie.

Ek ry kus-op langs die stink en woelige see. Kom oplaas aan by 'n klein plekkie, nie veel meer as net 'n hoofstraat nie met garage, 'n paar winkeltjies, en iets wat lyk na 'n algemene handelaar. Een of ander ongerepte vakansiebestemming, met wit huisies 'n entjie verder af, op die see. Hoe mooi is die omgewing, alles witgeblaker in die son. In 'n stofwolk hou ek stil, dat die gruis en klippe spat. Ek klim uit, sorg dat die boks deeglik toe is, ek wil nie nog moet soek na wurms wat ontsnap het nie. Sluit die kar. Gaan die koel winkel binne. Dit is niks meer as 'n groot, bykans leë ruimte nie. In die een hoek is 'n paar rakke, halfleeg. In die teenoorgestelde hoek is die toonbank. In die middel 'n draadrak met 'n klein seleksie groente: bossies verlepte wortels, 'n paar uie, skorsies. 'n Pakkie appels. Agter die toonbank, 'n Oosterling. As ek moet raai, Sjinees. Hy lyk nie vriendelik nie.

Ek spreek hom in Afrikaans aan, maar hy reageer nie. In Engels vra ek of hy vars blare het vir sywurms. Sjinese weet tog alles van sywurms. Is dit nie waar hulle vandaan kom nie, en het een of ander keiserin-weduwee nie haar sywurmkokonne liewer gehad as haar onderdane nie? Dit lyk nie of hy begryp nie. Leaves, sê ek, from trees, or beetroot leaves. For silkworms, to eat. Ek beduie met my hand asof ek myself voer en maak koubewegings.

Hulle verkoop nie wurms nie, sê die man. (Hy spreek dit uit "wolms".) Ek wil nie wurms hê nie, sê ek, ek wil kos hê vir wurms, sywurms. Vars blare. Geen blare nie, sê hy. Geen wurms nie. Net die items op die rak. Ek wys jou, sê ek. Ek gaan haal die boks uit die kar. Sit dit op die toonbank voor hom neer. Maak die boks oop.

Verbeel ek my of is hulle reeds 'n raps kleiner en donkerder? Kos, sê ek, vars blare. Vir die wurms. Die man kyk geïnteresseerd. Hoeveel? vra hy. Geen geld nie, sê ek, kos, omtrent tien groot blare. Hy gee my vyftien rand vir die boks, sê hy. Ek wil hulle nie verkoop nie, sê ek weer. Ek wil kos hê vir hulle. Blare. Hy behoort te weet, sê ek, kom sywurms nie uit Sjina nie? Hy kom nie uit Sjina nie, sê hy, hy kom van Benoni, Gauteng.

Buite raak ek 'n oomblik deur die son verblind na die koel interieur. Langs die trap is 'n swart vullisdrom. 'n Oomblik lank oorweeg ek dit om die boks net daar en dan in die drom weg te smyt. Of om terug te draai en die wurms vir vyftien rand aan die Benoni-Sjinees te verkoop. (Ek kan dalk vir 'n hoër bedrag onderhandel.) Maar in albei gevalle sou dit 'n on-waardige einde wees vir die wurms – pragtig vet en glansend soos ngunibeeste toe hulle in my sorg gelaat is.

Weer in die kar, en vort is ek, die verlokkende reuk van die koue, sout see in my neusgate. Om die koelte van die water om my te voel toevou. Die boks onder die arm die see in. Ek het genoeg gesien. Red my van onkiese voornemens.

*

Ek besluit om nie verder kus-op te gaan nie. Ek gaan geen moerbei- of beetblaar langs hierdie dor en verlate Weskus vind nie. Ek draai terug en ry met die R399 na Veldenburg, waar ek vars beetblare vir die uitgehongerde wurms kry, en van daar na Frederiksbaai, waar ek in die hotelletjie op die see inboek. Hier kan ek tot rus kom, die wurms al vretende. Mag God gee dat hulle gou van vorm verander en wegvlie die donker nag in. Nou skryf ek verder aan die monografie oor die Olivier-broers.

Ek skryf: "Die broers is al byna twintig jaar lank baan-brekers van die stop-action-filmtegniek. Omdat hulle op so 'n eiesoortige en innoverende manier werk met die vermen-ging van verskillende genres: collage, stop motion, live action en spesiale effekte, is hulle invloed op ander kunstenaars be-perk, en val hulle hele oeuvre buite die grense van 'n spesifieke genre-omskrywing. Sedert hulle Suid-Afrika verlaat en hulle in Londen gevestig het, het die broers reeds meer as veertig moving-image-werke gemaak. Een van die hoofkenmerke van hulle kort films is die vermenging van die erotiese, die metafisiese en die mistieke. 'Die betowerende metafisika van obseniteit' – soos daar al na hulle werk verwys is."

*

163

Dit was bitterlik koud, die koudste tyd van die jaar. Dit het aanhoudend gereën. Ek het in die huis gesit en nie geweet wat om te doen nie, waarop om my aandag te vestig nie. Alles was koud soos as. Dit was soos 'n vuur wat geblus is. Die lewendigste herinnering was van hom in sy kis. Hoe onwerklik sy dood ook al was, soos hy daar gelê het, dít was werklik. Eers het ek en Willem Wepener op eerbiedige afstand gestaan, toe beskroomd nader beweeg. Dit was hy, en dit was nie hy nie. Jy wou nie gaan nie, want jy wou hom nie so onthou nie. Jy het my daarna ook nie uitgevra nie. Jy wou nie weet nie. Jy het jou kop in dié tyd meesal afgewend gehou. Ek het jou nog nooit so roerloos sien sit nie. Jy was by tye onaanraakbaar soos 'n standbeeld. Ek het ellende op die bodem van my maag gevoel, swaar soos klip. Die organe in my liggaam was koud. My niere was koud, my baarmoeder was koud, my geslag en my skede was koud, my maag en my lewer was koud, my longe was koud. My ingang en my uitgang was koud. My hart was so koud soos 'n klont lood. Ook my ledemate was koud, my hande en my voete. My oogballe was koud. My neus was koud en my ore. My verhemelte was so koud dat ek my kon verbeel ek voel die letsel van die herstelde spleet, elke toegegroeide steek daarvan. Ek het oor my bolip gevoel, oor die opgehewe, koue rif wat na my neus loop, en nóg wou die trane nie kom nie.

# Twintig

MARTHINUS BEL NIEK 'n paar oggende later om te sê hy het
pas in die koerant gelees dat 'n klomp gesteelde skilderye in
Buks Verhoef se werkswinkel gevind is, onder andere 'n Pier-
neef en 'n Tretchikoff, en nog 'n klomp waardevolle goed. Ie-
mand het dit gevind wat Verhoef se werk kom waardeer het.
Niek sê vir Marthinus hy moet nie eens daaraan dink om dit
te sê nie. Marthinus sê hy sê niks. Niek sê hy weet wat Mar-
thinus dink. Marthinus sê hy kan nie ontken dat hy iets aan-
voel nie. Moet dit nie eens noem nie, sê Niek. Hoekom nie,
vra Marthinus. Niek sê omdat hy nie weer wil hoor dat Viktor
ook dááragter sit nie. Marthinus sê reg so, hy sê dit nie. Niek
sê, nou ja, los dit dan. Marthinus sê, reg so, hy los dit. Niek
sê, moet dit nie eers dínk nie. Marthinus sê reg so, hy dink dit
nie. Niek sê, natuurlik dink hy dit, hy kan hom seker nie keer
nie. Maar hy dink Marthinus oorinterpreteer – hy sien Viktor
se hand waar dit in alle waarskynlikheid nie is nie. Niek sê hy
weet Viktor is 'n schemer en 'n plotter, maar hy reken Mar-
thinus gaan nou te ver om bedrywighede aan hom toe te skryf.
Marthinus sê ja, Niek is waarskynlik reg, hy het die neiging
om met dinge op loop te gaan.

Die arme Buks. Dit is vir Niek steeds moeilik om die arme,
oorgewig, lomp, selfverskonende, asmatiese Buks as skurk te

sien. Hy was van plan om die huis te koop en dit as 'n privaat galery in te rig. Wat hy daarmee bedoel het, weet nugter alleen. Dalk wou hy 'n plek hê om sy gesteelde goedere te bêre – sy Tretchikoffs en Pierneefs – of 'n plek van waar hy hulle kon verkwansel. 'n Rookskerm vir sy onheilige transaksies.

Na die gesprek loop Niek van vertrek na vertrek in sy huis. In die voorste vertrek, teenoor sy slaapkamer, staan van die bokse nog steeds onuitgepak. Vandat Charelle weg is, voel die huis vir hom nóg leër, nog minder bewoon. 'n Tydelike oorstaanplek. Hy eet hier en hy slaap hier, maar die meeste van sy tyd bring hy in sy ateljee in Woodstock deur, wanneer hy nie by die kunsskool is nie (waar hy éintlik ook so min as moontlik wil wees). Net die kombuis, dit is vir hom die enigste vertrek wat ooit 'n sweem van geselligheid gehad het, en dit ook net toe hy en Charelle saans saam daar geëet het.

*

Dieselfde week, vroeg een oggend, bel Albrecht Bester, die hoof van die kunsskool, Niek wakker. 'n Verskriklike skande het die skool oorgekom, sê hy, hy vrees dit kan hulle getalle in die toekoms sleg beïnvloed. Een van hulle studente het die vorige aand byna doodgebloei tydens een of ander ritueel. En drie ander van hulle studente was ook betrokke, en dit by een of ander satanistiese ritueel, hy weet nie wat hy vir die beheerliggaam gaan sê nie. Die meisie is nogal een van Niek se studente, 'n Karlien Meyer. Niek vlieg onmiddellik orent. Wat het gebeur?! vra hy. Allerverskrikliks, sê Albrecht, verskriklik dat so iets met die skool geassosieer word. Van die betrokkenes is boonop van hulle mees belowende studente. (Hier dink Niek hy hoor 'n snik in Albrecht se stem.)

166

Niek vra wat dit laat lyk of die ritueel met satanisme verband hou. Wel, sê Albrecht, op die toneel – nogal in die sitkamer van die woonstel – is allerlei voorwerpe gevind. Lemmetjies, swart kerse – wat hy nie weet waar in die dorp mens so iets in die hande sou kry nie. Miskien by een van die Sjinese winkels in Birdstraat. Die ambulans het haar skynbaar sommerso in die bloeddeurweekte kombers waarop sy gelê het, toegedraai en weggeneem. Ook net betyds. Hoe erg is sy beseer? wil Niek weet. Moeilik om te sê in hierdie stadium, sê Albrecht, maar skynbaar so erg dat sy, soos hy sê, byna doodgebloei het, en in alle waarskynlikheid nie vanjaar haar kursus sal kan voltooi nie.

Niek dink, sal hy in dankbaarheid op sy knieë neersak dat hy van die meisie en haar sukkelende projek verlos is? Die ellendige kind – sy kon dood gewees het! Hy moes haar uit die staanspoor afgeraai het, die hele halfgebakte damn satanistiese idee net daar en dan in die kiem gesmoor het. Hy moes gewéét het agter daardie bleek, uitdrukkinglose gelaat broei moontlik 'n magdom onheilige gedagtes uit.

Kyk, sê Albrecht, hulle twee sal die ouers moet gaan sien. Hulle sal die meisie moet besoek. So gou as moontlik. Die pa is 'n belangrike donateur. Hulle kan dit nie bekostig om sy finansiële bystand te verloor nie. Is dit régtig nodig dat hulle albei gaan? vra Niek. O ja, sê Albrecht beslis. Sy was per slot van sake Niek se student. Hulle moet hulle meelewing gaan betoon. Blomme, hulle moet 'n groot ruiker blomme neem. Sy is nog in die hospitaal. Soos hy sê, sy was amper dood.

*

167

Niek gaan die middag by Marthinus langs om hom van die voorval te vertel. Hy sê hy weet nie of hy moet lag of huil nie. Daar sit die student week na week by hom en maak geen vordering met haar projek nie en intussen hou sy en haar vriende hulle waarskynlik aand vir aand intensief besig met allerlei absurde satanistiese rituele wat dan op 'n dag skeefloop sodat sy haar byna doodbloei. Waarskynlik nog op dieselfde kombers of lap met tier of luiperd op wat sy vir die installasie wou gebruik.

'n Idee skiet Niek se oorverhitte kop skielik binne. "Marthinus," sê hy, "moet nou in gotsnaam net nie weer sê dit laat jou dink aan iets in *Vlakwater* nie."

"Weet jy . . . noudat jy dit noem," sê Marthinus verwonderd, "ek het al byna vergeet. Daar's daardie pragtige – wel, nie pragtige nie, maar kragtige toneel in *Vlakwater* waar die mense om so 'n duiwelsafbeelding dans, 'n soort volkspelerige dans, op die wysie van een of ander volkspele-liedjie, as ek reg onthou. Jong, grusaam maar kragtig. Ek het dit altyd met Goya se heksesabbat as agtergrond gelees. Maar gaan verder. Vertel my van die meisie."

"Maer. Blond. Liggaamlik perfek, soos 'n Barbiepop. Die ouers het my 'n keer kom sien. Die pa is 'n poephol, maar die ma was bekommerd oor die projek wat die kind doen. Karlien, haar naam is Karlien. Een van daardie mense wat lyk of hulle onaangeraak deur die lewe beweeg. Ek het nooit geweet of sy enigiets registreer van wat ek sê nie. Sy't gesukkel met die projek, geen vordering gemaak nie. Ek moes seker dieper gegrawe het. Ek wou haar elke keer net so gou moontlik uit my kantoor kry –"

"Wag nou," onderbreek Marthinus hom. "Kom vanaand

oor. Ek kry Menasse om met jou te praat. Hy weet alles van dié soort diaboliese toestande. Hy sal waarskynlik sê die meisie het nie 'n kans gehad nie, sy was reeds in een of ander demoniese sfeer vasgevang. Moet jouself nie veroordeel nie. Dit was buite jou beheer. Menasse sal dit bevestig."

Hy veroordeel homself nie, sê Niek, en hy twyfel of daar enige diaboliese of demoniese sfere by betrokke was, daarvoor het die studente te min verbeelding.

Na hulle gesprek gaan hy nogtans na sy ateljee en drink die halfbottel whisky leeg wat hy altyd daar hou. Hy slaap onrustig op die divan, en toe hy daar wakker word, laatmiddag, en alles ineens na hom terugkom, dink hy hy sny nóú sy fokken polse, so uitermate kak voel hy.

*

Hy dwing homself om op te staan en nie net verder te slaap nie. Hy gaan by Marthinus langs. Huis toe gaan is buite die kwessie. Net môre stel hy die huis beskikbaar vir verhuring. En as iemand dit vir 'n goeie prys wil koop, des te beter. Marthinus sê niks, maar bak vir Niek eiers en maak vir hom koffie. Niek eet woordeloos, dankbaar vir Marthinus se sorgsaamheid. Later die aand kom Menasse met die adamante voorkop. (Marthinus moet hom spesiaal opgekommandeer het, hoewel Niek nie gedink het dis nodig nie.)

Hulle sit op die stoep. Die gesprek gaan hieroor en daaroor. Pas later verwys Marthinus na wat met die student van Niek gebeur het. Menasse lyk nie in die minste verras of gesteur nie. Seker gewoond aan allerlei vreemde dinge, as hy so vertroud is met demoniese sfere soos Marthinus aangedui het. Menasse vra Niek versigtig uit. Niek vertel van die

169

meisie se belangstelling in satanisme. Van die projek wat sy beplan het en nooit mee kon vorder nie. Hoe sy vasgesteek het by die foto van die kombers met die tier op. Menasse luister aandagtig. Dit klink vir hom, sê hy, asof die meisie in twee oorvleuelende sirkels beland het, dié van die goeie en dié van die slegte, wat in die Asiyah, die laagste wêreld, byna onafskeibaar met mekaar verstrengel is. Sy was, reken Menasse, duidelik reeds verlok ("enticed," sê hy), verblind, ingetrek of ingedwing in 'n domein van onkunde en donkerte. 'n Domein waarin haar siel gevaar geloop het om vernietig te raak.

Niek sê hy kan Menasse wat die domein van onkunde betref gelyk gee, maar hy's nie so seker van die moontlike bedreiging wat dit vir die meisie se siel ingehou het nie. Dis nou te sê as sy, sê hy – en hy ook, for that matter – so iets soos 'n onsterflike siel hét. Menasse glimlag onverstoord. Dit sal Niek nogtans baat, sê hy, wat ook al sy oortuigings, om die meisie in haar nood met 'n positiewe energie te bejeën.

Die maan is 'n halwe skyf vanaand, beurtelings sigbaar en verhul deur vlieserige wolkies so grillig soos in 'n skildery van Friedrich. Regs agter hulle lê die kolossale, dreigende berg in donkerte gehul. Charelle was bang vir die berg toe sy in die stad aankom, die dag toe sy menstruasiepyn gehad het. Hy was geskok dat sy hom iets so intiem vertel het. Die tydelike nedersetting links agter hulle is in donkerte gehul, 'n donker kol in die nag. Daar waar Tarquin Molteno met sy fancy sneakers en goue ketting soms uithang. 'n Man sonder vaste verblyfplek.

Intussen is Niek vasbeslote om sy huis te verkoop; selfs verhuring is nie meer 'n opsie nie. Hy sien meer as ooit vanaand daarteen op om soontoe terug te gaan. Hy's bang hy hallusineer of iets. Hy is bang iets word daar aan hom geopenbaar – iets omtrent Charelle se nood.

*

"Gló jy wat Menasse sê," vra hy later die week vir Marthinus. "Alles wat hy sê oor die laagste wêreld en die domein van onkunde en donkerte, en so meer?"

"Kyk," sê Marthinus, "ek het groot waardering vir Menasse. Ek sien hom as iemand met uitsonderlike gawes. Daarvoor het ek bewondering en respek, al glo ek nie alles wat hy sê nie. The superior man commands respect – Confucius. Ek het hom al by twee vyandige kampe tussenbeide sien tree. Indrukwekkende mediëring. Hy's assertief sonder om homself op die voorgrond te stoot. Kortom, 'n pragtige mens. Ek het ontsag vir die Kabbala, al het ek my nog nooit daarin verdiep nie. Soos jy weet, lê my aangetrokkenheid en belangstelling elders. Maar ek dink nie dit kan skade doen om van sy blik op dinge kennis te neem nie."

Nee, sê Niek, dit kan seker nie skade doen nie.

*

Pas nadat die meisie uit die hospitaal ontslaan is, gaan besoek Niek en Albrecht (op sy aandrang) haar by haar ouerhuis. Hulle is gewapen met sjokolade en 'n enorme bos blomme. (Groter nog, merk Niek, as wat Liesa Appelgryn ontvang het.) Die ouerhuis is op 'n wynplaas met uitsig. Die moeder ontvang hulle. Sy stel haarself as Mignon voor. 'n Mooi vrou, met die digte wimpers; klein, miskien effens te skraal. Die vader is nie op die oomblik tuis nie. (Niek se hart jubel van dankbaar-

171

heid oor hierdie klein meevaller.) Die voorhuis is ruim, met 'n indrukwekkende vermenging van antieke Kaaps-Hollandse stukke en eietydse meubels; die regte skilderye (onder meer Irma Sterns, Pierneefs, 'n Alexis Preller, 'n Christo Coetzee en 'n aantal Maggie Laubsers); eksotiese vase, duur tapyte, kelims. Die bos blomme word sonder meer aan die bediende oorhandig.

Die moeder stel voor hulle loer gou by Karlien in, voor hulle tee drink. Maar geen vrae nie, asseblief, maan sy, Karlien verkeer nog in 'n toestand van skok na die ongelukkige voorval. Die meisie lê in 'n groot bed, wasbleek, haar oë toe. Haar een arm, tot by die elmboog verbind, rus op die bedsprei. Om haar nek is ook 'n verband. (Niek ril effens by die gedagte.) By haar op die bed, 'n versameling sagte speelgoed. Die kleurskema van die kamer – afwit en skulppienk. (In hierdie ruimte word die móóntlikheid van 'n gedroogde padda of swart kers of katskedel nie eers oorweeg nie.) Die meisie maak haar oë stadig oop, maar reageer nie eintlik toe hulle haar groet nie.

Die moeder begelei hulle net so gou weer uit. Tee, klein toebroodjies en 'n verskeidenheid fyngebak word voorgesit. Maar toe sy wyn aanbied, laat Niek nie op hom wag nie. Hy kry die indruk die moeder is broos, maar moedig. Sy sê nie veel nie, vertel kortliks wat gebeur het. Karlien se woonstelmaat het hulle drieuur die oggend histeries gebel om te sê daar's groot fout. Die ambulans het haar net betyds by die hospitaal gekry. Daarna doen Albrecht Bester, met bewende snor, gelukkig die meeste van die praatwerk. Hy spreek sy absolute skok en misnoeë uit oor die voorval, sy hartseer dat hierdie talentvolle kind so iets moes oorkom, en verseker die moeder dat die belhamels spoedig aan die pen sal ry. Niek bewonder Albrecht vir die manier waarop hy dit alles gesê kry, en terselfdertyd fyntjies verskeie koekies en toebroodjies na binne werk, en waarderend kommentaar lewer op die skilderye, die kleurskema van die vertrek, en die keuse van meubels. Die moeder hoor dit alles in welopgevoede stilte aan.

Toe hulle groet en Niek haar hand skud, kyk die vrou na hom op, en vir 'n paar oomblikke wissel hulle 'n blik wat – agterna beskou – weens die flagrant seksueel uitnodigende aard daarvan, heeltemal onvanpas is vir die aard van die geleentheid.

In sy kar, op pad terug Kaapstad toe, kreun Niek – nee, dink hy, nee, nie nog dit ook nie.

# Een-en-twintig

Vroegoggend gaan stap ek op die strand. Die duine voor die hotel is koel. Ek wil hande-viervoet daarin rondkruip, so mooi vind ek die kleur van die sand, die klein rooi duineplantjies, die klein wit skulpies.

Toe ek terug in my kamer kom, is die boks met sywurms weg. Ek het hulle op die tafeltjie voor die venster gesit, sodat die koel luggie oor hulle waai, na hulle warm reis agter in die kar gister. Eerlikwaar, soveel kan dit my ook nie skeel dat hulle weg is nie. Ek het na hulle omgesien toe hulle in my sorg gelaat is. Nou kan die volgende persoon, die een wat dit goedgedink het om hulle hier weg te neem (te steel), op soek gaan na vars blare vir hulle. Eintlik is ek verlig.

Ek hou van die hotel, dis onopgesmuk, anders as die revamped hotel in Oesterklip. Die dubbeldeure in die eetkamer maak oop op die sementstoep met 'n lae witgekalkte muurtjie. Die see is so naby dat ek die sproei klam op my wange kan voel. Hier eet ek vanoggend ontbyt. Ek wil amper bly word, en moed skep. Hier sal ek miskien 'n paar dae lank rustig kan werk.

Terwyl ek vir my ontbyt wag, kyk ek na die koerant. Op die voorblad is 'n beriggie dat die verdagte in die moord op Buks Verhoef vir sielkundige waarneming gestuur is. Daar is 'n foto van die laggende Verhoef, en 'n onduidelike foto van die man met die bril en die olierige hare wat die dag op hom geskiet het.

Ek word allereers van 'n krieweling in my nek bewus, voor die man 'n stoel uittrek en by my tafel plaasneem. Dis die fokken holwang-rusverstoorder. Die man wat ek met alle geweld in Oesterklip probeer ontduik het.

"Ek het iets vir jou," sê hy, en sit die boks sywurms op die tafel voor my neer.

"Wat laat jou dink ek wil dit hê?" vra ek.

"In daardie geval," sê hy, "raak ek sommer nou van hulle ontslae." En hy maak asof hy die boks wil oopmaak en die wurms oor die lae muurtjie gooi.

My onmiddellike impuls is om hom te keer, maar ek bedwing myself.

"Het jy my hierheen gevolg?" vra ek.

"Wat gee jou daardie indruk?" vra hy.

"Omdat dit nie toeval kan wees dat jy vanoggend hier uitslaan, óf dat jy die wurms uit my kamer gesteel het nie."

Hy lag. "Toeval," sê hy, "het jy lus om toeval vir my te definieer?"

"Nee," sê ek, "ek het nie lus om enigiets vir jou te doen nie. Maar ek sê weer dat dit nie toevallig kan wees dat jy vanoggend hier uitslaan om my rus te versteur nie."

(Ek besef dat ek eintlik hoegenaamd nie met hom in gesprek moet tree nie.)

"Nee," sê hy, "jy's reg, dis nie toeval nie. Ek het jou uit Oesterklip gevolg."

"Hoekom?"

"Jy interesseer my. En ek wou sien wat jy met die wurms

doen. Ek het – toevallig – gisteroggend gesien hoe jy met die boks vertrek."

"Ek wil niks met die wurms doen nie," sê ek. "Jy kan hulle met plesier kry."

"Ek gril vir wurms," sê hy. "Ek het as kind 'n onaangename ervaring met my sywurms gehad."

"Ek wil nie hoor nie," sê ek, "hou jou verhaal vir jouself."

"Wat my betref," sê hy, "hoort alle wurms in die Tuin van Eden. Ek sien geen nut of nis vir hulle in die moderne wêreld nie. Word sy nie in elk geval deesdae sinteties vervaardig nie?"

"Dit sou ek nie kon sê nie," sê ek, "maar ongelukkig moet hierdie sewe wurms nog elke dag vars blare kry."

Sy oog val op die koerant. Hy tel dit vinnig op en lees die berig.

"Buks Verhoef," sê hy, "die arme, vermoorde Buks Verhoef. Het jy hom geken? Ek het jou al gevra."

(Vir 'n enkele oomblik is ek bang dat hy my herken van die – gelukkig – onduidelike koerantfoto, van my geneem die middag toe ek uit die coffee shop gekom het nadat Verhoef geskiet is.)

"Nee," sê ek, "ek het net geweet wie hy is." (Ek gaan nie vir hierdie man sê dat ek die sterwende Buks Verhoef in my arms gehou het nie. Dat my gesig die laaste ding is wat die arme Buks in hierdie lewe aanskou het nie.)

"Wie sou Buks Verhoef wou skiet? Wie sou die arme vent leed wou aandoen?"

"Het jy hom geken?" vra ek, teësinnig om hierdie gesprek met hom verder te voer.

"Nie geken nie. Wel 'n keer of twee ontmoet voor ek jare gelede weg is uit die land. Ek het niks teen hom as mens nie, maar hy was 'n skreiend middelmatige kunstenaar. Miskien verdien hy net dáárvoor om te sterf. Wat dink jy? Hy was besonder suksesvol, skynbaar. 'n Soort kuns-empire opgebou, kan jy maar sê. Hoewel gerugte die rondte doen dat hy nie meer self sy werk gemaak het nie, maar 'n spannetjie in diens geneem het daarvoor. 'n Kunsfabriek. Iets soortgelyks aan Jeff Koons se werkwyse. Dit maak sin, want ek twyfel sterk of die arme Buks selfs 'n donkie kon teken – laat staan nog 'n hiëna of 'n vlakvark boetseer – as ek moet oordeel aan sy vroeë werk. Maar hy't 'n gaping in die mark gesien – gee hom die eer daarvoor. 'n Ryk toeristiese aar raakgeboor. En nou wil dit voorkom asof hy boonop gesteelde skilderye in sy besit gehad het. Tretchikoffs, Pierneefs, Sterns – wat hy wáár sou kry? En wat doen mens met gesteelde werk behalwe om daarmee handel te dryf? 'n Uitgeslape kalant, onse Buks, hoewel slim sy baas gevang het; hy't sy hand oorspeel, wil dit voorkom. Wat is jou mening hieroor? Dink jy hy't verdien om te lewe, in die mate waarin enigeen van ons dit verdien?"

Hy wag nie vir 'n antwoord nie. Kyk weer na die berig. Sit die koerant neer.

"En die verdagte word vir sielkundige waarneming gestuur. Wat maak jy dáárvan? 'n Versteurde, skynbaar. Versteurdes – dis nou swaar versteurdes, soos my arme neef in die hoësekuriteit- psigiatriese inrigting – handel dikwels in opdrag van hoër magte. Dis nou te sê magte uit die onderbewuste. 'n Domein om mee rekening te hou. Daardie stemme kan selde verontagsaam word."

Hy tel die koerant op, hou dit uit na my om na te kyk.

"Wat dink jy," sê hy, "lyk die man vir jou versteur? Dink jy hy't gehandel in opdrag van stemme uit sy onderbewuste? Of

177

is dit iemand doodnormaal – soos ek en jy – wat op 'n dag net genoeg gehad het van die tirannie van middelmatigheid, en besluit het hy raak ontslae van Buks Verhoef ter wille van die samelewing se estetiese oorlewing?"

Ek hou nie van die manier waarop die man na my kyk nie. Ek het van die begin af nie daarvan gehou nie. Ek begin wonder of hy my nie dalk die dag in die coffee shop gesien het nie. Ek hou nie van hom nie. Ek het 'n vermoede – 'n intuï- sie – hy's meer ingelig oor die hele Verhoef-affêre as wat hy voorgee. Hol wange, benerige neus, die suggestie van sproe- terigheid in sy vel, 'n effens verweerde, rooi gelaatskleur (aan wie of wat herinner dit my?), sy oë is van onbepaalde kleur, maar met 'n maniese uitdrukking daarin.

Hy leun onverwags vorentoe oor die tafel en streel oor my bolip, voordat ek sy hand kan wegklap. "Jou lip," sê hy, "sug- gereer iets van 'n kriminele intensie. Het iemand jou al ooit valslik van onbetroubaarheid beskuldig?"

Ek antwoord hom nie. Dis die beste verweer. Op dié ma- nier is daar die minste gevaar dat ek myself op een of ander manier kompromitteer.

Hy leun terug in sy stoel. Neem weer die koerant. Kyk daarna. Sit dit weer neer. Kyk af, voor hom op die tafel. Kyk op, tuur in die rigting van die see. (Grys en plat vanoggend – soos sy oë, val dit my ineens op.)

"Blinky Booysen," sê hy, mymerend, "al ooit van hom ge- hoor? Dáár was 'n groot talent. Sonder twyfel. Op 'n dag net van die aardbol verdwyn. Of ten minste uit die stad verdwyn, uit Kaapstad. Ek ruil enige dag enige Tretchikoff, Pierneef of Stern vir een van sý skilderye."

Ek weet van Blinky Booysen. Die Olivier-broers verwys

na hom in 'n onderhoud. Hulle het met sy werk kennis ge-maak op kunsskool, waar hy 'n jaar of twee, drie voor hulle was. Hulle noem hom as een van die vormende invloede op hulle werk. Maar dit hoef die man ook nie te weet nie.

"Kom saam met my," sê hy. "Ons maak daarvan 'n onver-geetlike reis."

Ek antwoord hom nie. Genoeg hiervan. Ek staan op, neem die boks wurms, en groet.

"Magdalena Cloete is nie jou regte naam nie, is dit," sê hy.

"Nee," sê ek, "en Vincenzo Anastagi is regtig 'n belaglike keuse vir 'n vals naam."

"Dit is so," sê hy. Hy lag, maar met min werklike vreugde.

En daarby laat ons dit.

*

Die middag sit ek besluiteloos in my hotelkamer. Hier moet ek wegkom. Wurms en al. Weg van die holwang-rusverstoorder. Hy gaan my nie laat wegkom nie, dit weet ek. Hy gaan aanhou vra dat ek saam met hom weggaan. Ek vind dit verontrustend dat hy so meedoënloos op my spoor is. Dit laat my vermoed dat hy meer is as net 'n fetisjis wat eroties deur my lip geprikkel word. Ek kan teruggaan na Stellenbosch, die ou vader weer van voor af probeer bewerk in die hoop op 'n volgende onderhoud. Of ek kan verder kuslangs op beweeg. Ek kan 'n geskikte plek vind, 'n verlate strand, en met die boks en al in die ysige, onstui-mige see stap. Twee vlieë met een klap. Terwyl die holwang-terroris my iewers van 'n duin af met 'n verkyker bespied, 'n sigaret opsteek wanneer hy seker is ek het verlaas onder die golwe verdwyn, sy hande in onskuld was, weer in sy kar klim, en sy neef gaan besoek in die hoësekuriteit- psigiatriese inrigting.

179

Ek glo niks van al sy stories nie – nie van die neef of van die familieplaas nie. Die man het 'n ander agenda. Waar en hoe ek daarby inpas, is nie vir my duidelik nie.

Ek moet 'n besluit neem, ek kan nie die hele middag besluiteloos hier rondsit nie. Laatmiddag kry ek 'n teken. Die sywurms het hulleself in kokonne begin toespin. Ek is verlig. Dit beteken hulle eet nie meer nie; ek hoef hulle nie meer elke dag van vars blare te voorsien nie. Dit gee my groter vryheid van beweging, sou ek verder met die kus wou opry. Maar eintlik laat dit my met 'n nog groter probleem: in watter stadium raak ek van hulle ontslae? Die sewe wurms spin hulle in kokonne toe, na 'n sekere aantal dae (ek moet dit nog nagaan op die internet) kom daar sewe motte uit. Die sewe motte lê hulle sewe eiers. (Waarom klink dit alles so Bybels?) Hoeveel eiers lê sewe motte, want net sewe kan dit beslis nie wees nie. Dit kan trouens geen geringe aantal wees nie. Ek kan tog nouliks met 'n sywurmboerdery begin.

Wat staan my te doen? In watter stadium laat ek die wurms aan hulle eie lot oor? Ek kan die sewe motte nie vrylaat in die natuur nie. Die motte, het ek reeds vroeër op die internet gesien, kan nie vlieg nie. Sywurms is gedomestiseer, soos honde gedomestiseer is – hulle kan nie na hulleself omsien in 'n onbeskermde omgewing nie.

Ek neem 'n besluit. Ek gaan terug na Stellenbosch. Ek neem die papies na 'n troeteldierwinkel, of na 'n skool. Ek sal my deur die omstandighede laat lei.

Op hierdie manier laat ek my bewegings deur sewe gedomestiseerde wurms bepaal. Ek pak my naweektassie. Betaal my rekening. Probeer vinnig wegkom. Hoop die pervert bespied my nie van iewers en sak op my toe nie. Of erger nog –

agtervolg my weer nie. Teen honderd-en-veertig kilometer per uur jaag ek terug na Stellenbosch – daardie plek van beperkte moontlikheid – met die sewe spinnende wurms op die agterste sitplek van die kar. Ek luister na Jack White wat sing: "I want love to walk right up and bite me / grab a hold of me and fight me, leave me dying on the ground / . . . Yeah I won't let love disrupt, corrupt or interrupt me any more."

Dit is wat ek wil hê, dink ek, terwyl die landskap teen 'n hoë snelheid by my verbyvlieg, dat die liefde my beetkry en met my worstel, my sterwend agterlaat. Ja, (nogtans) sal ek die liefde my nie laat ontwrig, korrupteer of onderbreek nie.

# Twee-en-twintig

TERUG IN DIE DORP, terug in my huis. Daarmee dan my trippie na Oesterklip en Frederiksbaai – wreed onderbreek deur onvoorsiene gebeurtenisse. Ek het nie baie tyd nie, dit neem die wurms ongeveer drie dae om hulle toe te spin in kokonne. Die kokon, lees ek, voorsien 'n lewensbelangrike beskermende laag tydens die weerlose, byna bewinglose papie-fase. (Die misterie van daardie bewinglose transformasieproses interesseer my.) Ek moet van die kokonne ontslae raak voor die motte uitkom, paar en eiers lê. Meer as 350 eiers op 'n slag, sien ek op die internet. Ek sou die boks met die sewe halfgesponne kokonne na die naaste laerskool kon neem. Ek sou 'n saak vir die opvoedkundige waarde van die sywurmsiklus kon probeer uitmaak. Maar ek voorsien reeds die reaksie van die onderwyseresse – die wantroue waarmee hulle my sal bejeën. Daarom bekruip ek die tweede middag nadat ek in die dorp aangekom het die naaste laerskool soos 'n pedofiel. By die hek, op 'n pilaartjie, half onder die blare van 'n rankplant weggesteek, laat ek die boks soos Moses se biesiemandjie tussen die riete. Ek kan net hoop dat een of ander kind daarop afkom en soos Farao se dogter daarop aandring om die boks huis toe te neem en die kokonne te versorg. Meer kan ek nie doen nie. Al voel ek ellendig dat ek die wurms – nou reeds in gevorderde papiestadium, aan my sorg toevertrou deur 'n man wat veel op Frankenstein getrek het, en bes moontlik versteur is – op dié manier aan hulle lot moet oorlaat. Vaar julle wel, transformerende kokonne, fluister ek hulle toe, mag 'n ewige en ononderbroke siklus julle beskore wees.

*

Voorlopig fokus ek weer op die Olivier-broers. Dit is waarmee ek besig is, en daarin verdiep ek my. Wanneer ek na hulle films kyk – wat ek oor en oor doen – is dit asof ek in elkeen van hulle altyd en voortdurend die teenwoordigheid sien van 'n karakter: meesal 'n handgekerfde Punch-en-Judy-pop, maar soms ook 'n werklike mens, wat in die manier waarop dit figureer in die spesifieke film, in die musiek wat sy verskyning aankondig en begelei, in die temas waarmee hierdie figuur assosieer word, in sy bewegings, in die manier waarop hy belig word, in die dinge wat hy doen – hefbome bewerk wat na valdeure lei, trappe bestyg, karakters agtervolg, hulle ondergang bewerkstellig, deur 'n vergrootglas kyk – die persoon van die vader, Markus Olivier, suggereer.

*

In een van die onderhoude met die Olivier-broers is daar 'n foto van hulle moeder op een-en-twintig, in tennisklere, met 'n raket. Sy was toe swanger met hulle. 'n Uitsonderlike mooi vrou, sover ek van die klein foto'tjie kan aflei – lank, blond soos die seuns, en skynbaar ewe sportief. In die onderhoud beweer hulle sy het tennis op nasionale vlak gespeel. Dit is dan die vrou by wie Markus Olivier, akademikus, sy seuns gehad het.

183

Op die oog af was 'n sportster 'n onwaarskynlike keuse van vrou vir hom. Hy moet boonop 'n hele entjie ouer as sy gewees het. Na hulle uitmekaar is, is Olivier nie weer getroud nie. In geen van die onderhoude maak die broers melding van hulle vader nie, en daar word ook geen verdere melding van hulle moeder gemaak nie. In een of ander stadium moet sy van die toneel verdwyn het, maar ek kan nêrens in my navorsing agterkom wat presies gebeur het nie. Dit is een van die dinge wat ek by Markus Olivier wil probeer uitvind, en dit is juis waar ek in my vorige onderhoud verbrou het, deur die saak te gou en te onoordeelkundig aan te roer – nog onder die indruk en verbyster deur die skok van die sterwende Buks Verhoef in my arms, die reuk van sy bloed nog aan my hande en in my klere.

*

In die plek van die gewonde Karlien kry Niek 'n ander student om te begelei. Hy het die kêrel onlangs opgemerk, 'n nuwe student – lank, met welige skouerlengte hare, 'n snor, en ooggrimering. Jan Botha is sy naam. Duidelik 'n gans ander kliënt as die talmende Karlien. Hy weet presies wat hy wil doen. Op die lessenaar in Niek se kantoor sprei Jan sy voorsketse uit, hy wys sy veelvuldige aantekeninge, en kom selfs vorendag met 'n klein modelletjie van die installasie wat hy beplan. 'n Donker installasie, wil dit voorkom. Dit laat die arme Karlien se plan vir haar satanisme-installasie nog meer pateties voorkom. Niek wonder hoe die kêrel hiér beland het – hy is so duidelik in 'n ander liga as die meeste van die studente. Hy is nie geneig om persoonlike praatjies aan te knoop nie, hy is gefokus en op die man af. Laat die digte maskara en duidelike eyeliner nie die

184

teendeel suggereer nie, of die blink – en waarskynlik geurige – haredos nie. (Niek het die begeerte om sy neus daarin te druk en diep te snuif.)

Jan Botha bring elke dag vir Niek nuwe tekeninge. Die man moet rieme vol teken, as dit sy daaglikse produksie is. Hy is duidelik 'n fontein van kreatiwiteit. Daar is skynbaar niks wat hom teëhou of laat weifel nie. Het hy die student wat in die satanisme-voorval betrokke was geken? vra Niek hom versigtig op 'n oggend. Nie persoonlik geken nie, sê Jan Botha. In elk geval nie sy tipe nie, te passief, te min spunk. Daarmee kan Niek akkoord gaan, die meisie hét besonder min fut gehad. 'n Oomblik is hy in die versoeking om vir Jan Botha te vertel dat hy haar eendag geruik het, tot sy verbasing, omdat hy aanvaar het sy is reukloos – wel, reukloos ten opsigte van vroulike voortplantingsprosesse. Hy bedink hom.

Wat dink hy van die hele voorval, van die feit dat dit skynbaar met satanisme verband hou? vra Niek hom. Hy dink dit is 'n belaglike affêre, sê Jan Botha. Die studente hou hulle besig met goed waarvan hulle niks weet nie. Hulle was te squeamish of te inexperienced. Hulle kon iets leer by die gangsters en criminals van die Flats en Khayelitsha en dié plekke. Die studente hier dink hulle is cool, maar hulle weet niks van die real world nie. Hulle moet 'n slag by die Soutrivier-lykhuis kom inloer. Dan sal hulle sien wat die real world is. Hy doen voluntecrwerk daar oor die naweke. Hy weet hoe liggame lyk when people mean business. Selfs wanneer hulle uitgeken moet word, al opgepatch after a fashion, lyk hulle nog nie van die beste nie.

After a fashion, vra Niek, wat wát beteken? Bietjie skoongemaak na die post mortem – die ergste bloed opgemop, die meer obvious gapende wonde discreetly toegemaak. Die viewing is in elk geval deur 'n venster, wat die impak vir die viewers versag, sê Jan Botha.

En hoe vind hy hierdie volunteerwerk? vra Niek. Hy wonder terloops of Jan Botha ooggrimering soontoe dra, na die Soutrivier-lykhuis, en of hy sy welige hare daar vasbind (hy moet seker). Dit lyk nie of dit hom ooit pla terwyl hy teken, of sy werk bespreek nie. (Sy geurige hare, waarin Niek sy gesig wil begrawe omdat dit hom met verlange vul.) Interesting, sê Jan Botha. En wat is die aard van sy werk? vra Niek. Very menial, sê Jan, skoonmaak, liggame op gurneys stoot na waar hulle moet wees – na outopsiekamers, viewing rooms, terug na die yskaste. Soms uitgaan om liggame te gaan collect, foto's van die crime scene te neem, en so. Dinge lyk nie goed daar nie, sê hy. Die tye is baie violent. Die daaglikse inname van dooies is baie groot. Daar's helse backlogs op alles. Die mense kan nie voorbly nie.

\*

Vandat Charelle weg is, bestee Niek veel meer tyd by Marthinus-hulle as toe sy nog by hom in die huis was, en hy dikwels saans vir hulle gekook het. Ook omdat sy eie huis vir hom by die dag meer onherbergsaam word. Die winter is in aantog. Hulle sal nie meer veel langer saans by Marthinus op die stoep kan sit nie. (Hierdie stoep assosieer Niek steeds met die pawiljoen in die Astor-hof.) Vanaand is Anselmo weer hier, met sy slim, eiervormige kop, en Menasse met die adamante voorkop. Die maan, wat nog onlangs donker was, begin reeds weer swel.

Anselmo sê: Om aan die tyd onderworpe te wees, beteken

om aan voortdurende transformasie onderworpe te wees. Die tyd vernietig alles waaraan dit raak. Newton het gedink die aarde is ses duisend jaar oud. Sy vriend die eerwaarde Thomas Burnet, 'n Anglikaanse priester en vurig anti-paaps, het nie die Bybelse chronologie bevraagteken nie, ewe min as wat Newton dit gedoen het, maar hy't gesoek na 'n natuurwet. Hy't probeer verstaan waarom so baie gebeurtenisse binne so 'n kort tydjie kon plaasvind. Hy't 'n rare teorie oor die sondvloed gehad: Al die water op aarde het onder die aarde se eerste kors versamel en op 'n dag ontplof, vandaar die water. Alles transformeer, sê Anselmo, behalwe partikels. Hulle evolueer nie. Maar sodra die partikels hulleself in atome vorm, en die atome in molekules, op daardie oomblik slaan die tyd toe. Die tyd het net betrekking op vorms, op sisteme, nie op elementêre materie nie. Alles wat in die heelal ontstaan, is aan die onomkeerbaarheid van tyd onderwerp. En uiteindelik aan dood en ondergang, aan dissolusie, en aan 'n herrangskikking van die oorspronklike elemente waaruit dit gevorm is.

Menasse sê: Tyd het bestaan voor die begin van die heelal. God se tyd is nie meetbaar nie.

Die maan klim, en swel, en die naghemel verander, en die luggie raak toenemend koeler. Die baai lê uitgestrek en flonkerend onder en die berg regs van hulle. Niek voel hoe sy eie gedagtes kom en gaan, inkom en uitgaan, soos branders, soms nader, soms verder, soms rustiger, soms meer opgehits. Asof hy in en uit Anselmo se monoloog beweeg. Maar die basiese ondertoon van sy gemoed bly onrustig en gekweld.

Wat Menasse van Anselmo se monologiese woordvloed maak, is nie duidelik nie. Hy sit rustig voor hom en uitkyk, altyd met die pet op, en die klein glimlaggie, vas in die wete van die Kabbalistiese waarheid, van God en die engele en die sfere en die shedim. Niek is nie seker waarop Menasse alles vertrou nie, oor watter mistieke kennis hy beskik nie – buiten sy aanvoeling vir die uitstralings van 'n plek, wat hom volgens Marthinus so 'n betroubare eiendomsagent maak.

Anselmo Balla, die afgedwaalde Katoliek, is vanaand onstuitbaar, hoewel hy hoe langer hoe meer los en vas praat. Soos die maan hoër klim en die res van die geselskap stiller raak, voer hy toenemend sy monoloog. Hy kyk niemand ooit direk aan nie, hy sit nooit stil nie. Hy haal Sint Augustinus aan (Marthinus het beweer hy kan nooit wegkom van die Katolisisme nie), hy vertel van 'n enorme maaltand waarna die heilige in *Die stad van God* verwys. Niek stel hom 'n reusetand voor wat op die strand uitgespoel het, so groot soos 'n boot. 'n Maaltand so groot soos 'n walvis. Die geskiedenis is onvoorspelbaar, sê Anselmo, nie omdat dit onlogies is of van toeval afhanklik nie, maar omdat dit nie beheers word deur natuurwette nie. Dan het hy dit weer oor apokaliptiese bewegings, wat volgens hom altyd revolusionêr van aard is.

Menasse merk op dat die apokalips gewortel is in 'n baie lewenskragtige ("vigorous," sê hy) Joodse tradisie – kyk maar na die geskrifte van die profeet Jesaja in die Bybel. Anselmo reageer nie op Menasse – of op enigiemand anders – se opmerking nie, maar praat weer oor die einde van die tyd (waarna hy konstant terugkeer). Wanneer jy praat van beskawing, sê Anselmo, praat jy van verlies, want slegs 'n infinitesimale deel van wat ooit bestaan het in die wêreld – hetsy natuurlike dinge, hetsy mensgemaakte, kulturele artefakte – bestaan steeds. Ons is in elke geval onkundig omtrent die grootste deel van alles wat ooit bestaan het, sê hy.

Niek dink aan sy broer, nou al soveel jare dood. Sy broer wat nie meer bestaan nie. Sy pa en sy suster het na die ongeluk die lyk in Namibië moes gaan uitken. Sy ma het nie daarvoor kans gesien nie. Toe hulle terugkom, wou Niek vra hoe dit was, maar hy het nie geweet hoe nie. Sy pa was verslae en sy suster haar gewone onafleibaar gefokusde self. Hy wou weet of sy broer onherkenbaar vermink was, maar hy't nie geweet hoe vra mens so iets nie. Hy was vyftien jaar oud en hy het nagte lank lê en wonder hoe die dooie liggaam van sy broer daar uitgesien het. As hy geleef het, was sy broer nou byna sestig, 'n middeljarige man. Dit voel soms vir Niek asof sy broer saam met hom ouer geword het. Asof hy 'n gewaarwording het van sy broer, nog altyd ouer as hy, vlak agter hom, vlak agter sy linkerskouer, 'n onvoorspelbare, roekelose, traak-my-nieagtige teenwoordigheid. 'n Teenwoordigheid waarvolgens hy hom op 'n vreemde manier steeds ríg.

# Drie-en-twintig

In die derde week van Mei, min of meer drie weke na die
voorval waarin Karlien betrokke was, kom Albrecht Bester op
'n oggend by Niek in die kantoor. Hy is uitasem van ontstel-
tenis. Sy wange is blosend, sy perfekte coif deurmekaar, sy oë
is rooi. Vir 'n oomblik dink Niek die man gaan vanoggend by
hom bieg oor 'n nag van uitspattige hartstog of 'n onbeant-
woorde liefde.

Die polisie was pas hier, sê hy. Die drie studente wat by die
ongelukkige voorval betrokke was, staan ook tereg op aan-
klagte van dwelmhandel. Kan jy dit glo, kerm Albrecht, en
dit drie van ons mees belowende derdejaarstudente! (Dis vir
Niek nuus dat daar afgesien van Jan Botha ander belowende
studente hier is.) Wat gaan ons bestuursliggaam hiervan sê?
Hoe gaan dit ons getalle in die toekoms beïnvloed?!

Niek sê dis nie Albrecht se verantwoordelikheid wat die stu-
dente in hulle vrye tyd doen nie. Maar Albrecht kerm dat die aan-
klagte teen die studente reeds bitter sleg op die skool reflekteer.

*

Jan Botha interesseer hom. Niek is dankbaar dat daar oplaas
'n student is wie se werk hom interesseer. Jan Botha is ouer
as die ander studente, hy is ernstig oor sy werk. Hy is vreemd

van voorkoms, met die welige hare en die eyeliner. Werksku is hy nie (anders as die meeste studente). Fors van gestalte, nie die futlose, oorverfynde designer-voorkoms wat soveel van die manlike studente kultiveer nie. Sy werk herinner Niek aan dié van Ed Kienholz, of Joseph Beuys, maar met 'n sterker eietydse gevoel, en meer konfronterend. Heelwat van sy beeldgebruik is duidelik afkomstig uit die lykhuis – figure op draagbare, op staaltrollies, in yskaste. Sommige van sy tekeninge is kru, byna pornografies. Hy pak al wat taboe is vreesloos by die horings: ras, seks, dood. Een van sy teke-ninge, 'n dooie figuur op 'n staaltafel, laat Niek dink aan Holbein se paneelskildering van die dooie Christus. Isabel het hom vertel dat toe Dostojefski dit gesien het, dit so 'n indruk op hom gemaak het, dat hy so in die greep daarvan was, dat sy vrou hom moes wegsleep om te verhoed dat dit 'n epileptiese aanval by hom teweegbring.

*

Albrecht kom nou gereeld by Niek sy lot sit en bekla. Hy verwag gelukkig geen respons van Niek nie. Niek gaan ge-woon aan met waarmee hy besig is. Hy kyk vandag na 'n boek oor Japannese oorlogskuns, terwyl Albrecht hande-wringend vertel dat die meisie se woonstelmaat ook vir ondervraging ingeneem is, dat in al sy jare so iets hom nog nooit oorgekom het nie, dat hy onder die indruk was dat wat hulle hier bied, meer is as net 'n kunsopvoeding, dat hulle van studente afgeronde mense maak wat hulle plek volwaardig in die samelewing kan volstaan, en nou blyk dit dat hulle hulle wend tot satanisme, die laagste, die mees pervers denkbare aktiwiteit. Om van dwelmhandel nie te praat nie. Niek kyk

191

na die afbeelding van die *Nagaanval op die Sanjo-paleis* uit die Heiji-tydperk. Dit beeld die bloedige oorlog uit tussen twee clans tydens die laaste helfte van die twaalfde eeu. 'n Groot klomp vegtende soldate in swaar oorlogsmondering is in 'n bloedige geveg op die voorgrond betrokke, terwyl die hele toneel oorheers word deur die massiewe vlamme van die brandende paleis. Gestileerde vlamme, bollend en krullend soos golwe of wolke. Hy voel persoonlik in sy eer aangetas, sê Albrecht, hy weet nie wat die uiteinde van hierdie saak gaan wees nie, maar dit voorspel niks goeds nie, want dit kan verreikende implikasies vir die voortbestaan van die kunsskool hê, en vir alles waaraan hy sy lewe gewy het. Die soldate is in 'n brutale man-teen-man-geveg betrokke, soos gewoonlik in hierdie burgeroorloë. Bloed spuit uit 'n afgekapte nek, 'n soldaat word op die grond vasgedruk terwyl 'n ander een sy keel afsny – 'n hele paar is koploos. Onthoofding is skynbaar de rigueur. Kon nie moeilik gewees het nie, dink Niek, hy het van daardie Japannese swaarde gesien. Jy deurboor jou opponent daarmee, dwarsdeur die swaar mondering, soos 'n ruspe ingeryg op 'n doring. Hy weet nie wat hom te doen staan nie, sê Albrecht handewringend, hy weet nie waarop hulle hulle moet voorberei nie, want alles is miskien daarmee heen, alles waarop hy hom al die jare kon roem, alles wat hierdie skool 'n toonaangewende, gesogte instelling gemaak het. (Niek was onder die indruk dit word as 'n baie middelmatige skool gereken.) Hy het 'n foto van Isabel geneem waar sy staan in die Metropolitan Museum langs 'n uitstalkas met vyf van hierdie Japannese oorlogsmonderings. Hy weet nie hoe hy haar oortuig het om vir die foto te staan nie, want sy wou nêrens foto's van haarself geneem hê nie.

Haar uitdrukking op die foto is verwytend. Sy was nog op een voorwaarde bereid tot die liefde, het sy gesê, en dit is dat hy haar nie direk aankyk nie. Moenie in my oë kyk nie, het sy gesê, die intimiteit maak my seer, ek kan dit nie hanteer nie. Dit het hom gekwets, dit het hom onwaardig laat voel, omdat hy haar steeds begeer het. Hy kyk na die afbeelding van 'n Japannese wapenrusting uit die Edo-tydperk. Lakverniste yster en sybrokaat. Gebruik tydens ruitergevegte tussen die tiende en vyftiende eeu. Die geweefde, harnasagtige uitrustings herinner aan die ornate patrone op sommige insekte. 'n Spesiale staalflap oor die hart. Die soldate dra soortgelyke harnasse in die nagaanval op die Sanjo-paleis met die bollende vlamme soos wolke. Maar ten spyte van die elaborate voorsorg vir die veiligheid van die uitrusting, was dit skynbaar moontlik om die vyand moeiteloos te onthoof. Die vlymskerp swaarde gly deur die nekke soos deur botter. Steeds wroegend is Albrecht weer by die deur uit.

Die enkele student, buiten Jan Botha, wat belofte getoon het en wie se werk Niek nog geïnteresseer het – die beelde van koplose seemeeue, hotelle met gebreekte vensters, en wasbeeldjies van 'n kind met oë verseël met kopspelde – het opgeskop weens depressie, sy gelukkige kindertyd ten spyt. (Hy kon die verlies van die verbygegane idille skynbaar nie verwerk nie.) Jan Botha is nou voorlopig sy enigste student. Jan het hóm nie nodig om aan te gaan nie, want Jan weet presies wat hy wil doen. Niek weet nie wat hý nog hier doen nie. Die vrou in wie se plek hy aflos, kom pas in die vierde kwartaal terug. Sodra Albrecht weer van die skok herstel het en sy ewewig herwin het, sal hy nuwe studente aan Niek toesê. Niek weet nie of hy daarvoor kans sien nie. Hy stel hom 'n eindelose reeks Karlien-klone voor – die een so besluiteloos as die ander, maar elkeen van hulle se kop vol donker, broeiende voornemens.

*

Hy sê vir Marthinus, toe hulle weer saam op sy stoep 'n bier drink die aand, dat die ding met Charelle hom lelik gegooi het. Hy sal nie rus voordat hulle 'n behoorlike gesprek gehad het nie, maar sy het nog nie op enige van sy oproepe of sms-boodskappe gereageer nie. Dis duidelik dat sy geen kontak met hom wil hê nie, en hy kan nie begryp waarom nie. Hy bly steeds vrees dat sy aangerand is deur die kêrel wat haar vroeër agtervolg het, wat dalk gedink het sy en Niek het 'n verhouding of iets. Hy wil nie langer in sy huis bly of aan die kunsskool verbonde wees nie, sê hy. Veral nou na die belaglike episode met sy student. Miskien moet hy iets drasties doen, sê hy, soos Japannese tuine gaan bestudeer. Hy is baie aangetrokke tot Oosterse kuns. Hy dink dit kan goed wees vir hom om gruis te hark. As hy die aanleg daarvoor gehad het, het hy iewers in afsondering gaan sit en mediteer. Hark en mediteer. Maar eintlik praat hy nou louter kak en onsin, sê hy, want hark en mediteer is heeltemal nie sy scene nie. Hééltemal nie – dis eintlik 'n bietjie belaglik dat hy dit hoegenaamd noem, want hy het geheel en al nie die geneigdheid daartoe nie. Dit strook nie met sy temperament nie. Hy dink hy het 'n sterk neiging tot hedonisme – hoewel sy ewe sterk neiging tot melankolie dit waarskynlik temper.

Marthinus lag sag. Wie weet, sê hy, Niek beskik dalk oor vermoëns wat hy nog nie ontgin het nie. Hy twyfel, sê Niek. As hy lank genoeg onder 'n denneboom sit, word hy dalk so

194

groen soos Milarepa, sê Marthinus. Niek dink vir 'n oomblik Marthinus spot met hom, maar Marthinus kyk steeds ernstig voor hom uit. O Here, sê hy, Milarepa is 'n fassinerende figuur. Een van die belangrikste leermeesters in die Tibettaanse Boeddhisme. Opgelei as towenaar. In sy latere lewe het hy gesê hy het in sy jong dae swart dade gepleeg, maar in sy volwassenheid onskuld beoefen. Stel jou voor, sê Marthinus, om die onskuld te beoefen. Oplaas, het Milarepa gesê, is hy vrygestel van sowel goed as kwaad, en sien hy geen rede meer vir handeling nie. Ek is 'n ou man, het hy gesê, laat my met rus.

Niek sê dis wat hy ook verlang – om met rus gelaat te word. Hy sien waaragtig nie kans om weer 'n student soos Karlien te begelei nie. Een keer was heeltemal genoeg. (Hy onthou die gelade, seksueel uitnodigende blik wat die moeder hom gegee het toe hulle gegroet het. Dit het hom – tot sy verbasing – behoorlik onkant gevang, én behoorlik aangespreek, daardie blik).

Hulle drink hulle bier in stilte. Niek se oog dwaal na die nedersetting teen die hang. Aan wie se kant is Tarquin-hulle nou éintlik, vra hy. Werk hulle saam met die polisie of saam met die bendes of wat? Hulle is meesal aan hulle eie kant, sê Marthinus. Hulle werk saam met wie dit hulle op 'n bepaalde moment pas. Maar een ding is seker, hulle het hulle vinger op die pols deur hulle uitgebreide netwerk van informante. Dink Niek hulle moet 'n slag self weer daarlangs gaan om uit te vind of Tarquin-hulle tog al iets uitgevind het? vra hy.

Nee, sê Niek, nee, hy dink nie dit sal help nie. Die beste wat kan gebeur, is dat Charelle self weer met hom in aanraking kom.

*

195

Die groot, horisontale velle Fabriano-papier, 150 cm x 125 cm, waarop Niek werk, bedek hy met 'n paar lae gesso om dit 'n growwer oppervlak te gee. Hy teken hierop met kokipenne – meesal sepiakleurig, met aksente in donkerbruin en rooi. Talle figure – uitsluitlik mans – doen mekaar 'n verskeidenheid gewelddadige dinge aan: versmoor, verwurg, onthoof, folter. Soms voeg hy vlak grafte, motorwrakke, afgekapte bome en smeulende boomstompe by. Alles onder 'n lug met bollende wit somerwolke.

# Vier-en-twintig

Dit is die derde week van Mei. Wanneer dit nie soggens bewolk is nie, is die sonsopkomste manjifiek. Op 'n oggend toe ek opstaan, hang daar 'n massiewe, soliede wolkemassa 'n entjie bo die horison. Die buitelyne van die berge is steeds solied. Die opkomende son, nog nie sigbaar nie, verlig hierdie wolkmassa van onder, sodat dit bloedig-blou begin gloei aan die onderkant, 'n donkerder blou aan die bokant. Behalwe vir hierdie wolkkolom is die hemel so goed as leeg, met enkele veegsels wolk daarin. Ek kan my oë nie hiervan afhou nie. Dit herinner my aan 'n skildery van Andrea del Castagno: die Heilige Drie-Eenheid met Sint Jeronimus. God ondersteun sy Seun aan die kruis, hulle word van bo af uitgebeeld. Christus se liggaam eindig halflyf, in twee rosigrooi gevlerkte gerubyne. Die effek hiervan is dat dit lyk asof sy liggaam bloederig is, die organe sigbaar, die ribbes en die niere. Die kleur van die wolkies hierin is die presiese kleur van die onderkante van die wolkemassa bo die berg.

Ek kom weer met Markus Olivier se sekretaresse in aanraking. Is daar enige moontlikheid dat ek dalk weer met die professor kan praat? Sy sal by hom hoor en na my toe terugkom? Dié keer moet ek nie verbrou nie. Ek moet taktvol wees, ek moet hom soos 'n vis geleidelik inkatrol.

Ek vertrou nie die vrede nie. Ek is bang die holwang-fetisjis agtervolg my. Hy is heeltemal kapabel en doen dit. Iets sê vir my die man het 'n agenda. Hy is nie om dowe neute in die omgewing nie. Die storie van die neef in die psigiatriese inrigting en die sogenaamde voorgenome besoek aan die familieplaas is versinsels. Ek lees hom as iemand wat daarvan hou om games te speel. Ek voel dit so aan my niere. Ek vermy voorlopig die coffee shop waar Buks Verhoef in my arms gesterf het. Ek het 'n vreemde vermoede dat as ek die man iewers sal raakloop, dit dáár sal wees. Hy het een of ander verbintenis met Buks, en ook met die verdagte. Daarvan is ek seker, hoewel ek geen bewyse het om my vermoedens te staaf nie. Hy weet ek het nie my regte naam gegee nie, en dat die Sewendedag-Adventisme 'n grap is (dom gewees van my) – maar dis juis waarvan hy hou, dis waarom hy my agtervolg het. Daardie man se natuurlike terrein is versinsel, konterfeitsel en intrige. Ek vind dit aanstootlik. Maar as dit so is dat dit my dalk ook intrigeer, moet ek versigtig wees.

In die koerant lees ek 'n klein beriggie dat drie studente van 'n privaat kunsskool net buite die dorp aangekla word van strafbare manslag en dwelmhandel. Dit lyk asof die klag van strafbare manslag verband hou met 'n satanistiese ritueel wat skeefgeloop het en waarin 'n medestudent byna doodgebloei het. Op die klein koerantfoto'tjie lyk die beseerde meisie soos elke tweede ander meisie in die dorp: mooi, met 'n lang blonde poniestert.

*

Ek ontmoet jou weer in die kafee waar ons mekaar ontmoet het vroeër vanjaar, pas nadat jy na die dorp teruggekeer het. Die dag toe dit so gereën het. Ons het mekaar lanklaas gesien, want jy was besig en ek het niemand gesien nie. Daar is lyne langs jou mond wat my nie vroeër opgeval het nie. Maar jy glimlag weer met jou oë, hoewel hulle in onbewaakte oomblikke steeds gekwes lyk asof droefheid permanent op hulle ingeprent is. Hoe gaan dit met jou? vra ek. Beter, sê jy. Daar is groter vastigheid onder jou voete. Jy is nie meer heeltemal so verslae nie. Jy kan weer lag. Soms vir kort tydjies ervaar jy tog weer iets soos vreugde. En met jou? vra jy. Ek vertel dat die monografie oor die Olivier-broers vorder. Ek het twee keer met die ou vader gepraat, en die tweede keer die onderhoud verbrou, sê ek.

Ons sit 'n rukkie in stilte. Drink ons koffie. Wat het gebeur? vra jy. Dit was die dag waarop Buks Verhoef doodgeskiet is, ek het direk daarna die laaste onderhoud met Markus Oliver gehad. Daar was bloedspatsels op my hemp. Ek het my verbeel ek kon nog die bloed aan my klere en selfs aan my hande ruik – Olivier ook – al het ek hulle deeglik gewas. Die geskree van die klante het nog in my ore weerklink. Ek het Buks se gesig voor my gesien. Hy kon nie glo wat met hom gebeur nie. Ek het jou daarvan vertel. Ek was heeltemal van stryk gebring. Geen wonder jy het die onderhoud verbrou nie, sê jy. Weet hulle al wie dit gedoen het, en hoekom? Nee, sê ek. Die verdagte is wel vir sielkundige waarneming gestuur. Wie sou die arme Buks Verhoef wou vermoor? vra jy verwonderd. Miskien was Verhoef nie so onskuldig as wat hy voorgekom het nie, sê ek. Hy't altyd gelyk asof hy nie 'n vlieg kwaad kan doen nie, sê jy. Hý miskien nie, sê ek, maar sy vyande, of vriende, wel. Ja, sê jy, en kyk af. Ek het 'n ruk gelede 'n swart hond voor my huis op die sypaadjie aangetref, sê ek. 'n Pragtige dier. Smal, edel hoof. Sy't langs my op die bed geslaap die nag. Die volgende oggend het haar eienaars haar kom haal. Sy moet verdwaal het. Hulle was bly om haar terug te vind. Is jy deesdae meer versoen met jou lewe hier? vra jy. Jy weet hoe ambivalent ek oor die dorp voel, sê ek. Ek haat dit, dit maak my kloustro-fobies, ek voel ek kan nie vry asemhaal hier nie, en dan kom ek tog elke keer weer terug. Dit is veral die herfs waaroor ek ambivalent voel, sê ek. Soveel vanselfsprekende skoonheid maak my onrustig.

Eintlik, sê ek, kan ek nog steeds nie die uitdrukking in Buks Verhoef se oë vergeet nie. En wat meer is, dit was 'n oomblik van intense intimiteit tussen ons. Dit is byna asof ek daarna terugverlang. Dit is asof daar op daardie oomblik 'n spesiale band tussen my en Buks gesmee is. Jy begryp, sê jy, dit maak vir jou sin. Wie sou ooit kon dink, sê ek, dat ek so oor Buks Verhoef sou voel? Ons het sy sterwensoomblik gedeel, en ons was in daardie oomblik so intiem verbonde as wat mens aan 'n ander kan wees. Ek kom agter, sê ek, dat ek dikwels aan hom dink. Hy is iemand vir wie ek vantevore, voor die insident, die grootste minagting gehad het. En nou koester ek teenoor hom 'n vreemde, onverklaarbare teerheid. Dit is byna asof ek na hom verlang, hoe vreemd dit ook al mag klink.

Dit maak vir jou sin, sê jy. Heel onverwags stoot daar skie-lik trane op in my oë. My oë brand, my keel pyn soos ek die trane probeer terughou, want ek is verleë; ek skaam my vir my trane. Dit is byna, sê ek, asof ons siele op daardie oomblik verknoop geraak het. En jy weet hoe ek voel oor die siel, voeg ek wrang by.

Ek sê niks oor my besoek aan Oesterklip nie. Ek sê niks

oor die sywurms nie. Ek sê niks oor die man wat my agtervolg het nie. Ek sê niks oor my vermoedens nie. Jy is die persoon die naaste aan my. Nog altyd my enigste vertroueling. Ek is bang jy vra my 'n vraag waarop ek nie 'n antwoord het nie.

*

Markus Olivier se sekretaresse laat weet dit is in orde, ek kan 'n afspraak kry. Maar dit sal nie 'n lang onderhoud kan wees nie, die professor se gesondheid is 'n gevoelige slag toegedien deur sy onlangse griep, en geen persoonlike vrae nie, asseblief. Ek verseker haar ek sal dit lig hou. Net 'n paar algemene vragies. Om een of ander vreemde (perverse?) rede is ek in die versoeking om weer voor die onderhoud in dieselfde coffee shop te gaan sit as die dag waarop Buks Verhoef geskiet is. Noem dit obsessiewe gedrag – dwanghandeling, noem dit 'n uittarting van die noodlot. My afspraak is om vieruur. Drieuur gaan ek in die coffee shop sit, by dieselfde tafeltjie as die noodlottige dag. Die lug was egalig helder vanoggend, geen wolkmassa, geen dramatiese skouspel direk waar die son opkom nie, maar verder wes was daar 'n lang, lae, indigokleurige wolk. Verder, slegs sagte smeersels in die lug en 'n teer rosigheid in die ooste pás voor die son op is.

Toe ek deur die agterste deel van die winkel na die toilet gaan, kry iemand my onverwags stewig van agter aan die arm beet. Dit is waaragtig die man (het ek nie vir moeilikheid gesóék nie, het ek dit nie so voorsién nie?!), sy twee fanatieke oë naby my gesig. Ek skrik nogtans my bene behoorlik lam. Ons staan tussen die rakke met botteltjies konfyt en muesli's aan die een kant en 'n tafel met onder meer blikkies fudge, kaasstrooitjies in pakkies en ronde panfortes aan die ander kant.

"Wat weet jy?" vra hy.

"Wat wil jy hê moet ek weet?" vra ek.

"Wat weet jy van Buks Verhoef?"

"Ek het hom nie geken nie."

"Hy is in jou arms dood."

"Dis blote toeval."

"Nou praat jý van toeval."

Hierop sê ek niks.

"Kom 'n paar dae saam met my," sê hy.

Ek probeer uit sy greep losruk, maar hy kry my net stewiger beet.

"Het jy die verdagte vantevore in die dorp opgemerk?" vra hy.

"Nee," sê ek.

"Die man is heeltemal koekoe," sê hy. "Maar dit weet jy seker."

Ek sê niks.

"Kom saam met my," sê hy, "ons maak daarvan 'n lekker trippie. Ek belowe jou."

Sy gesig is naby myne. Op sy asem ruik ek koffie, sigaretrook, iets vleiserigs.

"Ek het jou goed deurgekyk," sê hy, "jy skrik nie maklik nie. Jy hou van 'n uitdaging. 'n Meisie so na my hart. En die lip . . ."

Ek draai my kop weg voor hy weer daaroor kan streel.

"Jy intrigeer my," sê hy naby my oor. Ek hou my kop weggedraai.

Ek draai na hom, kyk hom diep en innig in die befokte oë en sê: "Los my of ek skree."

Hy lag plesierig. "So praat 'n gevurkte tong," sê hy. "Aan die een kant sê dit fokkof, en aan die ander kant sê dit, ja, waarom nie?"

Ek verras hom deur die volgende oomblik báie hard te skree en terselfdertyd my arm los te ruk. 'n Deurkliewende gil wat sowel klante as kelners verskrik in hulle spore laat vassteek. 'n Geskokte stilte volg. Almal staar in ons rigting. Vir 'n oomblik sien ek op die man se gesig 'n uitdrukking van verwarde verbasing – hy het dít nie verwag nie, ek het hom inderdaad onkant gevang – voor hy op sy hak omdraai en die winkel vinnig verlaat.

'n Paar lede van die personeel snel my tegemoet. Die man wat my gepla het, is weg, sê ek, hy't nou net by die winkel uitgegaan. Een van die kelners sê sy't hom sien inkom. Hy's gevaarlik, sê ek, hou hom dop as hy weer hierheen kom. Ek gaan met kloppende hart sit. My hande bewe toe ek my koppie koffie drink. Nou moet ek bedaar, maan ek myself, anders is ek weer uit ewewig wanneer ek met die ou vader praat.

\*

Ek is nog effens van stryk toe mejuffrou De Jongh (steeds met décolletage) die deur vir my oopmaak. Kan sy vir my iets aanbied om te drink? Ek vra vir 'n glas water. (Sy't dalk gehoop ek drink weer 'n dubbele whisky en skiet myself in die voet.) Weer eens ontvang die ou vader my op die stoep, dieselfde reiskombersie oor sy knieë, maar hierdie keer dra hy 'n dik, geruite kamerjas en 'n serp. Nog steeds by hom geen teken

203

van herkenning nie. Hy erken my teenwoordigheid met die kleinste kopknik.

Het sy seuns se groot sukses en internasionale erkenning vir hom as 'n verrassing gekom? Allermins, hulle het hulleself van jongs af onderskei. Van jongs af reeds in 'n kunsrigting? vra ek. Nee, sê hy, op die sportveld en akademies. Hy het nooit nodig gehad om hulle te dissiplineer wat hulle werk betref nie. (Ek wonder waarin hy hulle dan wél gedissiplineer het.) (Ek is in die versoeking om te vra of hulle, soos hulle moeder, goeie tennisspelers was, maar het my voorgeneem om die moeder hierdie keer nie te noem nie.) Vind hy dit moeilik dat sy enigste kinders hulle in 'n vreemde land gevestig het? Nee, waarom sou hy? Hulle het Suid-Afrika gereeld besoek, en hy het dikwels gereis toe hy jonger was. (Ek merk dat hy die verlede tyd gebruik. In een of ander stadium moes die kontak dan minder geword het.) Ek neem aan dat hy goed vertroud is met hulle werk? Ja, hulle stuur vir hom gereeld video's en katalogusse van al hulle uitstallings. Daardeur bly hy op die hoogte van alles waarmee hulle besig is. En vind hy aanklank by hulle werk? Ja, waarom sou hy nie? (Hoor ek iets defensiefs in sy stemtoon?) Die video getitel *Kafka in Langstraat*, sê ek, is uitsonderlik donker, met allerlei suggesties van seksuele onwelvoeglikheid, vind hy dit ook? Hy haal sy skouers op, iedereen is vry om van die werk te maak wat hy wil, sê hy. (Ek kry die idee dat hy nie vertroud is met hierdie video nie.) Daar word van hulle werk gesê dat dit meer as net 'n onderliggende obsessie toon met geweld, met erotiek – selfs met pornografie en obseniteit – stem hy saam? Dis nie sy taak om 'n waardeoordeel oor hulle werk uit te spreek nie, sê hy. Dit is geen waardeoordeel nie,

204

sê ek, bloot 'n beskrywing van die aard daarvan — kan hy hiermee akkoord gaan? Ek kan sien hoe hy aarsel. Waarop stuur u af, juffrou? vra hy. (Meer as net defensiwiteit, hoor ek nou ook aggressie in sy stemtoon. 'n Gevoelige punt hier aangeraak?) En daarmee wink hy vir die vrou om aan te dui dat die gesprek afgeloop is. Het ek weer te ver gegaan, hom die harnas ingejaag?

Ek bedank hom uitvoerig vir sy bereidwilligheid om met my te praat. Ek sê dat hy geen idee het hoe waardevol ek die gesprekke met hom vind nie. Ek wil hom nie in 'n posisie plaas waarin hy ongemaklike vrae moet beantwoord nie. Ek stel dit geweldig op prys dat hy ingestem het om hoegenáámd met my te praat. Ek het soveel bewondering vir die werk van sy seuns, en ken niemand ter plaatse met wie ek naastenby dieselfde waardevolle agtergrondsgesprek kan hê nie.

Hy kyk my steeds nie aan nie. Hy erken my bedanking met 'n enkele kopknik, maar sy kakebeen bly onversetlik geklem. Ek onthou skielik met onbehoorlike helderheid die heftigheid waarmee hy my kop in die hotelkamer teen die muur gekap het. As ek my nie verset het nie, sou hy my nog groter liggaamlike skade aangedoen het? Hy het nie opgehou toe my neus reeds gebloei het nie. Wat wil ek éintlik by hom weet — of van hom hê? Wil ek hê dat hy in my gesig moet kyk en vir my sê dertig jaar gelede het ek jou na 'n hotelkamer geneem, my penis in jou mond probeer forseer, jou geklap dat jou neus bloei toe jy jou teëgesit het, en jou kop teen die muur gekap met my volle krag? Miskien, ek weet nie.

Ek gaan huis toe. Die son gaan in volle prag onder. Pienk

en goud en al wat opgesmuk en oordadig is. Die skoonheid bedruk en intimideer my. Die holwang-man is in die dorp, soos ek gevrees het. Hy is óf hier omdat hy met die hele Buks Verhoef-ding iets te doen het, óf omdat hy my agtervolg, waarskynlik omdat hy dink ek weet meer van die moord op Verhoef as wat ek wil sê. Net wat ek nou nodig het – om deur 'n befokte holwang-bekruiper en Joseph Beuys-dubbelganger agtervolg te word.

## Vyf-en-twintig

Ek voel hoe ons meedoënloos afstuur op die winter-son-keerpunt. Halsoorkop. Die gesteelde skilderye is gekonfiskeer, en toe het hulle uit polisiebewaring verdwyn. Dis raaiselagtig en ek tob daaroor. Wat is die aandeel van die rusverstoorder, het hy inderdaad iets daarmee te make? Hy het net te veel van Buks Verhoef geweet. Hy wou weet wat ék weet. Hy agter-volg my; iewers gaan hy my weer voorlê. Hoe sou dit met die kokonne gaan? Drie weke, lees ek, vir die geheime proses van transformasie om plaas te vind. Dan kruip die mot uit, lê haar eiertjies en sterf.

Die lug soggens is groot en nat. Dis groots. Dis subliem. Dis al hierdie dinge vir die ontvanklike van gees. Ek droom die afgelope nagte van die korrupteerder van my jeug. Volgens berigte is hy sterwend in 'n ander provinsie. Ek was te jonk om die subtiliteit van sy aanslag na waarde te skat.

Die man, die holwang-bekruiper, wil my nie glo dat ek niks weet nie. Miskien ís dit nie toeval dat Buks Verhoef in my arms gesterf het nie. Miskien weet ek iets wat ek nie be-sef ek weet nie. Ek oorweeg dit om weer weg te gaan uit die dorp, enigiets om die man te flous. Maar waarheen? Danksy hom en die Frankenstein-dubbelganger wat die wurms vir my gelos het, is my reis na die Weskus voortydig kortgeknip.

Voorlopig is ek klaar met die ou vader. Dooie punt bereik. Wat het ek gedink? Ek besluit om laag te lê, totdat 'n plan van aksie hom voordoen.

*

Albrecht Bester sit nou elke dag by Niek in die kantoor sy lot en bekla oor die studente wat op borgtog vrygelaat is. Hy weet nie of hy hulle weer moet toelaat om klasse by te woon totdat hulle saak voorkom nie, want dit kan maande duur, sê hy, en hy kan die teenwoordigheid van ongewenste elemente onder geen omstandighede by die skool toelaat nie, maar aan die ander kant het hulle seker die reg om hulle studies voort te sit. O liewe heiland hy weet nie hoe hy die situasie moet hanteer nie. So sit hy handewringend by Niek.

Toe Niek aan die begin van Junie een middag by die huis kom, sit Charelle op die stoep. Sy moet haarself ingelaat het, sy ken die kode vir die hek. Dis ysig koud, die eerste koue front van die winter het aangebreek. Die eerste ding wat Niek merk, is dat haar hare kort geknip is. Sy is maer. Sy is gespanne. Sy hart raak wild aan die klop. Hy nooi haar binne; sy lyk eers onseker, willig dan in om in te kom. Sy sal nie lank bly nie, sê sy.

In die kombuis gaan sy by die tafel sit. Hy vul die ketel om vir hulle tee te maak. Sy gaan nie lank bly nie, sê sy weer. Sy is hom 'n verduideliking skuldig, sê sy.

"Ek het jou sleg behandel," sê sy, "jy was altyd goed vir my. Ek wil verduidelik."

Sy hande bewe toe hy die skinkbord op die tafel neersit en gaan sit. Hy weet ineens wat gaan kom. Hy vrees die ergste. Hy wil dit nie hoor nie.

Hy skink hulle tee. Sy vertel met 'n neutrale stem. Toe sy die Vrydagmiddag laterig van die kunsskool af kom, het 'n bussie langs haar stilgehou, iemand het uitgespring, haar mond toegedruk en haar in die bussie gestop. Hulle het haar na 'n verlate site geneem en daar het die drie ouens haar om die beurt verkrag. Eers het hulle haar hande agter haar rug met 'n tou vasgemaak. Hulle het haar met die vuis geslaan, hulle het haar geskop, hulle het haar rondgesleep.

Sy't haar period gehad, sê sy, daar was bloed oral. Hulle het haar gespot omdat sy gebloei het. Hulle het haar van agter gepenetreer omdat sy gebloei het. Een van hulle moet haar jammer gekry het of iets, want hy het vir die ander gesê dis nou genoeg, hulle moet gaan voor iemand hulle kry. Toe's hulle vinnig daar weg.

Sy't eers net gelê. Toe't sy haar hande losgewikkel. Toe't sy opgestaan. Sy kon dit darem nog doen. Toe't sy tot by die hoofpad gekom. Iemand het haar opgelaai en hospitaal toe geneem.

Hy wil iets sê maar kan nie. 'n Hol sensasie in sy buik.

Aan die begin was dit erg, sê sy. Sy kon nie slaap nie, sy kon nie eet nie. Sy't by Desirée gaan bly. Sy bly nog steeds daar. Sy wou nie teruggaan na haar ma-hulle nie want as sy eers weg is uit Kaapstad, het sy geweet, kom sy nooit weer terug nie. Sy't haar kursus by die kunsskool opgeskop. Sy kon nie werk nie. Sy was nie lus om enigiets te doen nie. Sy is nou in terapie. Sy dink dit sal lank neem voor sy weer reg is. Emosioneel herstel het.

Hy vra of sy weet wie dit was. Nee, sê sy, hulle het doeke om hulle gesigte gebind gehad. Dit was nie dalk . . . Maar sy antwoord ontkennend voordat hy sy sin kan voltooi. Was sy by die polisie, vra hy. Ja, sê sy, vir wat dit werd was. Hy noem haar naam: Charelle . . . sê hy. Hierdie dinge gebeur, sê sy, sommige meisies kom heelwat slegter as sy daarvan af. Héélwat slegter. Dit maak dit nie minder erg nie, prewel hy. Sy weet nie dáárvan nie, sê sy. Sy is anders, sien hy. Sy is strenger. Minder toegeeflik. Sal sy weer teruggaan kunsskool toe, vra hy, sy maak sulke fantastiese werk. Hy voel 'n fool om dit te sê; 'n flou en onvanpaste opmerking. Sy skud haar kop. Sy kon nog nie weer foto's neem nie, sê sy. Sy gaan inskryf vir 'n diploma in verpleging. Maar is dit nie 'n verkwisting van haar talent nie! roep hy uit. Is dit 'n verkwisting van talent om ander mense te help? vra sy skerp. Hy voel tereggewys. Siek op die bodem van sy maag. 'n Klipsware gewig op sy borskas.

Maar sy is so wóédend, sê sy, so verskriklik woedend. Dat hulle dit aan haar kon dóén. Dat sy nog gereeld so beangs, so patéties voel. Hulle doel was om haar liggaamlike leed aan te doen en te verneder. Hulle het dit reggekry. Sy was so heeltemal magteloos. Dis daaroor wat sy so wóédend is. Dat húlle so die mag oor haar gehad het.

Hy knik net. Verslae.

Toe sy klaar haar tee gedrink het, staan sy op. Sy moet gaan. Sy wou net kom sê. Sy's jammer sy't die dag toe sy haar goed kom haal het niks gesê nie. Sy kon toe nog nie praat nie. Dis okay, sê hy, sy moenie sleg voel daaroor nie. Hy begryp. Kan hy haar 'n lift gee tot by Desirée? Nee, sy's reg, dankie. Sy kan darem nou weer public transport gebruik, sê sy met 'n klein laggie. Hy stap saam met haar tot by die hek.

Net voor sy uitgaan, draai sy 'n oomblik om na hom, en hulle wissel 'n paar oomblikke lank 'n intense, wedersyds uitreikende blik. Iets stoot oombliklik en heftig op agter in sy keel. Trane dalk. Hy wil haar met hierdie blik vashou en aan hom bind. Maar dit duur net 'n paar oomblikke, toe draai sy om en gaan by die hek uit.

*

Toe sy weg is, gaan sit hy lank by die tafel in die kombuis. Die tafel wat hy indertyd op 'n veiling in Johannesburg gekoop het. Isabel het dit mooi gevind. Dis reeds donker toe hy opstaan, in sy kar klim, en na sy ateljee in Woodstock gaan.

Toe hy met die trap by die flou lig opgaan na sy ateljee op die eerste verdieping, staan daar 'n man op die trapoorgang. In die dowwe lig is sy gesig nie goed sigbaar nie; hy dra 'n mus. Toe Niek by sy deur is, is die man met een blitsvinnige beweging bý hom, druk hom teen die muur vas, en hou 'n mes teen sy nek.

"Give," sis hy, "of ek sny." Niek ruik hom, die drank op sy asem.

Met 'n lae kreet stamp hy die man met geweld van hom weg – hy het die oorwig van soberheid en groter soliditeit – sodat die man sy balans verloor, val, by die trap afrol, vinnig op sy voete kom toe hy onder land, en laat spaander.

Niek sluit sy ateljeedeur met bewende hande oop. Hy skink dadelik vir homself whisky. Hy gaan sit op 'n stoel en kyk na die werk waarmee hy besig is, die groot tekeninge teen die muur. Hy sien dat dit gemors is waarmee hy besig is. Nikswerd gemors. Isabel was reg. Dis onbehoorlik, waarmee hy besig is. Alles onbehoorlike gemors. Sy's móég vir die manlike obsessie met die pornografie van geweld, dit gee haar die shits, het sy gesê. Mans wat alles met die grond wil gelykmaak, en in die grond wil inbóór en instámp en innááí. Haar oë so bleek

soos haar vel en haar hare wit soos vlas. Sy is siek, het hy ge-
dink, kyk hoe lyk sy, kyk hoe bleek is sy, kyk hoe manies gloei
haar oë, hoe maer is sy; sy't dringender as ooit hulp nodig.

Hy drink nog whisky. Toe hy goed benewel is, gaan lê hy op
die divan. Hy word wakker van die eerste blekerige oggendlig
wat by die venster inskyn. Sy eerste gedagtes is aan Charelle. Sy
gedagtes voel soos harpye wat op hom afkom en na sy ooglede
pik. Hy moet ingaan kunsskool toe, maar hy sien nie kans vir
die dag nie.

## Ses-en-twintig

HY GAAN WERK. Hy't 'n massiewe hangover en 'n polsende hoofpyn. Hy is dankbaar dat hy die dag nie met Albrecht hoef te praat nie. Die aand gaan hy 'n bier by Marthinus drink. Hy kan nie alleen in sy huis bly sit nie, hy is steeds te ontstig.

Dis koud. Marthinus het 'n vuur gemaak. Hulle sit in die sitkamer. Niek is dankbaar vir die warmte. Pas nou vertel hy vir Marthinus van Charelle se besoek. O nee! sê hy, o Here! Dis miskien die meisie van wie die dreadlocks-kêrel verlede keer by Tarquin-hulle gepraat het, sê hy. Dis moontlik, sê Niek. Hulle kan by Tarquin gaan uitvind wie die mense is wat dit gedoen het, hulle sal teen dié tyd seker weet, of hulle sou kon uitvind, sê Marthinus.

"Wat sal dit help?!" roep Niek driftig uit. "Dis nóú te laat! Die daad is reeds gepleeg! Sy sal nooit weer dieselfde wees nie. Sy wil nie meer foto's neem nie. Sy wil 'n diploma in verpleging doen. Van alle bleddie goed wil sy verpleging doen. Sy's 'n buitengewone fotograaf, sy't al die makings van 'n goeie kunstenaar, sy't meer talent en sy's meer committed as feitlik enige student by die kunsskool. En ek kan jou verseker sy het meer opofferings gemaak om haar kursus te kan doen as enigeen van hulle."

"O Here," sê Marthinus. "Hartverskeurend. Dalk neem sy later weer haar fotografie op."

Niek sê niks, hy dink aan die manier waarop Charelle anders lyk, stram en maer, of sy op haar rims loop, asof sy van al haar sagtheid beroof is, en aan die besliste voorneme waarmee sy verpleging wil opneem, of sy haar ou lewe met dwang van haar wil afwerp. Wanneer hy aan haar dink, aan wat haar oorgekom het, voel hy dit steeds in sy liggaam, in die omstreke van sy maag, van sy hart. Sy hart voel of dit saamgepers word tussen twee swaar voorwerpe. Hy wil nie stilstaan by wat haar aangedoen is nie, maar hy kan nie anders as om weer en weer daarna terug te keer nie.

*

Jan Botha nooi Niek om saam met hom 'n bier in die dorp te gaan drink. Hy is dankbaar vir die uitnodiging want hy't behoefte daaraan om uit die beklemmende sfeer van die kunsskool weg te kom (en van Albrecht Bester se handewringende gewroeg).

Hulle drink iets in die kroeg waar die Chris Kestell-dubbelganger hom die dag agtervolg het, die man wat nou die verdagte is in die moord op Buks Verhoef. Niek is steeds geïnteresseerd in Jan Botha se werk by die Soutrivierse lykhuis. Woon hy soms van die forensiese lykskouings by? Soms, sê Jan Botha, wanneer hy nie te veel ander take het nie. Soos hy gesê het, dis baie druk daar op die oomblik. Die mense kan nie voorbly nie. Suid-Afrika is 'n violent society, sê Jan Botha, dit hoef hy Niek nie te vertel nie – gunshots, stabbings, rapes, padongelukke. Daar word jaarliks meer as drie duisend dooies by Forensic Pathology ondersoek. As jy daar werk, sê Jan, is jy baie na aan die pols van die city se violent hart.

Hoe hou hy dit? vra Niek. Ag, sê Jan Botha, dis 'n job. Hy's gewoond daaraan. Hy vind dit interessant. Dis real. Die kinders by die kunsskool weet nie wat real is nie, daarom flirt hulle met life-en-death-speletjies, dan loop dinge skeef. Te veel tyd en te min talent. Te veel tyd, te veel geld, en bored. Die meeste van daardie students is bored out of their little minds, sê Jan Botha, dan soek hulle allerhande cheap thrills en instant gratifications.

En voed die werk sy kuns? vra Niek. Ja, sê Jan Botha, dit doen dit vir seker. Dis real. Wat hy sien, elicit soms 'n baie visceral response by hom – hy vind dit belangrik vir die maak van kuns, sê hy.

Hulle drink hulle bier. Niek hou die man onderlangs dop. Die warm, krullerige, skouerlengte hare, die eyeliner en maskara. 'n Onleesbare kêrel. Hy wonder wat Marthinus van hom sal maak. Hy't geen idee wat Jan Botha se seksuele oriëntasie is nie. Die man stuur gemengde boodskappe uit – die sexy, welriekende meisieshare en make-up, en die forse, no-nonsense manlike uitstraling. 'n Saaklike kêrel, gefokus en sonder fieterjasies. As hy sy fokus behou, kan hy 'n goeie kunstenaar word. Hy het die drif, die eiesoortigheid van blik, die tegniese vaardigheid.

Wat is die algemene prosedure wat gevolg word by 'n moord? vra Niek. Wanneer hulle 'n moord-call kry, verduidelik Jan Botha, dan gaan die forensiese polisie uit om die liggaam te collect. Hy gaan soms saam. Dit hang af of daar iemand anders is om te help. Vorms word op die spot ingevul, die Forensic Pathology Service word per radio gekontak sodra hulle by die plek aankom, en weer wanneer hulle vertrek. Daar word foto's geneem; hiermee help hy ook soms. Die coordinates word geplot. Die liggaam word in 'n wit plastic-sak op 'n gurney gesit en daarop vasgestrap. Die gurney word terug in die van gestoot. By die lykhuis word die liggaam geweeg en gemeet sodra dit inkom, dit doen hy ook dikwels. Dan word dit na die refrigeration-kamer geneem. Daar bly dit totdat die outopsie daarop gedoen word. Die forensic pathologist moet dan bepaal wat die oorsaak van die dood is. In die meeste gevalle is die geweld gepleeg onder die invloed van alkohol. Die details word gedocument, die toxology samples word weggestuur en by die file gesit wanneer dit terugkom. Eers na die outopsie kan die familie die liggaam kom identifiseer. 'n Doodsertifikaat word uitgereik. Die hofsaak word meesal vertraag. Die familie kan gelukkig wees as die forensiese verslag ooit oopgemaak word. Meesal is die backlog te groot. Behalwe wanneer mense geld het, sê Jan Botha; as hulle kan betaal, kan hulle die hele saak gouer deur die system kry.

Op pad terug na sy kar stap Niek verby die coffee shop waar Buks Verhoef geskiet is. In die venster sien hy 'n man met 'n koerant sit. Sy hart gaan byna van skok staan – die man is Viktor Schoeman. Hy kan fokken sweer die man is niemand anders as Viktor Schoeman nie. Hy wil nie talm nie, ingeval die man opkyk, maar hy wil dubbel seker maak. Hy stap verby, gaan staan op die stoep van die winkel langsaan, en loop dan weer terug in die rigting van die kroeg waar hy vandaan gekom het. Dan stap hy weer terug, sy kop afgewend, maar só dat hy 'n tweede glimp van die man kry. Dis Viktor Schoeman, dis vir seker hy. Ouer, maerder, maar sonder twyfel hy. Dieselfde benerige gesig, nou nóg meer soos die ouer William Dafoe in 'n skurkerol. Nóg beenderiger as vroeër, sy hare kortgeskeer op sy kop soos 'n bleddie bandiet s'n.

Die aand gaan Niek na Marthinus om hom te vertel. Menasse is daar. Hulle sit in die sitkamer. Marthinus het weer 'n vuur gemaak. Marthinus en Menasse is diep in gesprek toe Niek binnekom. Menasse sit na die vuur gedraai, sy hande op die leunings van die stoel. Terwyl hy praat, kyk hy stip in die vuur, of hy in die gloeiende vlamme ewigdurende waarhede sien. Marthinus sit op 'n bankie, sy gesig is na Menasse gedraai. Menasse praat.

Hulle hou op toe Niek inkom. Moenie julle gesprek onderbreek nie, sê hy. Hy gaan kombuis toe, kry vir hom 'n bier, en kom sit by hulle, voor die vuur. Hy wil hulle nie onderbreek nie, maar hy brand om vir Marthinus van Viktor Schoeman te vertel.

Hier, in Marthinus se sitkamer, by die vuur, met hom en Menasse in gesprek, voel Niek veilig. Hy dink as hy nie hierdie heenkome gehad het nie, het hy sy gat gesien. Menasse dra wat hy altyd dra – hardloopskoene, 'n paar ou jeans en 'n windbreaker (hy's straatarm, het Marthinus 'n keer gesê). Marthinus dra skaapvelpantoffels, 'n wye, goeie-kwaliteitsweetpakbroek en 'n wit woltrui wat lyk of die wol met die hand in Peru of iewers op een van die Griekse eilande geweef en die trui met die hand gebrei is. Eksklusief.

Menasse sê: God tel die sterre, en gee elkeen 'n naam.

Pragtig, sê Marthinus. Pragtig.

Die menslike siel word geklee in 'n fisieke liggaam – byna soos 'n papie in 'n kokon – wat die siel in staat stel om in die materiële wêreld te funksioneer, sê Menasse. Ons dade, ons spraak en ons denke kan gesien word as die kleding waardeur die siel homself in hierdie aardse sfeer uitdruk. Die Shlemut verwys na die non-dualiteit van God. God bestaan uit Ayin – die onwaarneembare niks ("imperceptible nothingness," noem Menasse dit) en volkome eenheid, en Yesh – "perceptible being", gemanifesteer in die diversiteit van die skepping. Hierdie non-dualiteit word soms gemanifesteer as metziut – "created being", en soms as non-metziut – die niks wat die skepping voorafgaan. (Niek onthou skielik van die sywurms wat hy as kind gehad het. Menasse se storie oor die siel soos 'n papie in 'n kokon laat hom daaraan dink.)

Menasse het nou die aand beweer tyd het bestaan voor die begin van die heelal, sê Marthinus, en hy vind dit 'n interessante idee. Hy hou van die idee dat die begin van die heelal nie die eerste begin is nie, maar dat die idee van 'n begin meer kompleks is, met eindelose konsekwensies.

Menasse knik dromerig. Sy blik is steeds stip op die vlamme gerig, waarin hy vir seker allerlei geheime van die skepping en van God se niksheid sowel as van sy volkome eenheid met alles sien. Niek beny hom hierdie uitgebreide sisteem van waarheid en samehang. Sy eie lewe voel of dit vinnig besig is om uitmekaar te vlieg.

Die drank, die hitte van die vuur, die rustige gesprek tussen Marthinus en Menasse oor die ewige dinge, oor God se eenheid met alles en oor die kompleksiteit van die idee van 'n begin, dit alles werk salwend in op Niek se onstuimige gemoed, sodat hy geleidelik begin ontspan en afgelei raak, en die idee van Viktor Schoeman nie meer heeltemal so onaangenaam voel nie. So what, dink hy, as hy die fokker gesien het.

Toe Menasse weg is, vertel Niek vir Marthinus van Viktor. Niek het half verwag dat Marthinus gaan sê hy het mos gesê Viktor is in die omgewing, hy't gewéét (aangevoel) Viktor gaan binnekort sy opwagting iewers maak. Maar Marthinus sê niks van die aard nie.

Al wat hy vra, is of Niek honderd persent seker is dat dit wel Viktor was.

Hy's vyf-en-negentig persent seker, sê Niek.

Dis goed genoeg, sê Marthinus. Maar wat ís dit, vra hy, wat Niek so teen Viktor Schoeman het? Kyk, sê Marthinus, Viktor is 'n aanstootlike kêrel, en hy het al menigmaal vir Niek aangedui dat hy vermoed Viktor is die aanstigter van 'n hele klomp dinge wat die afgelope tyd gebeur het – kriminele aktiwiteite en so – maar het Niek enige rede om te voel dat Viktor hom persoonlik skade kan berokken?

Nee, sê Niek. (Hy wil nie vir Marthinus sê dat hý juis met al sy praatjies hom nóg meer lugtig vir Viktor gemaak het nie.) Viktor skuld hom 'n klomp geld, wat Niek in elk geval al lánkal afgeskryf het, maar dis nie die ergste nie. Viktor het hom wel deur die ore genaai met die hele *Vlakwater*-ding, maar eintlik is dit niks. Die geld is niks. Veel erger is dit dat hy Viktor op 'n manier – miskien ten onregte – verantwoordelik hou vir wat met Blinky gebeur het. Miskien maak hy 'n fout. Niemand sal ooit weet wat presies daar gebeur het nie. En dat Viktor boonop vir Marlena saam met hom geneem het toe hy landuit is. Meer as dit? Nee. Maar hy het nooit van Viktor gehou nie. Die man het hom van die begin af afgepis. En sy hekel aan hom het met die jare net groter geword. Net die gedagte om weer in Viktor se geslepe bakkies te moet vaskyk, gee hom die horries. Dit is min of meer sy posisie wat Viktor betref.

"Okay," sê Marthinus. "Ek begryp. O Here."

*

Die volgende oggend bel die agent hom. Stel hy dalk nog belang in verkoop, sy het vir hom 'n koper, met 'n baie goeie aanbod.

## Sewe-en-twintig

EK VERMY DIE DORP selfs meer as vantevore. Ek doen vroeg soggens net die nodigste inkope by die klein Spar-supermark om die hoek. Bedags en selfs saans vermy ek openbare plekke. Ek kyk na die Olivier-broers se video's. Ek kyk na reekse op my laptop. Enigiets, ek is nie eens meer besonder kieskeurig nie – reekse oor vampiere (God hates fangs), oor speurders, oor dwelms. Ek word 'n kluisenaar. Nee, ek word 'n gevangene in my eie huis, want ek is bang ek kom die bekruiper iewers teë. As ek my lank en goed genoeg eenkant hou, verloor hy dalk belangstelling in my en verkas. Het hy nie op sy agenda 'n besoek aan sy neef in die hoësekuriteit- psigiatriese inrigting naby Moorreesburg nie, en 'n besoek aan sy geboorteplaas in Mpumalanga? Alles leuens en versinsels natuurlik, maar nietemin. Hy moet ander sake op sy agenda hê, hy kon tog nie om dowe neute na Suid-Afrika teruggekeer het nie, tensy dit ook 'n liegstorie is.

Wanneer ek dit op straat waag, is ek hiperwaaksaam. Ek kyk voortdurend om, en agter my, of ek hom nie dalk uit die hoek van my oog gewaar nie. Ek wonder of hy mense aangesê het om my dop te hou. Hoe sou hy my andersins tot in die dorp gevolg en in die coffee shop bygedam het, en dit toevallig in die plek waar Buks Verhoef doodgeskiet is? Hy wil iets

221

by my weet van Verhoef se dood, iets wat hy dink ek weet, en ek vrees hy gaan my nie met rus laat voordat hy 'n antwoord het nie.

Nou is dit ook so dat ek nie net uitkyk vir die holwangman nie, maar ook vir enige vriende en bekendes. Ek het in hierdie dae nie die geduld of aptyt vir praatjies maak nie. Met uitsondering van jou (wat in elk geval nie op die oomblik in die dorp is nie) en een of twee ander, is daar bitter weinig mense met wie ek deesdae kontak wil hê.

Ek glip een aand uit om na 'n dokumentêre film oor 'n Suid-Afrikaanse kunstenaar te gaan kyk. Die film wys by 'n klein privaat teatertjie in die studentesentrum van die universiteit. Ek was nog nooit vantevore hier nie. Ek stel nie juis belang in die spesifieke kunstenaar nie, maar ek het wel 'n groot behoefte om uit my huis te kom. Dit is 'n yskoue aand. Die oggend het daar sneeu op die hoogste pieke van twee berge gelê. Die winter-sonkeerpunt is oor tien dae. Dit word duidelik 'n koue winter. Die kunstenaar is 'n showman. Hy het goed ontwikkelde kuite en baie geld. Een of ander Sjinees het vir hom 'n retrospektiewe uitstalling gereël in Sjina. Engele en vlieënde figure is 'n belangrike motief in sy werk. Neem die kruis weg, meen hy, en dit lyk of Jesus dans. (Ek is nie so seker hiervan nie.) Hy doen 'n uitbundige Jesus-dans op uitbundige musiek, geklee in 'n lendedoek en pruik, sy liggaam bruingesmeer. Wat my betref kon die hele dokumentêr net bestaan het uit hierdie dans, want dis baie amusant. Baie verbeeldingryk, baie plesierig. Hy doen dit op een van die stoepe van sy huis ('n uitgebreide herehuis), met twee beelde aan weerskant van hom. Maar die toneel duur nie lank genoeg om uit te maak of dit twee Christusbeelde is, en of die beelde dalk die

222

twee misdadigers aan die kruis moet voorstel nie. Sy skilderye sê my min, en sy skilderproses en sy idees nog minder, maar teen die einde dans hy weer vir 'n groep gaste, weer vermoedelik by sy huis (dennebome en berg in die agtergrond), geklee in gepunte groen leerskoene, en 'n enorme opgeblaasde pak met twee gestileerde vroueborste daarop geteken, en met 'n soort Slamse kalotjie of krismishoedjie op sy kop. Van hierdie dans hou ek ook baie. Die regisseur is vanaand teenwoordig, en na afloop is daar 'n vraag-en-antwoordgesprek met hom, wat na my gevoel vir ewig aanhou, omdat mense allerlei irrelevante vrae vra. Nou raak ek skielik baie rusteloos, want ek sien al hoe die bekruiper intussen by die teatertjie ingesluip het, en my agter langs die gordyne inwag, of erger nog, my in die foyer aan die arm beetkry.

Die man, my weldoener, die man wat ek in sy laaste maande voltyds opgepas het, is hierdie tyd van die jaar dood, aan die begin van die winter. Terwyl ek vir hom *Moby Dick* voorgelees het, het ons ons albei in so 'n mate in daardie roman ingeleef dat dit was asof ons op daardie skip was, saam met kaptein Ahab en Ishmael. Ek het smiddae vir hom begin voorlees, pas na sy middagslapie, en soms aangehou tot dit skemer word, en ek sy bedlampies vir meer lig moes aanskakel. Dit moet soms gereën het, maar ek herinner my dit nie. Dit het altyd baie geleidelik donkerder geword, byna onmerkbaar. Teen die einde van die roman het ek aanhou lees totdat die nagverpleegster vir diens aangemeld het. Dan het ek en hy – elk op sy eie manier – ons moes losmaak uit die wêreld van die roman, en weer fokus op ons onmiddellike omgewing: die kamer waarin hy lê, die siekekamer, die kamer waarin hy reeds weke lank aan sy bed vasgekluister was deur sy siekte. Hy het sekerlik weer gefokus op sy fisieke ongemak, op sy pyn, vermoedelik; ek op onbenulligdhede, waarskynlik. Die sfeer van die roman het my nog lank elke dag bygebly, en ek dink dit was vir hom ook so, al het hy toenemend in 'n newelwêreld weggeglip as gevolg van die swaar verdowing teen die pyn.

*

Dit is nou ongeveer 'n jaar gelede dat meneer Mandela siek geword het en in die hospitaal opgeneem is. Hoewel almal daarvoor gewag het, het hy lank geneem om te sterf. Selfs toe hulle al besig was om sy graf in Qunu te grawe, het hy nog nie gesterf nie. Een middag, onthou ek, het ek 'n visioen gehad. Ek het om ongeveer kwart voor sewe by een van die vensters in my sitkamer gestaan. Ek het gekyk na die oop westehemel. Op die horison was daar 'n gloeiing en 'n paar donker, dry-wende wolkies. Kaal takke was afgeëts teen die verdonkerende lug. Plek-plek was daar nog donker blaremassas van die bome wat nog nie hulle blare verloor het nie. Toe sien ek die hemel oopgaan en ons tata daarin opvaar. Reguit boontoe het hy be-weeg, glimlaggend, met een van sy mooi hemde aan. Hy het gewuif. Stadig het hy opwaarts beweeg, soos nog in die ganse geskiedenis net die Maagd Maria voor hom gedoen het. (Dink: die *Assunta* van Titiaan.) Onder hom het die see by Valsbaai stadig oopgemaak, soos dit in my Kinderbybel op Moses se bevel oopgemaak het vir die Israeliete om deur te gaan. 'n Magdom van dinge, het ek gesien in die visioen, is op daardie ontblote seebodem blootgelê. Wapens, koeëldoppies, verbode geskrifte. Dokumente, rolle film, bande met onderhoude – alle inkriminerende bewysstukke waarvan die apartheidsregering ontslae wou raak – alles beslik en bewier en sommige van die objekte met eendmossels bedek. Sommige voorwerpe het reeds byna koraal geword. Onlangse beendere – die beendere van wit en swart mense (ononderskeibaar, uiteraard), maar ook 'n magdom fossiele uit die Kambriese tyd, uit die Perm- en die Kryttydperk, en heelwat groter beendere uit die tyd van die dinosourusse – selfs dit is alles blootgelê. Ook die geraamtes van visse – groot en klein. In 'n vertrek het ek Graça, die vrou van meneer Mandela, doodstil op 'n stoel sien sit. Haar hande was op haar skoot gevou. Sy het 'n swart sluier gedra en sy was ontroosbaar verdrietig. Winnie het in 'n swart Mercedes geklim en op die pedaal getrap. Ek kon die uitdrukking op haar gesig nie lees nie, maar sy was ook in swart geklee, heeltemal; die ornate goue versiering aan die kant van haar donker bril het die lig 'n oomblik lank weerkaats. Toe was ou tata ineens nie meer sigbaar nie. Die hemel het hom ingesluk. Toe knip ek my oë, en die visioen is weg. Ek onthou dat ek gedink het ons – ek en my mense – het hom verontreg, maar hy het geseëvier. 'n Paar maande later het hulle op televisie gewys hoe sy graf in Qunu tussen die aalwyne en die koppies gegrawe word.

Jy is vir 'n tyd lank uit die dorp en soms verlang ek in hierdie tyd van afsondering na die swart hond, die edel dier wat ek die voorreg gehad het om 'n dag en 'n nag lank te huisves. Dit is byna asof dit nie gebeur het nie, asof sy nie 'n nag lank styf teen my rug geslaap het en my met haar lydsame blik bejeën het nie.

Intussen hou ek elke dag die koerant fyn dop om te sien of daar nie melding van die man gemaak word, en sy ware identiteit onthul word nie.

*

225

Die huis wat my weldoener vir my nagelaat het, is nie groot nie, maar dis in 'n ou, gevestigde buurt, met 'n uitsig op die Stelleboschberg vanaf die sitkamer, stoep en die hoofslaap- kamer. (Daar is niks mooiers as die volmaan wat agter daardie berg opkom nie.) Ek het nooit aan myself as 'n huisbesitter kon dink nie. Wanneer ek soggens vroeg tee drink, het ek 'n blik op die berg vanuit my bed, en juis in hierdie dae is die sonsopkomste dikwels bitter mooi. Dit word laat lig, die eer- ste lig is pas om halfsewe sigbaar. Dit is nog enkele dae voor die kortste dag. Soms is die lug heeltemal helder (soos die afgelope paar dae) – na dae van koue, nat weer. Soms is daar wolke net bo die horison, nét bo die buitelyn van die berg, en 'n halfuur voor sonsopkoms begin die straling geleidelik goudkleurig raak. Soms is die lug so helder soos op die eerste dag van die skepping. Die berge in silhoeët fluwelig afgeëts teen hierdie stralende lig. Soms is daar groot wolkemassas, meesal in skakerings van dofblou, met hulle boonste rande warmer pienke, as gevolg van die gloed van die opkomen- de, maar steeds onsigbare, son. Party oggende, wanneer die weer slegter is, is daar 'n magtige skouspel van donker wolke, met slegs stukkies helderder lug tussenin. Hoë wolke, dikwels, swaar van die reën. Namate dit ligter word, vertoon die wolke minder dreigend. Maar elke dag is die skouspel aangrypend, gryp die skoonheid my aan die keel en vorm dit 'n – dikwels sublieme – oorgang van die nag na die dag, van die beklem- mende intensiteit van die nag se drome na die beangstigende werklikheid van die dag.

Dit is nou al geruime tyd dat ek die geselskap van men- se vermoeiend vind. Eintlik al sedert Jacobus se dood. Ek was reeds as kind buitengewoon teruggetrokke en my hele volwasse lewe nooit besonder sosiaal nie (dit is ongetwyfeld grootliks aan my beletselde mond te wyte), maar my neiging om my van die wêreld af te sluit, het die afgelope maande waarskynlik onnatuurlike afmetings aangeneem. Dit is miskien daarom, dink ek nou, dat ek my laaste, intense gemeensaamheid met mense, in die tyd rondom Jacobus se dood, as apart – as heilig! – beskou. (En God behoede my, maar heilig is nie 'n woord wat dikwels in my woordeskat voorkom nie. Dit is, om die waarheid te sê, 'n woord wat ek uiters verdag vind. Soveel te meer betekenisvol dat ek dit so maklik in die konteks van Jacobus se dood kan uitroep.)

My neiging tot selfonttrekking is sekerlik ook een van die redes waarom ek die onderhoude met Markus Olivier sleg hanteer het – ongereelde interaksie met mense het my minder vaardig gemaak vir die juiste tydsberekening in 'n sosiale konteks. Daarom ook, sonder twyfel, dat ek die paar minute – ek het geen idee hoe lank dit geduur het nie – met die sterwende Buks Verhoef in my arms as skrynend intiem ervaar het.

Ek het die afgelope maande, sedert ek terug is in die dorp, my toevlug geneem tot die skryf van die monografie oor die Olivier-broers. Ek glo, maak myself wys, dat ek niks buiten dit nodig het nie. In hierdie gemoedstemming is dit maklik om bedreig te voel, om te voel iemand agtervolg my en maak gewelddadig inbreuk op my privaatheid. Maar dat die man, my bekruiper, 'n onaangename vent is, en dalk nog 'n skurk ook, betrokke by allerlei kriminele aktiwiteite, daarvan begin ek steeds meer oortuig raak.

Dit moet tog op iets dui dat die man my so meedoënloos agtervolg – van Oesterklip na Frederiksbaai en van daar na

Stellenbosch. Dit sal my nie verbaas nie as hy my gesplete mondtoestand opwindend vind (seksueel prikkelend) – ek het al met heelparty sulke gevalle te doene gehad. En voorts omdat hy reken ek weet iets omtrent die moord op Buks Verhoef – waarskynlik omdat hý daar iets mee te make het.

*

Omdat my weldoener in hierdie tyd gesterf het, aan die begin van die winter voorverlede jaar, moet ek weer dikwels aan hom dink.

Wanneer ek hom – aan die begin, toe hy nog beweeglik was – geneem het na sy spesiale oefensessies by die plaaslike gym, het ek op 'n bankie langs die swembad gesit terwyl hy met sy oefeninge besig was. Hy het in die vlak water van die swembad gewaad, hy het stadig in die water beweeg, wat net tot by sy middellyf gekom het. Ek het hom nooit aangemoedig nie, dit het sy spesiale persoonlike afrigter gedoen ('n jong man met sproete). Sy gestalte was steeds fors, sy borskas breed; oortrek van grys hare (soos ek daarvan hou). Hy moet 'n hartebreker gewees het, want hy was steeds handsome, met die breë gesig, donker oë en stewige manlike torso. Sy priemende blik was deurgaans stip op my gerig, en wanneer ons oë dan soms ontmoet het, was daar iets soos 'n rilling, 'n seksuele siddering voelbaar tussen ons. Ek onthou dit, die swaar reuk van chloor, die wasem teen die ruite, die geduldige, besproete jong man, sy afrigter, saam met hom in die water, en my weldoener wat stadig deur die water na my aangewaad kom, terwyl hy my met sy fel blik gevange hou. Asof hy met die deurdringendheid van sy blik wou kompenseer vir sy liggaamlike aftakeling. Hy was toe reeds verswak deur sy

228

siekte, daar was 'n groot ouderdomsverskil tussen ons. Omdat hy aantreklik was, en invloedryk, glo ek daar was altyd meer as een vrou in sy lewe. Later, toe hy heeltemal bedlêend was, deur sy siekte ontwapen, en hy weinig liggaamlike geheime meer vir my gehad het – ek was teen dié tyd vertroud met elke fase in die aftakeling van sy liggaam – het ek hom steeds liefgehad, en hy vir my, soos 'n man vir 'n vrou. Dit was, so wil ek glo, ons albei se kuisste, mees onbaatsugtige liefde.

*

Verlede jaar in die laatwinter, na Jacobus se dood, toe ek in die buitekamer by my vriende in die Oos-Kaap gaan bly het, toe ek so geïnteresseerd geraak het in die werk van Nancy Spero, in die tyd toe my beendere gevoel het asof hulle uit yskristalle saamgestel is, en ek gedink het ek word nooit weer warm nie, het ek een middag alleen in my vriende se groot leefvertrek gesit. Ek weet nie meer waarom ek die hele middag daar ge-sit het nie. In die vuurherd was die as van die vorige aand se vuur. Bo-op die vuurherd was daar 'n roos in 'n dun vaas. Deur die venster, wanneer ek my kop effens na links gedraai het, was die laning bloekombome voor die huis sigbaar, en oorkant die vallei, die lang, plat heuwel met die steengroef. Bo-op die heuwel was 'n verlate huis. Ek het dit geassosieer met die huis van die gehangde man, soos in die skildery van Cézanne. Ek was verbaas oor hoe stewig my hart steeds in my borskas klop, stewig en ritmies, betroubaar. Daar was 'n kilheid in die vertrek, hoewel dit dié dag nie besonder koud was nie, en die vertrek gesellig. Buite was die lug dun, maar helder. Binne was die lig koud, die mure het 'n ongewone blouerige skynsel gehad. Dit was doodstil. Drieuur, halfvier, vieruur, halfvyf, vyfuur. Ek het gedink hier kom ek nooit weg nie; die tyd beweeg te traag. Týd is die obstakel. Dis týd wat my kortwiek; tyd het my beet in sy remmende greep. Tyd gaan my eers strem, en dan uitwis. Buite was daar 'n effense roering in die bloekomblare. Later het die laatmiddagson warm op hierdie blare geskyn en die oorkantste heuwel was in sonlig gebaai. 'n Lang, lae, warm heuwel. Toe is die son ineens weg, die lug op die horison het 'n bleekpiek geword en die aarde het afgekoel soos met 'n skielike sweepslag. In die vertrek was daar 'n stowwerigheid, asof die allerylste stoflaag alle voor-werpe bedek. Pas om halfses het ek opgestaan en na my kamer agter die huis gegaan.

Ek het een aand in die vlamme van die vuur wat my vrien-de in die herd gemaak het, drie figure gesien. Dit het my laat dink aan Daniël en sy vriende in die Bybel – in die hoogoond, onaangeraak deur die vlamme. Een van hierdie drie figure, kon ek my verbeel, was Jacobus. Jacobus wat van vorm ver-wissel het en homself nou in allerlei beliggamings kon laat sien. Jacobus wat bevry was en nie meer geknelter is deur tyd nie. Jacobus vir wie tyd opgehou het, en wat nou vry kon be-weeg – nie meer gebonde aan een enkele medium nie, en wat homself nou in vlamme kon laat sien. Ek het die aand by die vuur bly sit totdat die ander al gaan slaap het, en die vuur tot as gebrand het. Toe is ek opnuut oorval deur Jacobus se skry-nende afwesigheid. Toe het ek die koue opnuut ysig in my beendere gevoel.

In dié tyd het ek my verdiep in 'n boek oor die werk van Nancy Spero en in mediese handboeke, veral *Gray's Anatomy*. In dié tyd was ek dikwels woedend, 'n magtelose woede, waar-van ek die oorsprong nie geken het nie. Soms het die woede na binne geslaan, dan was ek yskoud van buite, my ledemate soos ys, maar so donker en brandend van binne dat ek gevoel het ek staan op die rand van 'n krater, waarin ek kan afstort en waardeur ek onmiddellik verswelg sou raak.

*

Niek sê vir Marthinus: "Ek het 'n koper vir my huis en ek het glad nie 'n goeie gevoel hieroor nie. Ek wil om die waarheid te sê nie eers weet wie die persoon is nie."

# Agt-en-twintig

Marthinus is altyd gretig om na Niek se werk te kom kyk; hy kyk lank en indringend, hy vra vrae, hy maak opmerkings, hy fluit soms waarderend, en dan nooi hy Niek om die aand 'n DVD by hulle te kom kyk.

Niek is dankbaar vir elke uitnodiging van Marthinus, want elke uitnodiging is 'n rede om nie na sy koue huis terug te gaan nie. So het hulle sedert Charelle by hom weg is, reeds deur 'n hele reeks DVD's gewerk. Die mees onlangse een is *Solaris* van Tarkofski. Na die tyd sit hy en Marthinus albei 'n ruk lank in doodse stilte, in die een hoek van die sitkamer, waar hulle altyd op die groot platskermtelevisie DVD's kyk. ('n Vertrek waarin 'n vrouehand sigbaar is.) Die sfeer van die film gryp Niek aan die keel – iets ongrypbaar droef. Hy sien in daardie film 'n perfekte spieël vir die stand van sy eie gemoed. Die raaiselagtige vertroebeling, die skrynende gevoel van verlies, van skuld en verloëning. Hy is lank onder die indruk van die stemming van die film, van die gedempte kleur daarvan, van die evokatiewe, duister, onverklaarbare beelde. Dit gryp hom aan die keel en dit wring sy hart. Die film is vir hom 'n weerspieëling van sy mislukte verhouding met Isabel. Dit dompel hom in herinneringe aan haar.

Hy dink aan haar in haar blou kamerjas, in New York. Sy

was een aand koorsig, sy't gekla sy voel nie lekker nie. Sy het nogtans ingestem tot die liefde, maar haar gesig deurentyd weggedraai gehou. Hy het haar brandende, koorsige lyf onder sy hande gehou soos 'n heidense idool. Hy is besig met afgodediens, het hy gedink, dis waarmee hy besig is. Hy sal homself in haar stort, het hy geweet, hy sal niks van homself kan terughou nie, al bly daar niks van hom of van haar oor nie, al bars hulle albei spontaan uit in vlamme. Pas na afloop het sy haar gesig na hom gedraai, en iets soos 'n vlaag teerheid het daaroor gespoel. Sy het haar deur hom in sy arms laat vashou, en gesug.

*

Vyf dae voor die sonkeerpunt (Niek hou sy oog stip hierop), maak die agent 'n afspraak met hom om die voornemende koper te ontmoet. Hy sien teen hierdie dag op soos teen die gedagte aan die wederkoms.

*

'n Koue, bewolkte dag, drie dae voor die sonkeerpunt, bring die agent die twee voornemende kopers na Niek se huis. Reeds by die eerste oogopslag staan hulle hom nie aan nie. Die jonger een het 'n slinkse, smalende jakkalsgesig, met baard en leerbaadjie. Hy lyk arrogant en aanmatigend. Die ouer een se kop is kaalgeskeer, sy oë is 'n verraderlike bleekgroen, en daar steek 'n tatoeëring by sy kraag uit. Laeklas-scum, dink Niek.

Hulle kyk skaars na die huis, en bied Niek 'n groot bedrag aan – nog meer as die arme Buks Verhoef. Gaan hulle self in die huis bly? vra Niek. O nee, sê die jonger een, en die twee wissel 'n vinnige blik, die huis gaan as 'n private galery

ingerig word. Dis so uitstekend geleë. Is hulle in die kuns-
bedryf? vra Niek. Nee, hulle koop eintlik namens 'n kliënt.
Die kliënt is in die art business, hy's 'n oorsese art dealer.
Die persoon is baie geïnteresseerd in Suid-Afrikaanse kuns,
sê die ouer man. (Ag so, dink Niek. Watter kakstorie is dít
nou.) Die kliënt is baie knowledgeable, en hy het reeds 'n
groot versameling kuns. Hy hoop om die huis as 'n soort
showcase te gebruik. Hy't nie dalk 'n paar skilderye van die
kunstenaar Blinky Booysen in sy versameling nie? vra Niek.
Weer kyk die twee vinnig na mekaar. Nee, sê die jakkals-
bakkies, hy sou self nie kon sê nie. Maar die naam lui wel
'n klokkie. (Werklik, dink Niek, ek dink jy is 'n fool en 'n
bedrieër en 'n charlatan.) En is húlle ook geïnteresseerd in
kuns? vra hy. O ja, sê die getatoeëerde vent, maar hulle is
nie so knowledgeable soos hulle kliënt nie, hulle is eintlik
net facilitators. Middelmanne, sê die jakkalsbaard. So die
naam Buks Verhoef, die Stellenbosse kunstenaar, sê ook nie
vir hulle iets nie? sê Niek. Weer die vinnige, sydelingse blik
tussen die twee. Nee wat, sê jakkalsbaard, al van hom ge-
hoor, maar weet verder nie eintlik iets van hom nie. Ook nie
dat hy geskiet – doodgeskiet – is nie? vra Niek. Jakkalsbek
lag, so iets gehoor ja, sê hy, maar soos hulle sê, die art world
is nie éintlik hulle speciality nie.

Nou wil Niek hulle net uit die huis hê. Hy wil nie langer
na hulle stories moet luister nie. Gee hom 'n paar dae om die
aanbod te oorweeg, sê hy. Tot siens. Hy kan hulle nie gou
genoeg by die hek uitbuzz nie, ook sodat hy vir Marthinus
kan bel.

"Jy sal dit nie glo nie," sê hy vir Marthinus, "ek weet nie of
ek nou heeltemal paranoid geraak het nie, maar hierdie keer

dink ék Viktor Schoeman sit agter die hele huiskoopding. Of hy het ten minste 'n aandeel daarin."

Marthinus lag sag. "O Here," sê hy.

"Ek weet nie of jy my aangepraat het nie," sê Niek, "maar ek sien Viktor se hand hier. Dis seker vandat ek hom in lewende lywe gesien het nou die dag."

"O Here," sê Marthinus.

"Ek weet net iets is nie kosjer met hierdie verdomde kopers nie en ek vrees Viktor sit daaragter," sê Niek.

"Hy's dalk net 'n front man," sê Marthinus (effens minder stellig as gewoonlik), "vir iemand anders."

"Hoekom aarsel jý nou, Marthinus?" sê Niek. "Jy't tog gedink hy sit agter die moord op Verhoef. Jy was trouens baie seker daarvan."

Marthinus lag weer sag. "Dit was alles net bespiegelings," sê hy.

"Jy kan dit nie nóú sê nie! Dis nou te laat om terug te trek! Wat is die aanduidings uit *Vlakwater*?"

"O Here," sê Marthinus, "*Vlakwater*. Daardie kompendium van verskrikkinge. Nee hoor, die klem val daarin op ander dinge, groter verdorwenhede."

"Maar jy't dan aan die begin gesê," sê Niek, "met die moord op die besigheidsman in Moorreesburg, Malmesbury – waar de hel ook al – toe't jy gesê jy's seker Viktor sit daaragter!"

"Dis waar," sê Marthinus. "Maar toe was alles vir my duideliker. Die ontsnapte gevangenes uit die psigiatriese inrigting. Die marauding bands. Dit was alles so reg uit *Vlakwater*. Die man hier in jou kombuis ook. Wat hy gesê het, het so presies ooreengekom met daardie een toneel in *Vlakwater*. O Here. Ek kon my kop op 'n blok sit. Selfs aan die begin met

Buks Verhoef. Maar nou begin ek dink die moord op Verhoef is te voor die hand liggend. Dit pas nie by Viktor se manier van doen nie. Wil jy verkoop of nie, hoe voel jy?"

"Ek weet nie," sê Niek, "aan die een kant kan ek hierdie huis al lankal nie meer uitstaan nie. Aan die ander kant wil ek nie hê dit moet een of ander smokkelhuis of misdadigernes word nie. Die idee staan my nie aan nie."

"O Here, ja," sê Marthinus. "Dit kan ek my voorstel. Ons kry Menasse om te kom kyk. Hy sal die atmosfeer kan beoordeel. Hy's baie goed daarmee. Klante vertrou hom. Hy sal jou dalk kan help om 'n beslissing te maak. Hy't 'n besonder betroubare aanvoeling vir baie dinge."

Niek stem in. Dis goed so, hy't nou iemand van buite nodig om hom te help. 'n Onpartydige derde persoon. Menasse, so verdiep in die geheime van die skepping en van God se niksheid en van sy volkome eenheid met alles, moet nou kom sê wat hy van die situasie vind. (Hy kan dalk sommer 'n onpartydige oordeel oor Niek se héle lewe vel, nie net die huis nie.) Met sy buitengewone aanvoeling vir atmosfeer en vibrasies kan hy dalk 'n oordeel vel oor die huis en selfs oor die auras van die twee skurke, daar moet sekerlik nog spore daarvan in die lug wees.

Nou wonder Niek waarom hy ooit hierdie verdomde huis gekoop het. Hoe jammer is dit tog dat hy nie vooraf met Marthinus bevriend geraak het nie. Dan kon Menasse hom met die koop geadviseer het – vooraf die atmosfeer van die plek aangedui het. Maar dan het hy waarskynlik nooit vir Charelle ontmoet nie. Miskien, dink hy, sou dit beter gewees het vir hom en veral vir haar.

*

'n Dag of twee later kom Menasse na die huis kyk. Hy kom een oggend saam met Marthinus. Hy moet die atmosfeer van die huis kom bepaal. Niek se hoop is op hom gevestig. Hy gaan hom deur Menasse se bevindinge laat lei. Self weet hy nie meer of hy moet verkoop aan die skurke, die stewige aanbod moet aanvaar, of weier om aan hulle te verkoop omdat hy hulle van kriminele bedrywighede verdink nie.

Menasse neem sy tyd. (Altyd geklee in dieselfde hardloopskoene, verweerde jeans en windbreaker, en met die pet op, natuurlik, wat sy adamante voorkop soos dié van 'n Ou-Testamentiese profeet verberg, hoewel Niek vandag daaraan behoefte het om bewyse van sy profetiese vermoëns te sien.) Menasse loop stadig, van vertrek na vertrek, deur die huis. Hy neem sy tyd. Hy vertoef lank in elke kamer. Marthinus en Niek sit in die kombuis by die tafel vir hom en wag.

Toe Menasse klaar is, kom sit hy by hulle. Niek maak vir hulle tee.

Die huis het basies 'n goeie energie, sê Menasse. Maar hierdie goeie energie is op 'n paar plekke versteur. Veral in die voorste slaapkamer. Maar ook in die gang en in die sitkamer. (Dit verbaas Niek niks, as hy dink aan die negatiewe gedagtes en slegte drome wat hy al in sy slaapkamer gehad het. En die onuitgepakte bokse in die sitkamer moet sekerlik die vloei van goeie energie belemmer.) Maar die situasie is nie onomkeerbaar nie. Met toewyding ("application," sê Menasse) en met goeie energie kan dit herstel word.

Wat bedoel hy met toewyding? vra Niek.

Met 'n toegespitste meditasie op die Goeie in hierdie vertrekke. Maar dit mag tyd neem. Niek moenie haastig wees nie. Dit sal nie oornag regkom nie. As Niek dit egter gereeld doen, met die nodige fokus, sal hy die negatiewe energie in die vertrekke geleidelik kan verdryf. Veral in die voorste slaapkamer is die harmonie heeltemal uit ewewig. Daar is 'n byna tasbare – Menasse beduie met sy hande – wolk van berou, melankolie, negatiewe energie – aanwesig. "Very oppressive," sê Menasse. Hy sal Niek aanraai om daardie vertrek voorlopig nie eens te gebruik nie. Die "powerful emanations" kan skadelik op sy gees inwerk. (Niek loer onderlangs na Marthinus, maar sy gesigsuitdrukking verraai niks van wat hy van Menasse se woorde vind nie.)

Menasse is besonder lowend oor die tee. Niek maak nog 'n pot. Menasse keur die emanasies in die kombuis goed. 'n Baie heilsame vertrek, goed vir die siel. ("Beneficial for the soul," sê hy.) Net sowel dat dit die enigste plek is waar hy en Charelle ooit ontmoet het, dink Niek.

Niek sê hy's nie vertroud met enige meditasietegnieke nie. Geen probleem nie, sê Menasse. Dit kan aangeleer word. Al waarvoor dit vra, is 'n oop gemoed en 'n voorneme om hom tot die Goeie te verbind. ("A commitment to the Good.")

(Weer is Marthinus se gesig onleesbaar.)

Wat is die Goeie? vra Niek, huiwerig.

Die Goeie is 'n gerigtheid op dit wat Goddelik is, sê Menasse. Dit is die kort antwoord. Die lang antwoord is alles wat die Kabbala ons leer omtrent die aard van die Goeie. Baie kompleks. Miskien vir 'n ander keer.

Hy wil Menasse graag 'n ander vraag vra, sê Marthinus, een wat nie heeltemal hiermee verband hou nie, maar waaroor hy dikwels wonder. (Menasse knik. Geen probleem nie. 'n Klein mannetjie, fyn, welgevormde hande, goed versorgde naels, pet agtertoe op sy kop gestoot, die profetiese voorkop nou ontbloot.) Hoe interpreteer Menasse Esegiël se visioen?

Merkavah is die woord vir chariot, sê Menasse. Dit is afkomstig van die Hebreeuse woord rakhav, wat beteken om te ry. Die chariot is 'n metafoor vir God wat vanaf sy onkenbare staat "reis" na 'n "plek" waar Hy geken, dit wil sê gevisualiseer kan word.

Marthinus is duidelik in sy skik met hierdie antwoord. Hy gaan nou dadelik weer Esegiël met groter begrip lees, sê hy.

Kort daarna vertrek Menasse. Niek bedank hom vir sy tyd en moeite. Geen moeite nie, verseker Menasse hom, en bedank hom uitvoerig vir die tee. Menasse het nie 'n motor nie, sê Marthinus toe Menasse weg is, hy stap oral waar hy moet wees, of neem 'n bus. Of soms bestel hy vir Menasse en Anselmo 'n taxi, as hulle die aand by hom gekuier het. Menasse lewe op bitter min. Maar hy's baie gesteld op lekker tee. Daarmee kan mens hom altyd 'n groot plesier doen.

Niek en Marthinus bly by die kombuistafel sit. Hy sê vir Marthinus wat Menasse sê, maak vir hom sin, maar hy't nie die toewyding of fokus, en veral nie die aanleg, om elke dag in elkeen van die kamers te sit en mediteer totdat die negatiewe energie verdryf is nie. Dis te ekstreem. Dis te ver verwyder van sy eie siening van dinge. En die Goeie is nie eintlik 'n begrip wat vir hom iets beteken nie. Hy maak liewer kuns. Dis die veld waarmee hy die beste vertroud is. Miskien moet hy die maklike weg kies en die huis net verkoop. As die kopers die huis in 'n kunsbordeel wil omskep, as die twee kêrels deel is van 'n ondergrondse kunsmafia, dan moet dit maar so wees. En of Viktor 'n aandeel hierin het of nie, dit kan hom ook nie meer soveel skeel nie.

Hy begryp, sê Marthinus. O Here. Miskien moet Niek daaraan dink om 'n tydjie weg te gaan voor hy 'n finale besluit

239

neem. Intussen moet hy vanaand by hulle 'n DVD kom kyk. Hy't nogal lus vir iets van Sokurov. Miskien *Father and Son*.

Hy het dit al gesien, sê Niek, iewers by 'n filmfees, en dit het die hel uit hom depress.

Marthinus is geïnteresseerd. Op watter manier? wil hy weet. Hy weet nie, sê Niek, hy kan nie meer onthou nie. Die verhouding tussen die vader en die seun was net te intiem. Ongemaklik intiem. Te kompleks. En die afwesigheid van die vrou was net te tasbaar.

Dan kyk hulle iets anders, sê Marthinus, geen probleem nie!

# Nege-en-twintig

MY BAIE GOEIE VRIEND, Willem Wepener, is terug in die dorp. Hy was weg op 'n ses maande lange kunstenaarsverblyf in Parys. Ek het hom in dié tyd erg gemis. Hy is 'n skilder, en Jacobus was sy beste vriend. Dit is saam met hom dat ek die dag na Jacobus se liggaam gaan kyk het, in daardie bedroewende agterkamertjie met die Mr Price-gordyn by die begrafnisondernemers. Willem en sy jare lange partner woon in 'n groot ou huis, in die middedorp. Dit is waar Willem sy ateljee het. Sy partner is 'n argitek (so outgoing as wat Willem inkennig is; 'n hartlike man; 'n lewenskunstenaar, sê Willem van hom). Willem Wepener (Louw Wepener is 'n voorsaat) is, as dit enigsins moontlik is, selfs meer menssku as ek. Lank, maer, intens, met 'n breë boewegesig (wat niks verraai van sy uiters sensitiewe natuur nie) wat my soms aan dié van Michel Foucault herinner. Of wanneer hy in die winter 'n mus dra, aan 'n skurk uit 'n Franse speurfilm. Jacobus se dood het hom swaar getref. Hy het lank geneem om daaroor te kom. Hy het nog lank daarna gereeld van Jacobus gedroom. (Hoe het ek hom dit nie beny nie, want Jacobus het nooit in drome aan my verskyn nie, terwyl ek so daarna verlang het dat dit met my ook gebeur.)

Willem nooi my, twee aande voor die sonkeerpunt, om saam met hom iets in die dorp te gaan drink. (Hy ontvang niemand ooit tuis nie.) Soos ek, vermy hy waar moontlik die openbare oog. Hy is 'n toegewyde kunstenaar, byna obsessief oor sy werk. Hy maak klein skilderye, in olieverf, nie-figuratief, hoewel nie volgens die konvensionele reëls van abstraksie nie – hierdie reëls probeer hy trouens waar moontlik verbreek. Hy werk met komplekse vorms, gelaag en verweef, met toegevoegde highlights, en skaduwees om diepte te suggereer. Elke doek word versigtig opgebou met laag op laag verf. Hy is onseker oor homself, vol vertwyfeling oor sy werk, ten spyte van sy aansienlike sukses. Dit is hy wat my op die gedagte van die monografie oor die werk van die Olivier-broers gebring het, nadat hy 'n jaar of twee gelede 'n retrospektief van hulle werk in die MoMA in New York gesien het. Hy het 'n boek oor hulle saamgebring en 'n katalogus, wat my onmiddellik geïntrigeer het, met, natuurlik, die bykomende gegewe dat hulle die seuns is van Markus Olivier, die ou vader.

Ek vertel hom van die man wat my agtervolg, en van Buks Verhoef se dood. Ek sê vir hom dat ek minder bedreig voel noudat hy terug is in die dorp, asof ek 'n bondgenoot het. Al is dit net die gedagte dat hy daar is.

Willem vertel my van Avigdor Arikha, 'n kunstenaar wie se werk hom die afgelope tyd geweldig beïndruk het. Hy is ook onder die indruk van die manier waarop Arikha skryf oor kuns, en die skilder se merkwaardige ingeligtheid oor 'n groot verskeidenheid kunstenaars. Arikha skryf onder meer oor Poussin – hy het selfs 'n rekonstruksie gemaak van die soort kwaste wat die skilder moet gebruik het. Willem vertel voorts dat Arikha geglo het dat 'n skildery binne 'n enkele sitting voltooi moet word. Dat hy soms weke lank nie geskilder het nie, totdat 'n tema – die toevallige saamval van 'n paar voorwerpe – hom so aangegryp het dat hy dit dan móés skilder. So het hy 'n keer 'n reis in die buiteland kortgeknip om 'n tema wat hom tuis geboei het, te gaan skilder. En niemand anders nie as Samuel Beckett, vertel Willem, was Arikha se beste vriend. Hy het verskillende portrette van hom gemaak. Dit het hulle 'n hele aantal jare geneem voor hulle mekaar as "jy" aangespreek het. Hulle het saam musiek geluister. Arikha is geboei deur polifoniese musiek, veral die musiek van Heinrich Schütz. Beckett het Beethoven se kamermusiek en klavierwerk verkies, asook Schubert, Haydn en Mozart. Hulle het ook saam geluister, vertel Willem, na Schoenberg, Alban Berg en Webern. Beckett is veral aangespreek deur Webern se gefragmenteerde melodieë. Saam het hulle ook poësie voorgelees: Dante, Hölderlin, die laat Goethe en die werk van die vreemde agtiende-eeuse Duitse digter Matthias Claudius. Tydens sy laaste dae, toe Beckett besig was om weg te glip in die newel van sy lank uitgerekte koma, het hy nog Arikha en sy vrou se name geprewel, en die woorde van die digters wat hulle eens saam gelees het. Na Beckett se dood het Arikha elke dag sy graf besoek. So groot was sy wanhoop oor die dood van sy vriend, dat dit sy gesondheid aangetas het. Hy kon 'n tyd lank selfs glad nie skilder nie. *Sam's Spoon*, een van Arikha se mooiste skilderye, sê Willem, is van Beckett se silwer dooplepeltjie, wat hy vir Arikha se oudste dogter met háár doop as geskenk gegee het. Die skildery, nie groot nie, toon die lepeltjie op 'n stuk wit linne. Die enigste kleur in die werk is die effense koper tone in die lepel. Pragtig, sê Willem, aangrypend.

'n Rukkie sit ons albei in stilte, en dink aan die besondere vriendskap tussen die skilder Avigdor Arikha en Samuel Beckett.

Nou voel Willem, sê hy, dat abstraksie vir hom 'n dooie punt bereik het. Hy oorweeg dit geruime tyd al om terug te keer na figuratiewe werk; selfs om van die lewe te werk. Veral noudat hy so onder die indruk van Arikha se werk is. Maar hy aarsel. Dit sal 'n radikale breuk met sy manier van skilder wees. En hy weet nie of hy hoegenaamd na die lewe sal kán werk nie, hy het dit nog nooit eintlik gedoen nie. Hy weet ook nie hoe dit ontvang sal word nie.

Ek en Willem drink iets in een van die dorp se meer luuksueuse gastehuise. (Ek verwag nie om my agtervolger daar aan te tref nie.) Dis gerieflik in die middedorp, en die sitkamer is gesellig, en meer privaat as die meeste ander plekke waar mens saans iets in die dorp kan drink. Nadat ons 'n aansienlike hoeveelheid whisky gedrink het, en Willem laataand weg is, bly ek nog 'n rukkie in die sitkamer sit. Skuins teenoor ons sit daar al die hele aand 'n vrou op haar eie, van wie ek net vaagweg bewus was, omdat die gesprek met Willem my aandag volledig in beslag geneem het. Noudat hy weg is, kry ek haar skerper in fokus, ook omdat ek daarvan bewus raak dat sy my dophou.

Sy is ouer, ek skat haar diep in die vyftig, met 'n fynbesneë gesig en 'n hooghartige uitdrukking. Kort grys hare, modieus geklee, skraal gebou.

Na 'n rukkie staan sy op, en net voor sy met die trap na die kamers opgaan (sy is dus 'n gas hier), gaan staan sy stil, en draai vir 'n paar oomblikke om na my. Ek betaal vir my drankie, staan op en volg haar.

Haar kamerdeur staan op 'n kier oop. Sy nooi my binne, laat my in een van die diep gemakstoele sit, en stel haarself bekend. Sy is Brits, hier in die land betrokke by 'n projek oor armoede. Sy skink vir ons whisky. Sy vertel van haar projek. Haar blik is sardonies, afstandelik. Sy is nie oorvriendelik nie, eintlik heel saaklik. Ongewone oë. Mooi.

Na 'n ruk staan sy op en steek haar hand na my uit. Ek volg haar woordeloos na die bed. Ek laat my woordeloos deur haar ontklee. Ons kruip tussen die verwarmde lakens in. Ligtelik benewel deur die whisky en die intense voorafgaande gesprek met Willem, laat ek my haar behendige hantering van my liggaam welgeval. Sy hanteer my liggaam met die gemak en selfvertroue waarmee ek reken sy motor bestuur. Toe daar oplaas 'n siddering deur my liggaam gaan – 'n byna ekstatiese rilling – is dit Buks Verhoef se sterwende gesig wat ek oomblikke lank voor my sien.

*

Ons moet 'n uur of twee geslaap het. Toe ek wakker word, staan ek op, trek aan. Ek groet haar sag en bedank haar; sy prewel iets deur die slaap. Toe glip ek by die deur uit. Buite is die strate stil. 'n Sagte motreëntjie val nadat dit die aand by tye hard gereën het. Nog aangenaam benewel, my liggaam weldadig na die seksuele oorgawe en die slaap, is ek minder waaksaam, minder geneig om te vrees dat die man my by my huis sal voorlê.

*

Ek kan dit nie oor my hart kry om die graf van my weldoener te besoek nie. Ek wil nie dink dat hy daar lê nie, die eens kragtige manlike liggaam tot beendere gereduseer. Soms voel dit nog vir my asof hy 'n seksuele uitnodiging tot my rig – van oorkant die Styx, uit die domein van die dooies – waarop my liggaam spontaan nooit anders kan as reageer nie.

*

Ek wil die hele tyd teruggaan na die coffee shop waar Buks Verhoef geskiet is. Terwyl ek voor my siel weet dat dit die een plek is wat ek behoort te vermy, want dit is die mees waarskynlike plek vir my agtervolger om uit te hang. Daar is ongetwyfeld iets omtrent die plek wat 'n onweerstaanbare aantrekkingskrag op ons albei uitoefen. Vir my omdat Buks Verhoef daar in my arms gesterf het, vir hom omdat hy dalk iets met die moord te doen het ('n misdadiger wat terugkeer na die toneel van die misdaad?).

Ek het ook 'n begeerte om weer die kamertjie agter die begrafnisondernemer te besoek. Ek weet nie onder watter voorwendsel nie. Ek weet nie hoe ek myself sal aankondig en wat ek sal sê is die doel van my besoek nie. Miskien dat ek my net weer een keer in die ruimte wil bevind waar ek die allerlaaste keer in hierdie lewe my oë op my geliefde dooie vriend kon lê. Miskien word die vertrek nou vir 'n ander doel gebruik, vermoedelik is dit steeds minder gebruiklik om liggame voor die begrafnis te besigtig.

Ek oorweeg dit ook om terug te gaan na die gastehuis, om te kyk of ek die vrou wat my so verras het, en soveel liggaamlike plesier verskaf het, kan terugvind. Maar ek vermoed ek sal oordag minder argeloos wees. En die intensiteit van daardie ontmoeting is waarskynlik onherhaalbaar. Daarom besluit ek daarteen.

*

Soos die dae verbygaan, begin ek hoopvol raak dat die bekruiper die aftog geblaas het. Dalk is hy reeds op pad na sy familieplaas in Mpumalanga, via 'n besoek aan die versteurde neef in die hoësekuriteit- psigiatriese inrigting in Moorreesburg. Wie weet is die neef miskien nog die kêrel wat Buks Verhoef geskiet het, die verdagte wat vir psigiatriese waarneming ingeneem is. Sy swaar versteurde neef, volgens die man. Dis dalk waarom die bekruiper so knaend by my omtrent Buks Verhoef wil weet. Enigiets is moontlik, dit het ek al agtergekom.

# Dertig

TYDENS DIE SONKEERPUNT reën dit in die voornag, maar in die nanag hou dit op, en teen kwart oor sewe die oggend begin dit opklaar. Bo Simonsberg hang 'n enorme, soliede donker wolkbank. Van die een kant van die horison strek dit, so ver as wat ek my kop kan beweeg. Geleidelik word hierdie wolkbank ligter en kleiner, asof dit begin oplos, na onder begin uitfraing in veegsels wolk. Ek drink my tee in my bed en slaan dit alles gade. Dit begin gaandeweg ligter word, die buitelyn van die berg raak sigbaarder, die soliede wolkbank raak minder soliede, en 'n ander, ligter wolk begin stadig agter die berg inskuif. Algaande raak die wolkbank steeds ligter, die berg meer solied, maar steeds wasig, totdat die massiewe wolkbank om halfagt slegs lank, uitgerek en ellipsvormig is, rokerig sag. Baie geleidelik word die lig stralend, die wolk krimp steeds kleiner, die berg kry meer vastigheid. Veraf hoor ek die geskel van ganse, en hadidas, baie ver, byna buite hoorafstand, en die geluid van kleiner voëltjies in die tuin word skerper. Verder na regs is die volgende bergreeks veel vaster van vorm (nie goed sigbaar vanaf my bed nie), en kan die groene daarin al onderskei word. En dan, ineens, om kwart voor agt, verskyn 'n wolk agter die berg, rosig verlig deur die opkomende son – nog onsigbaar. Hoe pragtig is dit, die enkele, rosig-gloeiende wolk agter die berg.

Ek voel hoe die asem van die tyd blaas in my nek. Ek voel hoe tyd jag maak op my. My vriend Willem Wepener het opgemerk dat hy net soms daarin slaag om stil te staan en te kyk na dinge, sonder dat hy voortdurend voortgedryf is, bewus is van die suising van verbygaande tyd in sy ore.

*

Hy het drie opsies, dink Niek. (Vier, as hy die idee om Japannese tuine te gaan bestudeer, ernstig neem, wat uiteraard nie die geval is nie.) Die ingrypendste, mees ekstreme opsie – verreweg die mees onwaarskynlike – is om Menasse se voorstel te volg: vir die agent te sê hy wil nie meer verkoop nie; die kuns van meditasie aan te leer; ure (dae, weke) lank in die besoedelde kamers te sit, en te fokus op die Goeie en die Goddelike. 'n Tweede opsie is om onmiddellik te verkoop, ongeag in wie se kriminele hande die huis val en waarvoor dit gebruik word, 'n ander blyplek te soek, met sy lewe aan te gaan en nie weer terug te kyk nie. 'n Derde opsie is om Marthinus se voorstel te volg: vir die agent sê hy het 'n paar dae nodig om te besluit; weg te gaan vir 'n tydjie; kyk of afstand helderheid bring.

Hy besluit op die laaste opsie. Die kunsskool is gesluit vir die wintervakansie. Hy het tyd. Hy sal sy huis sluit, vir Marthinus vra om af en toe 'n ogie te hou. Of Jan Botha kry om in die huis te bly. Hy dink Jan sal bestand wees teen die "powerful emanations" wat Menasse daar opgetel het. As hy dit so lank in die Soutrivierse lykhuis kan uithou, waar die emanasies sekerlik minder as positief is (veel sterker van aard as berou en melankolie), sal hy seker bestand wees teen watter negatiewe energie hy ook al in Niek se huis mag teëkom. En dis belangrik, dink Niek, dat daar iemand in sy afwesigheid in sy huis bly, want hy het die afskuwelike fantasie dat wanneer hy terugkom, Viktor Schoeman en genote die plek dalk beset het. En dan het hy sy gat solied gesien.

Hy besluit op Oesterklip. Die seelug sal hom goed doen. Dalk kan hy selfs weer fiks raak, draf op die strand. Hy het geen idee hoe die plek nou daar uitsien nie. Hy was jare gelede daar. Toe was alles nog ongerep. Hy het 'n vissershuisie gehuur en twee weke lank daar gaan skilder. Saans het hy in die hotelkroeg gaan drink. Hy onthou hoe plat die see was. Die strand ook. Dun en plat, 'n ondramatiese strand. Klipperig, met uitgespoelde bamboese. Stink. Hy het Oesterklip in dié tyd ervaar as 'n vreemde, onemfatiese, half-troostelose plek. Dit was vir hom 'n plek van grys – 'n plek in skakerings van grys. Van ligter, warm gryse tot donkerder koel gryse. Grys, het Marlena gesê, die enigste anonieme, die mins persoonlike kleur. Grys stimuleer nie, dit is perseptueel bewegingloos. Daardie selfde perseptuele bewegingloosheid het Niek teruggevind op die strand van Oesterklip.

*

Niek laat die agent weet hy het 'n tyd nodig om die aanbod te oorweeg. Jan Botha met die geurige hare is heeltemal bereid om in Niek se huis te bly. Selfs toe Niek hom attent maak op die negatiewe emanasies. Jan Botha lag net. Bring it on, sê hy. As hy kan cope met die emanations van die Soutrivierse lykhuis, sê hy, kan hy met enige emanations cope. (Nes Niek verwag het.) Maar skaars het Niek hom gevra, of hy is spyt. Hy weet nie of hy die kêrel in sy huis wil hê nie. Hy weet nie of hy nog wil weggaan nie. Maar dis nou te laat. Hy't 'n besluit geneem. Dis belangrik dat hy 'n tydjie lank weggaan vir helderheid, en dis belangrik dat hy sy huis nie onbewoon laat nie – 'n ope uitnodiging aan skurk en boosdoener. Die hele sogenaamde idee van helderheid klink vir hom twyfelagtig, maar 'n verandering help dalk met die losknoop van die verknotte takelwerk in sy kop.

*

Oor en oor kyk ek na die werk van die Olivier-broers terwyl ek aan die monografie skryf. Nog steeds bekoor en intrigeer elkeen van hulle klein video's my – al het ek sommige van hulle al soveel keer gesien.

Vir elke video skep hulle 'n spesiale stel met 'n boksagtige formaat. Klein – soms nie veel groter as 90 x 65 x 75 cm nie. Binne hierdie opgesette ruimte word die poppe, met die hand uit hout gekerf, dan verfilm deur middel van die stop-action-tegniek. Anders as in 'n filmstel is die ruimtes nie weergawes van bestaande ruimtes nie – daar is geen poging tot ruimtelike samehang of logika nie. Die materiale wat gebruik word, is meesal hout, glas, metaal en materiaal. Donker straattonele (soos die een in *Kafka in Langstraat*), donker interieurs, kabinette, kaste, leë rakke, en onverwagse detail is kenmerkend. Daar heers dikwels 'n misterieuse, negentiende-eeuse, Dickensiaanse sfeer (soos in die video *Die kabinet van Jan de Grevenbroek*). In *Kafka in Langstraat*, een van my gunstelingvideo's van hulle, kom 'n Kafka-agtige handgekerfde houtpop by 'n deur uit, en sluip straataf. Hy bevind hom in 'n nagtoneel, waarvan die agtergrond bestaan uit donker, oënskynlik roetbesmeerde panele wat herinner aan industriële skrootyster-oppervlakke, onlogies gerangskik in 'n vlak ruimte. Leertjies, soos dié wat gebruik word by groot silindriese opslagtenks, 'n straatlamp. 'n

Stuk wit lap oor een van die panele gedrapeer. Twee vlieënde, of gesuspendeerde, voorwerpe wat lyk soos die arms van porseleinpoppies. Onheilspellend, onherbergsaam, verlate. Bo links, in 'n klein ondeursigtige venstertjie, sit iets wat lyk na 'n Punch-en-Judy-pop. Die Kafka-karakter is merkwaardig lewensgetrou – dieselfde intense gesigsuitdrukking, strakstarende oë en hoekige gesig as Franz Kafka. Soos al hulle houtpoppe het hy 'n onbeweeglike gesig, maar bewegende hande en ledemate.

Die toeskouer voel haarself vasgevang binne hierdie vreemde ruimtelike konfigurasies. Die houtpoppe is dikwels bekruipers, voyeurs. Die ruimtes bied loergate op ander ruimtes – ambivalent, net-net verby die grense van 'n herkenbare werklikheid. Die toeskouer word sélf in die rol van bekruiper geplaas, van voyeur.

'n Herhaalde motief is dié van kabinet – rariteitskabinette, kabinette van memorabilia, kabinette met pseudo-wetenskaplike inhoude. Die oorkoepelende sfeer van die video's is misterieus, droomagtig, dubbelsinnig. Vergete, halfbekende figure en anekdotes, dikwels met betrekking tot die geskiedenis, en soms ook die Suid-Afrikaanse geskiedenis, word vergestalt. (*Die kabinet van Jan de Grevenbroek*, byvoorbeeld, en *Die onstuimige droom van dokter H* waarin dokter H, die hoofkarakter, in 'n klein, byna kloustrofobiese kamertjie op 'n boonste vlak van die opgestelde ruimte, agter half toegetrekte gordyne, met 'n vergrootglas die genitalieë van 'n naakte, donkerkleurige vrou ondersoek. Terwyl hy daarmee besig is, word hy deur 'n ander karakter deur 'n sleutelgat dopgehou. Die musiek wat hierby gebruik word, is die roerende strykkwartette van Leoš Janáček.)

In een van hulle onderhoude haal die broers Bruno Schulz aan: "What is to be done with events that have no place in their own time; events that have occurred too late or gone unregistered; that there were branch lines of time, somewhat suspect, onto which one could shunt these illegal events."

Die Punch-en-Judy-pop – grynsend, sinies, strak, met 'n onbeweeglik verstarde houtoog – wat die hele straattoneel in *Kafka in Langstraat* vanuit sy uitkykpunt in die klein venstertjie bespied – kan ek nie anders sien nie as 'n portret van die ou vader, Markus Olivier.

*

Soggens sit ek in my bed en kyk na die veranderende tafereel van die sonsopkoms. Op 'n oggend is daar in die lug 'n enkele pienk veegsel wolk, met 'n donkerder kern. 'n Wolk so yl soos 'n nagedagte, 'n argelose spatsel uit 'n oormaat van moontlikhede. 'n Speelse herinnering aan gotweetwat. En sommer op die koop toe, hoër op in die lug, 'n uitgelate helderpienk wolk – rosig, stralend verlig deur die opkomende son. 'n Wolk wat gloei in die nog onbeskrewe, helder, uitgebleekte lug.

# Een-en-dertig

Niek oorhandig die huissleutels aan Jan Botha. Hy klim in sy motor en ry na Oesterklip. Die omgewing is mooi. Oesterklip het sedert sy laaste besoek aansienlik uitgebrei. Hy teken in by die hotel. Die plek lyk heeltemal nie meer soos hy dit uit sy vorige besoek onthou nie. As hy hier fed up raak, beweeg hy môre verder kus-op.

Sy kamer is klein, donker en muf. Dit word oorheers deur 'n donker houthangkas, donker bedstyl en 'n te helder, te geblomde deken. Hy twyfel of dit bevorderlik gaan wees vir enige helderheid van gemoed of visie. Die herhaalde vismotief op die stortgordyn sou tot hallusinasies kon lei.

Een nag, en môre beweeg hy aan.

Laatmiddag onderneem hy 'n lang wandeling op die strand. Bo die see hang 'n newel. Veel hoër op in die lug is daar fyn vlieswolkies. Die rotse is minder grys as wat hy hulle onthou het. Hulle is plek-plek 'n skel oranje, afgewissel met 'n roesgroen. Die strand tussen die see en die plantbegroeide duine is breed en byna gelyk. Aan die seekant is dit bestrooi met mosselskulpe, wat onder sy voete breek wanneer hy daarop stap. Drie keer sien hy 'n seemeeu hoog die lug in vlieg, 'n mossel op die strand laat val, en afswiep om die oopgebreekte mossel te eet.

'n Ent verder kom hy af op 'n dooie rob. Dit moet vars wees, want dit ruik nog nie. Naby die stertkant is die vel oopgeskeur. Die ingewande peul hier uit, soos rou boerewors. Daar is heelwat meeue in die omgewing, maar net twee aas op die rob. Hy vind hierdie dooie rob ontstellend. As dit 'n teken is, voorspel dit niks goeds nie. (Waar is Marthinus om hom gerus te stel en Menasse om die voorbodes te interpreteer?!)

Toe die son begin ondergaan, is die fyn vlieswolkies skielik weg. Niek staan stil om te kyk na die ondergaande son. Die see is 'n warm groengeel, heelwat ligter as die lug. Soos wat die son nader aan die horison beweeg, word dit 'n steeds dieper rooi, en raak dit 'n onreëlmatige, afgeplatte ovaal.

Met sinkende hart stap hy terug na die hotel. Naby die hotel kom 'n man met 'n plastieksak hom tegemoet. Krewe, Pa, sê hy, vars uitgeduik uit die see. Hy hou die sak oop sodat Niek kan sien. Daar is min of geen beweging in die sak, en 'n onaangename reuk. Hy haal een van die krewe uit, gooi dit neer voor Niek se voete. Daar is nog 'n flou beweging in die pote. Die man het 'n litteken wat oor sy regterwang loop, van die bokant van sy oor tot onder sy ken. Sy voortande is afgebreek. Pa kan my vertrou, sê die man, my naam is Fytjie. Niek sê jammer, hy wil nie krewe hê nie, en haas hom terug na die hotel, voor die man nog 'n verdere woord kan inkry. (Fytjie – het hy reg gehoor?) 'n Figuur uit 'n Ingmar Bergman-film, 'n aankondiger van die dood, met sy sak stinkende, dooie krewe. Iets Middeleeus aan hom, iets uit een van die DVD's wat hy en Marthinus onlangs gekyk het, *The Seventh Seal,* van Ingmar Bergman. Fytjie – klein noodlotjie – met sy sak stinkende krewe.

In die parkeerterrein langs die hotel merk hy 'n duur sportmotor. Dit was nie hier toe hy vroeër die middag aangekom het nie. Hy kan hom nouliks voorstel dat die eienaar daarvan in die crummy hotel sal wil tuisgaan.

Hy eet die aand in 'n pizza joint naby die hotel. (Die hotel-eetkamer het nie belowend gelyk nie.) Teen die muur is plakkate uit die vyftigerjare. Die lig is te geel. Dit kaats van die vergeelde mure en die geelgroen melamientafelblad. Langs hom kom sit 'n man wat homself voorstel as Penelope – signwriter en slangvanger. (Het al die mans hier vrouename?! Hoor hy weer verkeerd?)

Is daar genoeg slange hier om te vang? vra Niek. O ja, sê Penelope, die slange manage altyd op een of ander manier om in die visitors se karre in te glip en dan's hy net die man om hulle te vang.

Penelope het klein oortjies en kort, krullerige hare, dig teen sy kop.

Negeuur die aand gaan Niek na die kroeg in die hotel. As daar enige kans is op helderheid, en insig in sy huidige psigiese gesteldheid, sal hy dit eerder hier kry as in sy kamer met die donker hangkas, die geblomde sintetiese duvet, en die dansende visse op die stortgordyn.

Sy hart sink toe hy die kroeg binnegaan. Sfeervol is dit nie. Die soort ruimte waarin mens, as jy jouself reeds op die rand van 'n krater bevind, maklik kan afdonder. Hier moet mens jou oog stip op die bal hou om nie deur mismoed en gevoelens van vergeefsheid oorweldig te raak nie.

Hy gaan by die kroegtoonbank sit. Hy't pas 'n whisky bestel, toe 'n persoon – 'n vrou – by die kroeg inkom. Dit is Mignon, die moeder van sy student – gewese student – Karlien Meyer. Die vrou wat hom laas tydens sy en Albrecht se besoek aan die beseerde kind 'n onbetwisbaar seksueel uitnodigende blik gegee het. Niek kreun inwendig. Vir 'n oomblik oorweeg hy om hom vinnig uit die voete te maak. Maar tensy hy kop eerste deur een van die vensters duik, is die enigste ander ingang tot die kroeg die een waardeur die vrou pas gekom het.

Sy sien hom en kom reg op hom af.

Mag sy, en sy beduie na die kroegstoeltjie langs hom.

Kan hy vir haar 'n drankie koop?

Graag.

Sy is 'n aantreklike vrou. Karlien het haar skraal bou van haar ma gekry. Besonder digte wimpers, wat haar oë beklemtoon. Mooi oë, groen. Haar vel moet baie son gekry het (moet die perdry wees), maar sy't lagplooitjies en sy glimlag geredelik, hoewel effens behoedsaam. (Een van daardie vroue wie se geredelike glimlag 'n verweer teen die wêreld is, dink hy.) Donkerder blond as haar dogter. 'n Meer ekspressiewe gesig, al is dit net weens die fyn sonplooitjies, en ten spyte van die effens gedwonge glimlag. Vir 'n oomblik flits Karlien se onbeskrewe, byna uitdrukkinglose gesig helder voor sy geestesoog. Hy ril effens. Fokus op die vrou voor hom. Die moeder.

Sy móés net uit die dorp wegkom, sê sy. Sy kan wat met haar kind gebeur het, nie verwerk nie. Sy blameer haarself. Sy moes geweet het. Sy't nie van Karlien se vriende gehou nie, veral nie van die meisie met wie sy die woonstel gedeel het nie. En nou word hulle almal aangekla, en dan nog van dwelmbesit en waarskynlik dwelmhandel ook. Hulle is waarskynlik almal skuldig. (Nie 'n woord oor Karlien se moontlike aandadigheid nie.)

Haar parfuum is duur. Haar naels is gemanikuur. Daar is nie 'n duim van hierdie vrou wat nie keurig versorg is nie.

Die sportmotor behoort ongetwyfeld aan haar. Sy aanvaar die aanbod van nog 'n drankie. En nog een. Sy vat haar drank verbasend goed. (Duidelik beter as haar man.) Niek is versigtig hoeveel hy drink.

Sy kan haarself nie vergewe nie. Sy moes geweet het. Karlien is hulle enigste kind. Haar man was mal oor haar toe sy klein was, maar kommunikasie is nie sy sterk punt nie. Sedert haar adolessensie het hy en die kind nie eintlik meer gepraat nie. Hulle het geleidelik uitmekaar gedryf. Sy blameer haar man daarvoor. Hy was nie daar vir Karlien toe sy hom nodig gehad het nie. As hy 'n sterker vaderfiguur was, het sy miskien nooit die spoor byster geraak en oorboord gegaan met die hele satanisme-ding nie. Hierdie hele verskriklike gebeurtenis het hulle huwelik ook nie goed gedoen nie. Nie dat dit in elk geval so besonder goed gegaan het nie (met 'n effens wrang glimlag). Sy weet nie hoekom sy Niek al die goed vertel nie. Hy's 'n vreemdeling. En tog eintlik iemand wat hierdie tragedie (tragedie? sou hy dit so noem?) met hulle deel, omdat hy Karlien se dosent was. (Sy't besondere oë, aanvallig geraam deur die digte wimpers.)

Sy móés net 'n tydjie by die huis wegkom. Sy kan die kind nie langer so uitgewas en lusteloos sien rondlê nie. Fisiek het Karlien goed genoeg herstel, maar emosioneel is sy – wil sy byna sê – geknak. (Die kind wil natuurlik liewer saam met haar vriende in die satanistiese den tussen die swart kerse rondlê as in daardie skulppienk kamer tussen die teddiebere en ander sagte speelgoed, dink hy.)

Daar is iets broos, iets kinderlik vertrouends aan die vrou, maar steeds, en hy dink nie hy verbeel hom nie, 'n sterk seksuele uitstraling. Hy moet kophou. Anders gaan hy homself nie kan keer nie.

258

Teen twaalfuur rus sy haar betraande gesig teen sy skouer. Sy gesig begrawe hy in haar geurige nek, sy gedagtes in onstuimige beroering. Teen kwart oor twaalf gaan hulle boontoe na haar kamer. Sy't definitief die bridal suite. Marginaal aantrekliker as sy kamer. Daar is teruggehou met die dansende visse en die geblomde duvet en die donker, bedrukkende hangkaste, maar voluit gegaan met satyn − satyngordyne, satynstrooikussinkies, satynbedsprei − en met 'n verskeidenheid groot, goedkoop Mr Price-tipe vase met gekleurde vere en gedroogde pluime daarin. Ten minste is daar 'n groot venster wat uitkyk op die see, met die gerusstellende geluid van branders wat breek.

Haar liggaam is jeugdig. Sy is bruingebrand, die lyn van haar baaikostuum steeds sigbaar, hoewel dit reeds winter is. Haar borste is pragtig − lekker stewig en volrond. Sy gee haarself met brandende oorgawe. Dit is die eerste vrou by wie hy weer slaap sedert Isabel. Sy eie geesdriftige respons verwar hom.

Wat fokken nou, dink hy toe hy vroegoggend na sy eie kamer teruggaan.

*

Vroegdag is hy wakker en hy tob. Hy't nie gereken op 'n kortstondige fling met die moeder van sy gewese student in die plaaslike hotel in Oesterklip nie. In plaas daarvan om sy lewe te vereenvoudig, het hy dit nou gekompliseer.

Wat gaan hy vir haar sê? Wat gaan hy doen as die eggenoot daarvan te hore kom en iemand huur om hom op te donder? (Hy lyk nie soos die soort wat dit self sal doen nie.) Voor sy geestesoog sien hy Karlien se bleek, aantygende blik dobberend na hom aangesweef kom.

Maar skaars het hy 'n vinnige ontbyt geëet, of Mignon kom die eetkamer binne. Sy is hoogs ontstel. Haar kar is gevandaliseer. Sy't haar man onmiddellik moes laat kom om te kyk wat hy kan uitrig.

Hy moet in elk geval op pad wees . . . sê Niek.

Ja, dis beter so, sê sy, en omhels hom vlugtig.

Die motor – inderdaad die duur sportmotor – se bande is flenters gesny en op die enjinkap en deure is met spray paint geverf: *wit poes.*

(Die letters is nogal behendig uitgevoer, met 'n sekere kordate swier.)

*

Hy sien haar nie weer voor hy vertrek nie. Teen een van die buitemure van die hotel staan die kêrel met die letsel en die sak krewe en grinnik in die oggendson. Fytjie. Klein noodlotjie. 'n Entjie daarvandaan, op 'n lae muurtjie, sit Penelope die slangvanger en signwriter. Voor Niek inklim, maak hy seker dat daar nie dalk 'n slang by sy motor ingeglip het nie. Toe hy vertrek, wuif albei hom uitbundig vaarwel toe.

*

Dis skielik ysig koud. Dis die begin van Julie. Daar is lae mis oor die toppe van die berge. Sneeu word voorspel. Ek glip uit om koffie in die dorp te gaan drink. Ek begin al amper weer die vrede vertrou. Dis nou al 'n ruk gelede dat die agtervolger my in die coffee shop waar Buks Verhoef doodgeskiet is, voorgelê het. Daardie plek het ek in elk geval steeds die afgelope tyd vermy. Toe ek om die hoek kom, op pad na 'n klein, onopvallende koffiekroeg in 'n steeg agter Kerkstraat, kry iemand my aan die arm beet. Dis die holwang-agtervolger. Voor ek my kan teësit, stuur hy my behendig by die coffee shop in waarheen ek op pad was. (Hoe het hy geweet om my hier aan te tref?)

"Sit," sê hy. "Ek wil met jou praat. Moet om gotsnaam nie skree nie. Ek sal niks aan jou doen nie. Teen dié tyd behoort jy dit te weet."

Ons gaan sit. Daar is nie hierdie tyd van die dag baie klante hier nie. 'n Man sit in die hoek sy koerant en lees. 'n Ander man werk op sy rekenaar in die teenoorgestelde hoek.

"Waarom los jy my nie?" sê ek.

"Waarom sou ek?" vra hy.

"Omdat dit jou niks gaan baat om my aan te hou agtervolg nie. Jy glo hardnekkig ek weet iets wat ek nie weet nie."

"En dit is?"

"Ek hoef dit nie uit te spel nie. Dit het betrekking op Buks Verhoef."

Hy lag kortaf. Hy lyk moeg.

"Jy interesseer my," sê hy. "Ek dink nog steeds jy moet my aanbod aanvaar en saam met my 'n reis na die binneland onderneem."

"Het jy nie 'n neef om te besoek in die psigiatriese inrigting nie, en 'n besoek aan 'n familieplaas in Mpumalanga wat op jou wag nie? Is dit waarheen jy van plan is om my saam te neem?"

"Dit kan wag," sê hy. "My neef gaan nie binnekort tot sy sinne kom nie. Ek vrees trouens hy gaan dit nooit weer doen nie. Nee," sê hy, "as jy saam met my kom, is ek nie van plan om my versteurde neef te besoek nie."

"Jy begryp nie," sê ek nadruklik, "ek gaan nie saam met jou

261

op reis nie. Ek was toevallig die dag daar toe Buks Verhoef geskiet is. Meer as dit weet ek nie. Ek het hom nie geken nie. Ek weet niks omtrent die motief agter die moord op hom nie. Ek begin vermoed jý het iets met die moord op hom te doen. Die manier waarop jy mý van een of ander betrokkenheid verdink."

Hy lag weer. Nie 'n opgeruimde laggie nie.

"Jy begryp nie," sê hy. "Ek wil terugkom. Ek is moeg van rondswerf in die buiteland. Ek het dit lank genoeg gedoen. Ek het my opsies hier kom bekyk. 'n Soort reconnaissance tog, kan jy maar sê. Miskien 'n paar mense met wie ek wil af-reken, maar dis nie 'n prioriteit nie. Ou vriende wat ek wil op-soek. Nie almal gaan waarskynlik ewe bly wees om my te sien nie. Wat jou aantyging betref: Nee, ek het niks met die moord op Buks Verhoef te doen nie. Misdaad interesseer my net in-direk. Jy kan maar sê ek het 'n hoogs persoonlike belangstel-ling daarin. Jy kan maar sê ek het my eie selfsugtige gebruike vir misdaad. Vir die res vind ek dit banaal. Buks Verhoef se dood is banaal. Hy was 'n banale kunstenaar en sy dood was banaal. Soos ek al vantevore aangedui het, is sy dood miskien nie eens heeltemal ongeregverdig nie. Die meeste kunstenaars verdien dit nouliks om te lewe deesdae. Daar is slegs enkele uitsonderings — Blinky Booysen was so 'n uitsondering, en hy is dood. Pragtige ironie. Wat van hom geword het, weet nugter alleen. Ek en Blinky was, terloops, nooit vriende nie, al het ek die grootste respek vir sy werk gehad. Ek het dit stééds. Ek kan my nie oor Verhoef se dood opwerk nie. Kom saam met my, ons laat dit alles agter ons. Ons maak 'n reis saam. Ek herhaal — jy sal nie spyt wees nie."

Die man lyk moeg. Hy is ongeskeer. Donker kringe onder

sy oë. Sy irisse is plat, 'n plat troebelgrys skyf. Sy benerige neus en hol wange is nog meer prominent as vantevore. Met stoppelbaard en kortgeskeerde hoof lyk hy nog meer soos 'n bandiet vanoggend. Ek swyg. Laat hom sy sê sê.

"Ek weet genoeg van misdaad," sê hy, "om te kan raai wat met Verhoef gebeur het. Hy was betrokke by onwettige kuns-handel. Maar hy't iewers 'n fout begaan – die arme kêrel was nie uitgeslape genoeg vir die spul met wie hy deurmekaar was nie – en toe is iemand gehuur om hom uit die weg te ruim. So eenvoudig soos dit. Alles baie voorspelbaar. Alles baie banaal. Maar wat daarvan, wat kan dit mý skeel?"

"Die verdagte is ingeneem vir sielkundige waarneming," sê ek. "Wie gaan 'n sielkundig versteurde persoon huur om 'n moord te pleeg?"

"Perfek," sê die man, "die perfekte persoon om vir so iets te gebruik! Iemand wat nie lekker kan onderskei tussen stemme van buite en stemme van binne nie."

"Dit klink soos jou Moorreesburgse neef," sê ek.

"Vir seker," sê die man, en lag. (Ek het lanklaas iemand so vreugdeloos sien lag. As ek dalk nog in 'n waansinnige oom-blik, my oordeel swaar aangetas, sou oorweeg het om saam met hom op reis te gaan, sou net hierdie laggie genoeg wees om my van besluit te laat verander.)

"Jy't nog laas gewonder of die verdagte nie dalk heeltemal normaal is nie – soos ek en jy" (hier gee ek hom 'n betekenisvol-le kyk) – "bloot met 'n begeerte om die wêreld van middelmati-ge kunstenaars te bevry. Van die tirannie van middelmatigheid, herinner ek my was jou woorde."

Weer lag hy sy onaangename laggie. "Jy't 'n goeie geheue," sê hy. "Nee, wat," sê hy, "ek twyfel nie daaraan dat die kêrel op een of ander manier versteur is nie. Waarskynlik swáár versteur is nie."

"Nou het jy boonop skielik jou storie heeltemal verander," sê ek. "Nou skeel Verhoef se dood jou skielik geen snars meer nie, terwyl jy vantevore by my alles wou weet omtrent die dag en omstandighede van sy dood. Een van die redes, dink ek, hoekom jy my nie wil los nie."

"En die ander rede?" vra hy.

Maar ek weet waarop hy afstuur en gaan hom nie die genoegdoening van 'n antwoord gee nie. "Kyk," sê ek. "Ek weet nie eens wat jou naam is nie. Jy weet nie wat myne is nie. Baie dankie, maar daar is geen manier waarop ek van jou aanbod gebruik gaan maak nie. Géén manier nie. Jy mors my tyd, jy mors jou eie tyd. Doen jouself 'n guns en bemoei jou nie verder met my nie."

"As jy saam met my gaan, sê ek jou my naam," sê hy toe ek opstaan, "dit mag jou dalk interesseer."

"Ek verkies dat ons anoniem bly," sê ek, draai om, en stap by die koffiekroeg uit. Maar nie sonder dat ek voel hoe die hare in my nek steeds orentstaan nie. Geen goeie gevoel nie en die dag is koud en mistroostig.

Voor ek huis toe gaan, doen ek navraag by die gastehuis waar die vrou met wie ek die verrassende encounter gehad het, tuisgegaan het. Ek moet hoor dat sy reeds die vorige dag vertrek het, landuit.

*

Net voor Niek uit Oesterklip wegry, kry hy 'n sms van Marthinus wat sê: *Koop vandag se koerant, kyk na die interessante berig oor die Verhoef-verdagte.*

Niek hou by die enigste kafee in die dorp stil. Geen koerant nie. As hy 'n koerant wil hê, raai die man agter die toonbank hom aan, moet hy Veldenburg toe gaan. So vyftien kilometer van hier. In die kafee is daar nie veel om uit te kies nie, behalwe nartjies, clingwrapped piesangs (oorryp), blikkieskos en firelighters. Twee hekke met sensors om voornemende diewe te betrap. Op 'n draadrakkie, buiten die *Oesterklip Express*, drie boeke. Twee van hulle is Mills & Boon-tipe romans, die derde is *Invisible Cities* van Italo Calvino. Van alle dinge. Die plek is gewis nie sonder sy verrassings nie, dink Niek.

Hy koop die boek vir Marthinus, sonder dat hy presies weet waaroor dit gaan. Dit lyk vir hom na iets wat Marthinus sal interesseer. Miskien tog iets waaroor hy met Anselmo Balla, wat so geïnteresseerd is in Sint Augustinus se *Stad van God*, sal kan praat.

*

Veldenburg-omgewing is waar Charelle vandaan kom. As hy haar ouers se adres gehad het, kon hy sien waar sy grootgeword het. Sy het hom vertel dat sy op skool al in die begraafplaas foto's geneem het van al die verskillende letters van die alfabet. Sy het hom in haar portfolio die grafte gewys wat sy gefotografeer het wat met die letter K begin. In een van die dorp se slaghuise het sy die foto's van haarself geneem, kaal, gedrapeer in meters boerewors. En nou wil sy 'n diploma in verpleging doen. Miskien moet hy en Marthinus tog weer na Tarquin-hulle gaan om uit te vind of hulle weet wie vir die wandaad verantwoordelik was. Dit is onvergeeflik, dit is skandalig dat die mense ongestraf bly na wat hulle haar aangedoen het. Wanneer Niek aan haar dink, voel hy dit steeds in die omstreke van sy hart, voel dit steeds asof sy hart tussen twee swaar voorwerpe saamgepers word.

Hy koop die koerant, drink iets in 'n coffee shop. Op bladsy drie is daar 'n berig dat die verdagte in die Buks Verhoef-moordsaak, wat onlangs in 'n inrigting opgeneem is vir sielkundige waarneming, beweer dat hy in opdrag van stemme gehandel het. Soms kry hy opdrag om iemand dood te maak, beweer hy, en soms hoor hy stemme wat hom waarsku om nie te gaan slaap nie, omdat hy nooit weer wakker sal word nie. Uit die berig is dit nie duidelik of die man deur die stemme aangesê is om Buks Verhoef, spesifiek, dood te skiet, en of Buks heel toevallig die slagoffer van sy waanbeelde was nie. Wat wel vir Niek duidelik is, is dat alles daarop dui dat Viktor Schoeman ten minste nie by die moord op Verhoef betrokke is nie. Wat nie beteken dat Niek hom nie steeds van ander slinkshede verdink nie.

Niek dink hy kan seker dankbaar wees dat die man hóm nie die dag in opdrag van stemme sommer daar en dan in die coffee shop of daarna in die kroeg geskiet het nie. Hy't gedínk die kêrel, die Chris Kestell-dubbelganger, lyk die dag goed verwilderd, met sy swewende oë. Hy moet sy seëninge tel, en minder vertroebel in die wêreld staan.

*

Van Veldenburg ry Niek na Frederiksbaai. Terug Oesterklip toe wil hy nie gaan nie, en terug huis toe sou te veel voel na 'n gebrek aan deursettingsvermoë.

Die hotel in Frederiksbaai lyk aansienlik aanneemliker as die een in Oesterklip. Hy sit die middag op die hotelstoep na die see en kyk toe iemand agter hom sy naam sê.

"Niek."

Hy kyk om. 'n Mooi, middeljarige vrou staan agter hom met 'n drankie in haar hand. Dit neem hom 'n paar oomblikke om haar te eien: Marlena Mendelsohn.

Sy't haar ranke hoekigheid verloor, en haar stralende blondheid, maar sy't goed behoue gebly. Haar gesig en lyf is heelwat voller, sy's tot op 'n haar gegroom en gegrimeer, sy's deftig geklee. Heeltemal nie soos hy haar onthou in haar dun rokkies en gaterige truie nie, haar kaal knieë soms blou van die koue.

(Hy kon sterf oor die skoonheid van haar smal voete en haar benerige seunsknieë.)

Wat maak sý hier?!

Sy's in Suid-Afrika op besoek. Sy woon al jare lank in Engeland. Sy behartig al lank 'n kunsgalery daar. Haar man is onlangs oorlede. (Ryk geërf, dink hy, dit verklaar die goue juwele. Die gemanikuurde voorkoms. Het sy ooit vroeër juwele gedra?)

En hy?

Hy woon weer in die Kaap. Gee deeltyds klas by 'n kunsskool.

Skilder hy nog?

(Skilder hy nog – watse vraag is dit?! Sý was die een wat ure lank by hom gesit het in sy ateljee, hom aangemoedig het; om watter rede ook al 'n intense belangstelling in sy werk getoon het.)

Nee, hy skilder nie meer nie. Hy teken nou en werk hoofsaaklik driedimensioneel.

Haar naels is geverf. Sy dra stewels en jeans. (Duur; ontwerpersklere.)

Is sy saam met Viktor hier?

Viktor? Nee, hoekom sou sy wees?

Sy's saam met hom hier weg.

Viktor was net 'n manier om uit die land te kom, sê sy. Hulle het al jare gelede kontak verloor.

En Blinky? vra hy, met trepidasie.

Sy haal haar skouers op. Dood, sover sy gehoor het.

Weet sy waar hy dood is?

Nee. Sover sy weet, is hy in Kaapstad dood. Sy's nie seker presies wanneer nie. Sy was toe reeds weg uit die land.

"Julle was baie goeie vriende," sê hy. (Beskuldigend?)

Sy kyk nadenkend oor sy skouer na die see agter hom. "Ja," sê sy, "ons was. Hy het wonderlike werk gemaak."

Niek het nie lus om verder met haar oor Blinky te praat nie.

Dit is die vrou wat hom dertig jaar gelede uit sy verstand bekoor het. Soveel van wat hy van kuns weet, het hy by haar geleer (nie op kunsskool nie). Sy het agter hom gestaan (letterlik) en hom aangemoedig. Sy het agter hom op 'n plastiekstoel in sy ateljee gesit en met hom gepraat terwyl hy skilder. Sy het hom vertel van die dood van Rothko, wat deur sy assistent in 'n plas bloed aangetref is, nadat Rothko homself met 'n skeermes gesny en 'n oordosis antidepressante geneem het. Van Guston se pa wat toe Guston twaalf jaar oud was selfmoord gepleeg het, van Kitaj se besoeke aan die hoere in Havana, van Jasper Johns se obsessie met vlae. Van Seurat, op een-en-dertig dood aan witseerkeel. Van Goya, van Dostojefski, van Roy Lichtenstein. Sy het die waarde en eienskappe van kleure vir hom uitgelê: swart met sy mistieke konnotasies, wit met sy konnotasies van suiwerheid; grys, perseptueel inert (soos hy Oesterklip se strand tydens sy eerste besoek ervaar het). Rooi, geel. Groen.

Sy het hom na Alban Berg laat luister, totdat hy 'n weerstand in homself oorkom het – totdat iets in hom meegegee het – en hy 'n smaak daarvoor ontwikkel het, asook vir Schoenberg, Terry Riley, Luciano Berio. (Cathy Berberian wat Berio sing.) Sy het hom boeke laat lees. Sy het die modernistiese projek aan hom uitgelê. Sy het die minimalistiese backlash van Gerhard Richter vir hom verduidelik. Sy het hom laat kyk na Baselitz, Sigmar Polke, Anselm Kiefer. Dit was net voor Jeff Koons op die toneel verskyn het, afgeneem op 'n rots, naak, met Cicciolina onder hom in kouse en suspender belt. Dit was voor die verskyning van Ilona se skoongeskeerde poephol (vir Niek onverklaarbaar ongekontamineer – sonder enige bagasie, tydens sy en Isabel se ongelukkige besoek aan New York). Marlena was een van die drie belangrikste vroue in sy lewe (in teenstelling tot die magdom one-night stands en kortstondige encounters): sy, daarna die vrou met wie hy getroud was, en toe Isabel (haar hare so wit soos vlas).

Luister sy nog na Alban Berg? vra hy.

Ja, sê sy. Soms. Maar eintlik is dit al lank dat sy selde na musiek luister.

Dit was goed om hom weer te sien, sê sy toe hulle groet.

*

Hy het by die moeder van sy gewese student geslaap. Hy het die vrou met wie hy dertig jaar vantevore geobsedeer was (hy het altyd gedink hy het niemand daarvóór of sindsdien so begeer nie) teëgekom. Nou moet hy nog net besluit of hy sy huis wil verkoop, dan het hy alles gesien.

*

269

Jeff Koons is 'n tydgenoot van hom, drie jaar jonger as Niek. Toe hy op kunsskool was, was Koons dus nog nie bekend nie. Koons het nog nie die fotoreeks *Made in Heaven* gemaak gehad nie, waarin hy en Ilona Staller in allerlei eksplisiete seksuele posisies gefotografeer is, onder meer uitbundig in die daad van cunnilingus op 'n rots. Toe Niek op kunsskool was in die tagtigerjare, toe Marlena hom onder hande geneem het en aan 'n magdom dinge bekendgestel het, was Ilona se skoongeskeerde genitalieë en anus nog nie vir algemene konsumpsie beskikbaar nie.

*

Wanneer Niek die aand op sy linkersy lê, klop sy hart so vinnig dat hy bang is hy gaan 'n hartaanval kry.

Die volgende oggend is daar in die eetkamer 'n man met 'n spits gesig, twee half-Oosterse vroue, en 'n klein seuntjie met 'n digte mop swart hare. Twee mail-order brides, dink Niek. Die een bruid is 'n raps aanvalliger as die ander. Watter een van die twee sou die moeder van die kind wees? Niek, die man, die kind en die bruide, en 'n groot man met 'n growwe, Frankensteinagtige gesig, is die enigste mense in die eetkamer, en waarskynlik in die hotel. Marlena het genadiglik reeds vertrek. Sy't die vorige dag gesê sy is van plan om laatmiddag te ry. Hy moet die skok van hulle weersien nog verwerk.

Wanneer hy laatoggend op die strand stap, kom geen verhelderende gedagte of verblindende insig by hom op nie. Wanneer hy aan die moontlikheid van die huisverkoop dink, kom daar 'n newel oor sy brein. Gedagtes wat hulle wel aan hom opdring, is die geur van die vrou se nek en haar bekoorlike liggaam, so gereed om hom te ontvang. Sy seksuele be-

270

langstelling is behoorlik geprikkel. Hy is steeds verras deur hulle albei se oorgawe. Met onbetaamlike lus het hulle die nag op die dubbelbed van satyn en linte soos op 'n skip die nag ingevaar. Hy moet half lag as hy dink aan daardie kamer – die bridal suite – met linte en pluime en strikke en bolle, wat hulle met soveel onheilige oorgawe benut het. Hy sou nooit kon raai dat so 'n – op die oog af – ryk, ordentlike trophy wife tot sulke vindingryke seksuele high jinx in staat is nie. Maar dis nie 'n ideale situasie nie. Sou die beskonke eggenoot daarvan te hore kom – en hulle was nie juis diskreet nie, en hy plant dalk spioene oral waar sy vrou sonder hom gaan – is hy nie die soort man wat dit gelate sal aanvaar dat sy vrou hom verneuk nie. En dit boonop met die man wat sy dogter aangemoedig het – of ten minste nie ontmoedig het nie – om 'n projek oor satanisme te doen, wat op die ou einde byna haar lewe gekos het. Of so sou hy dit kon rekonstrueer.

Marthinus stuur vir hom 'n sms: *Ek lees Esegiël. Powerful stuff.*

Esegiël, dink Niek. Die Here weet, verder as wat Esegiël op die oomblik uit sy gedagtes is, kan geen profeet wees nie. Maar miskien moet hy dit ook lees om hom te ríg in hierdie verwarrende tyd. Die maan, byna vol, skyn op die see die aand. Li Po het volgens oorlewering verdrink toe hy daarna gegryp het uit sy boot. Li Po, die digter wat dronkenskap besing het. Dronk, en dronk van die beeld van die maan op die water.

*

Die eerste week van Julie. Die nag voor volmaan verskyn die maan sesuur bo die een bergtop. Om tien oor scwc is dit reeds stralend in die oop hemelruim. Dis koud. Daar is 'n effense beweging in die lug, maar geen wind nie. Veraf die geblaf van honde, en kinderstemme.

Volmaan. Elfuur die aand. Ek gaan uit buitentoe. Alle vaste vorms is so goed as opgelos in lig. Selfs die berge. Veral die berge. Alles lig, geen skaduwees nie, geen detail nie. Die lig is koel. Die wêreld is gebaai in die koelte van die maan se lig. Jy kan sê wat jy wil, maar die lig van die maan is koel. Dis soos geen ander lig nie. Dis soos lig uit 'n ander tyd – 'n tyd voor die aanvang van tyd.

# Twee-en-dertig

'n Dag of twee later het Niek genoeg gehad van die hotel, van die strand, van die maan op die water, van die man met die twee mail-order-bruide, van die Frankenstein-figuur, broeiend, in 'n hoek van die eetkamer. Almal van hulle steeds die enigste gaste in die hotel. Buiteseisoen. Hy klim in sy motor en ry terug stad toe.

Jan Botha het sy hare afgeskeer. Niek is verbyster. Hoe kon hy dit doen?! Daardie geurige haredos!

"Ek sien jy het jou hare gesny," sê hy versigtig vir Jan.

"Ja," sê Jan Botha.

"Enige spesifieke rede?" vra Niek.

"Boetedoening," sê Jan Botha. Skynbaar al wat hy bereid is om te sê. Niek merk dat hy ook nie meer ooggrimering dra nie.

Hier was iemand om Niek te sien, sê Jan. Sy boodskap aan Niek was: Vincenzo Anastagi het hom kom besoek. Hy is op pad iewers heen – Jan dink hy't gesê Malmesbury, of Moorreesburg – maar sodra hy terug in die Kaap is, kom hy vir seker weer hierlangs.

"Ag, God," sê Niek.

*

Niek is bly om Marthinus weer te sien. Viktor Schoeman het hom besoek terwyl hy weg was, sê hy. Die persoon het na homself as Vincenzo Anastagi verwys. Dit kan net Viktor wees – tipies iets vir hom. Hy't mos vroeër vanjaar die poskaart met die afbeelding van Vincenzo Anastagi gestuur. Hy't vir Jan Botha gesê hy kom weer hier langs op pad terug van Moorreesburg. Vir wat wil Viktor hom sien, vra Niek, hulle het al jare lank niks meer vir mekaar te sê nie. En hy wonder steeds of Viktor nie tog 'n aandeel in die huiskopery het nie. Marthinus sê hy is nog altyd heeltemal nie so seker daarvan nie. Van die ander dinge, ja – die roofbendes en die ontsnapte gevangenes en die bandieterige man in Niek se kombuis, ja, daar dink hy nog steeds kon Viktor moontlik 'n hand in hê. Maar gewone alledaagse kriminaliteit, hy dink nie dit sal Viktor interesseer nie. Dis te voorspelbaar, te gewoon. Kyk maar na *Vlakwater*, Viktor hou van ongewone invalshoeke, hy hou daarvan om te kompliseer, hy hou van onverwagse wendinge, hy hou van dubbelsinnigheid, hy hou daarvan om te skok en te intrigeer. Hoewel hy hom miskien, sê Marthinus, in die afleidings wat hy gemaak het, te veel deur *Vlakwater* laat lei het. Dis miskien fout nommer een wat hy gemaak het.

"Maar waarom is hy nou skielik in die land?" vra Niek.

"Daar kan 'n duisend-en-een redes wees," sê Marthinus.

"Soos wat? Wat bring hom nóú ineens hierheen?"

"Vir al wat jy weet, was hy dalk al 'n hele paar keer vantevore hier op besoek. Hy't dalk sakebelange hier. 'n Familielid is dalk dood. Hy't dalk geld geërf. Hy't dalk navorsing vir 'n nuwe boek kom doen. Hoe lank gelede het *Vlakwater* verskyn? Na my wete is daar sedertdien nog nooit weer iets gepubliseer nie. Tensy hy dit onder 'n skuilnaam in die buiteland gedoen het."

"Hy't nie familie sover ek weet nie," sê Niek. "Ek dink nie iemand sal hom ooit as erfgenaam oorweeg nie, hy was te veel van 'n algemene pyn in die gat. Hy't met almal uitgebak geraak. As hy nie by hulle geld geleen het sonder om dit terug te betaal nie, het hy hulle op een of ander manier beledig of in die rug gesteek. Hoewel hy nie so erg soos Chris Kestell was nie. Daar was nie 'n mens wat nie deur Chris verkeerd opgevryf is nie. Hy was die mees konfronterende mens wat ek in my lewe teëgekom het. Konfronterend en destruktief. Selfdestruktief."

"Miskien het Chris nooit selfmoord gepleeg nie," sê Marthinus. "Miskien het hy net die gerug laat versprei. Miskien is hy iewers heen, iewers met die kus van Afrika op, hy én Viktor, om iewers met olifanttande te smous, of 'n selfoon-empire op die been te bring, of om met vervalste grafgoedere te smokkel. Of om die pigmeë in die Kongo op een of ander manier te gaan indoen en korrupteer. O Here."

"Nee," sê Niek. "Chris is vir seker dood. 'n Vriend van my was by toe hulle die dag sy liggaam uit die dam opgehys het. Klip vasgebind aan die enkel. Sy pakkie sigarette nog op die damwal. Hy't 'n afsku gehad van water, en dan gaan staan en verdrink hy homself. 'n Finale daad van self-spite. Chris Swam. Sy gelyke het ek nooit weer teëgekom nie."

"Dit kom daarvan," sê Marthinus, "as jou grootoupa 'n predikant was, en jou oupa 'n lid van die Sinode, wat 'n reg-verdiging vir rasse-segregasie geskryf het. Die sondes van die vaders word besoek aan die kinders tot in die derde en die vierde geslag."

*

275

Aanvanklik aarsel Niek om vir Marthinus te vertel, maar 'n dag of twee nadat hy in die Kaap aangekom het, toe hulle oordag 'n bier op Marthinus se stoep drink, die berg skuins agter hulle, duidelik in alle detail afgeteken, kan hy dit nie meer vir homself hou nie en sê hy: "Ek het in Oesterklip by die moeder van my gewese student geslaap."

"O Here," sê Marthinus, "hoe het dit gebeur?"

"Ek weet nie," sê Niek, "dit het net gebeur."

"Wat nou – gaan jy dit opvolg?"

"Nee," sê Niek. "Nie omdat ek nie wil nie, maar omdat dit 'n baie slegte idee sal wees. In die eerste plek is sy getroud. Ek is versigtig vir die man. Hy is die meedoënlose soort. Ek het hom so deurgekyk. Die soort wat nie sal aarsel om wraak te neem nie. Hy sal nie skroom om iemand te huur om my knieë te laat stukkend skiet, of erger, nie. In die tweede plek is sy die moeder van 'n student van my, en voel ek steeds 'n bietjie aardig oor my aandeel in die hele belaglike satanisme-petalje. Ek voel so half ek moes die kind beter leiding gegee het."

"Niek," sê Marthinus, "wat is dít nou?!"

"Bowendien," sê Niek, "het ons iewers met ons geil gesport die gedagte aan die kind probeer verdryf en dit gaan nie werk nie. Dit gaan ons inhaal en dan gaan die dak vroeër of later op ons koppe instort. As die eggenoot nie dan alreeds wraak geneem het nie. Nee, hoe opwindend ons plesiere ook al was, en ek verseker jou, dit was, ek durf dit nie opvolg nie. Vir my eie onthalwe én vir die vrou s'n."

"Ek sien wat jy bedoel," sê Marthinus. "Die wyse man weet wanneer om homself in te hou. Het jy toe helderheid gekry oor die verkoop van jou huis?"

"Nee," sê Niek.

"Wat gaan jy doen?" vra Marthinus.

"Voorlopig niks," sê Niek. "Veral noudat ek die boodskap van Viktor gekry het. Ek moet eers weet hy het niks met die saak uit te waai nie."

"Hoe gaan jy dit uitvind?"

"Ek weet nie. Ek weet waaragtig nie. Meer as ooit vantevore wil ek nou weghol. Kus-op was nie ver genoeg nie. Weg, soos in na 'n plek waar daar geen kans is dat ek iemand uit my verlede óf my hede teëkom nie."

"Ek sien wat jy bedoel," sê Marthinus. Maar Niek kry die indruk dat Marthinus nie regtig sê wat hy dink nie.

Hulle kyk die aand na *A Serious Man* van die Coen-broers. Die film resoneer sterk met Niek. Veral die vreemde, raaiselagtige begin. Die vloek van die dybbuk. Hy dink hy het Menasse se stories miskien te veel ter harte geneem. Maar as daar so iets is soos die emanations waarvan Menasse gepraat het, dan wonder Niek of dit wys was van Jan Botha om sy hare te sny. Sy krag – en sy beskerming – lê dalk ook soos by Simson in sy hare. Maar miskien, sê hy vir Marthinus, toe hulle na die tyd die film bespreek, is hy besig om dinge met mekaar te verwar: die dybbuk en die Kabbala en die Bybel, Simson en Job, en wat nog alles. En as hy eers begin om dinge in terme van emanations en so te sien, is dit laat in die dag vir hom. Hy kan nie sien, sê Marthinus, hoe die een die ander weerspreek nie. Hou al hierdie dinge nie met mekaar verband nie? En hy kan sien waarom Niek besorg is daaroor dat sy student Jan Botha sy hare gesny het. Dit maak vir hom sin. Hy sou ook besorg wees. Marthinus is veral geïntrigeer toe Niek hom vertel dat Jan Botha gesê het dat hy dit gedoen het as 'n daad van boetedoening. En dat hy nie meer as dit wou sê nie.

"Boetedoening, sê jy," sê Marthinus. "Sowaar, nè?!"

*

Ek en my liewe vriend Willem Wepener ontmoet weer een aand vir 'n drankie. Ons ontmoet weer in dieselfde gastehuis – privaat en gesellig, presies soos Willem dit verkies.

Ek kom agter dat ek die hele tyd uitkyk vir die vrou, hoewel ek voor my siel weet dat sy reeds die week vantevore landuit is. Vanaand is ek afgelei. Willem vertel my van Parys, waar hy sy kunstenaarsverblyf gedoen het. Hy vertel hoe hy op die spore van Arikha gegaan het. Hoe hy Beckett se graf besoek het. Hoe aangrypend hy die vriendskap tussen Arikha en Beckett vind. Hoe vorder sy eie werk? vra ek. Hy sukkel, maar hy vind dit 'n uitdaging. Hy dink hy is besig om 'n deurbraak te maak, hoewel hy versigtig is om so iets te sê. Ek vertel hom van die vrou. Hy is geïntrigeer. Hier, in die gastehuis, toe hy weg is?! Ja, sê ek. Sy het heeltyd by 'n tafeltjie agter ons gesit (ek beduie waar), maar ek het nie eintlik aandag gegee nie, ek en hy was te diep in gesprek. Pas toe hy weg is, het ek eintlik op haar gefokus, ook omdat ek toe besef het sy het my heelaand dopgehou. Willem lag. Hy vind dit 'n mooi verhaal. Ek vertel hom van my ontmoetings met die holwang-rusverstoorder. Nouliks ontmoetings, sê ek, eintlik meer bekruipings, sodat ek geruime tyd al bang is om dorp toe te gaan, ingeval hy my iewers voorlê. Die man wil saam met jou op reis gaan, sê Willem, sonder dat julle eers mekaar se name ken? Ek vertel vir Willem van my drie verbroude ontmoetings met Markus Olivier. Ek vertel hoe hy my nog nie een keer aangekyk het nie, of enige blyke van herkenning gegee het nie, hoewel ons mekaar reeds lank vantevore onder baie besondere omstandighede ontmoet het. (Ek wei nie uit oor hierdie omstandighede nie.) Dit bly vir my 'n misterie, sê ek, dat so 'n benepe, iesegrimmige man die vader is van sulke grootgeestige kunstenaars. Willem is dit met my eens, die Olivier-broers is uitsonderlik.

Die res van die aand praat ons weer oor Arikha (Willem is duidelik 'n bietjie geobsedeer met hom). Ons praat oor Willem se werk, oor sy verhouding, oor die monografie waaraan ek skryf.

*

Twee dae later lees ek in die koerant dat Markus Olivier, historikus, hoogleraar emeritus, onverwags aan 'n hartaanval oorlede is.

Ek is onkant gevang. Ek het tog gehoop om nog 'n keer of wat met hom te praat. Onafgehandelde sake. Wat wou ek van hom hê? Wou ek hê hy moet my teenwoordigheid erken, my in die oë kyk en sê: Ek weet wie jy is. Ek onthou elke oomblik van daardie aand asof dit gíster gebeur het. Ek moet lag oor die onwaarskynlikheid hiervan. Ek het elkeen van my drie onlangse ontmoetings met hom verbrou. Miskien moes ek 'n duideliker agenda gehad het. So 'n bot man, so ontegemoetkomend. Bes moontlik 'n vrouehater op die koop toe. Miskien was dit genoeg dat ek na hom kon kyk en my aan die feit verwonder dat so 'n man twee sulke seuns kon verwek – sulke vernuwende, verbeeldingryke kunstenaars, wie se werk my al soveel plesier verskaf het. Miskien is dit voldoende dat ek die ironie daarvan kon proe.

Hy word privaat veras, maar 'n klein gedenkdiens sal vir hom gehou word in die aftreeoord waar hy woonagtig was. Jammer dat daar nie vir hom 'n behoorlike begrafnis gehou word nie. Ek sou graag saam met die ander roubeklaers langs sy oop graf wou staan.

Is ek veronderstel om met juffrou De Jongh te simpatiseer? Sy klink koel en saaklik oor die foon. Dit is heeltemal in orde, ek kan die gedenkdiens bywoon. Sal sy seuns ook daar wees? vra ek. Nee, hulle kan dit ongelukkig nie maak nie, hulle is op die oomblik besig met een of ander projek in Alaska. Hoe jammer, sê ek. Ja, sê sy. Het hy enige ander naasbestaandes? Nee, net die seuns. Hoe droewig, sê ek. Ja, sê sy. Wanneer het hy hulle laas gesien? Baie lanklaas, sê sy, etlike jare gelede.

Ek het nie lus om die gedenkdiens by te woon nie. Ek kan my dit net voorstel: 'n klein samekoms in die eetsaal van die aftreeoord. Meesal eks-kollegas van Markus Olivier. 'n Rangskikking van pienk swaardlelies, wit angeliere en grys lower in die een hoek. Tee, koffie en eetgoedjies – sout en soet. Een of twee van sy oudkollegas sê 'n paar woorde. Hulle noem hoe 'n uitmuntende historikus Olivier was, hoe deeglik, hoe waardevol sy bydrae. (Niemand verwys na hom as geliefd nie. Geen kritiek word uitgespreek teen sy manier van doen nie, teen sy onversetlikheid, sy halsstarrigheid, sy beperkte visie, sy inhaligheid nie.) Ek stel my 'n stemmige, ingetoë geleentheid voor. Geen traan word gestort nie, niemand trek hulle hare uit in 'n onbetaamlike vertoning van openbare verdriet nie. Alles gepas ordentlik. Tensy mejuffrou De Jongh besluit sy het genoeg gehad van huigeling, dubbelhartigheid en vals dekorum – sy maak daarvan 'n memorabele geleentheid. Sy rev die verrigtinge op met décolletage en 'n goed voorsiene dranktrollie. Sy sal sorg dat haar werknemer (-slash-weldoener?) se uitvaart met fanfare geskied. (Een van die eks-kollegas waag dit selfs later om agter die rangskikking 'n hand sagkens – waarderend – oor haar indrukwekkende buuste te laat gly.)

Ek sou haar 'n keer wou vra of Olivier vir haar 'n goeie werkgewer was. Ek kan sien hoe sy haar skouers ophaal. Hy was okay. Hy't goed betaal. Hy't soms met versoeke gekom wat buite haar kontrak geval het – en sy was hoeka nooit een vir naastediens nie. Maar sy het haar prys gehad, soos elke vrou in haar situasie dit sal hê. Oor die algemeen was hy 'n koue vis, stel ek my voor sou sy sê.

Ek dink aan die koi-vis in die dam waarna ons tydens my eerste besoek aan hom staan en kyk het. Die blou vlies oor die oë wat die vis laat lyk het of dit blind is. Helderrooi, met die twee uitsteeksels aan weerskant van sy bek. Hoe seksueel-obseen het ek die bek gevind, soos dit oop- en toemaak. Ek het die dag gewonder of dit dalk 'n verhul-de boodskap van die ou vader was, 'n erkenning van ons kortstondige worsteling byna dertig jaar vantevore, toe hy gedink het hy kan my wanskapenheid tot sy eie voordeel aanwend.

*

Wat sy verassing betref. Hoe moet ek my dít voorstel? Hoe mooi sou dit nie wees nie as ek, met donker sluier, die twee seuns (uit Alaska of New York of Amsterdam), en mejuffrou De Jongh die enigste roubeklaers teenwoordig was in 'n klein privaat verassingskapel. Op die kis, wat voor in die kapel staan, plaas die seuns 'n handgekerfde pop (miskien selfs die Punch-en-Judy-pop wat verskyn in die *Kafka in Langstraat*-video). 'n Pop wat die ou vader na die helle- of doderyk kan vergesel. Selfs 'n sinnelike vrouepop dalk, simbool van die getroue eggenoot in die Indiese kultuur, wat saam met haar man op die brandstapel verbrand word. Juffrou De Jongh plaas op die kis 'n kopie van haar werkskontrak. En een of ander memento wat sy goedvind om Oliver op sy laaste reis te vergesel. Sy bril dalk, of sy vulpen. Ek sal moet nadink oor my eie bydrae.

Die man van Hobkirks & Doves (oorgewig, in 'n blink grys pak) gee 'n teken, druk 'n knoppie, die kis beweeg stadig vorentoe, onder begeleiding van eenstemmige Gregoriaanse gesang gly dit op metaalrollers deur 'n opening, die gordyntjie gaan toe. Die kis gly die verassingskamer binne, die deure word verseël. Alles is nou gereed vir aksie. Die oond is gestook, dit is reeds op temperatuur (593 °C). Die kis ontvlam. Die ou vader brand. Sy liggaamsvet brand. Sy spiere brand. Sy organe brand (die vet hart, die uitgesakte testikels, die slap penis). Sy beendere brand. Sy beenderige voorhoof brand, sy tong, sy oogballe, sy brein, alles in 'n oogwenk deur die vlamme verteer.

Nee, nie in 'n oogwenk nie. Dit neem twee tot drie uur vir die liggaam om deur die vlamme verteer te word. Na afloop word die verkrummelde bene bymekaar gehark met 'n harkie spesiaal vir die doel ontwerp. Die urn is die volgende dag gereed vir die seuns om in ontvangs te neem. Intussen gaan eet ons na afloop van die seremonie in 'n restaurant met 'n verbluffende uitsig oor die see.

In plaas daarvan om die as iewers te strooi, besluit die

seuns om 'n koraal-feature daarvan te laat maak, wat hulle in 'n vistenk kan plaas, of in een van hulle video's in 'n ondersese toneel kan gebruik.

# Drie-en-dertig

MY MONOGRAFIE OOR die Olivier-broers nader voltooiing. Ek kyk nog elke dag met plesier na 'n paar van hulle video's. *Die kabinet van Jan de Grevenbroek*, soos *Kafka in Langstraat*, vind ek elke keer opnuut boeiend. Oor en oor kyk ek daarna, en elke keer val nog details wat ek vantevore nie raakgesien het nie, my op.

Ek kyk na die berge. Ek hou die sonsopkomste en -ondergange dop asof my lewe daarvan afhang. Ek kyk na reekse op my laptop. Goeie reekse, slegte reekse – fantasie, horror, crime, alles voor die voet. Kwaliteit is geen vereiste meer nie.

*

Niek sê vir Marthinus hy wil weer 'n besoek bring aan Tarquin-hulle. Hy wil gaan uitvind of hulle enige idee het wie verantwoordelik was vir die verkragting van Charelle. Hy voel die mense kan nie ongestraf gelaat word nie.

Marthinus is heeltemal te vinde hiervoor. Hy stel voor hulle bring onderweg ook sommer 'n meer uitgebreide besoek aan die plaas – noudat dit onder Jurgen Wesseker se leiding so 'n interessante utopiese eksperiment aan die word is. En omdat hulle vorige kere nie daarby uitgekom het nie.

Maar Niek sê nee, 'n ander keer. Hierdie keer wil hy weer

eens die twee besoeke apart hou. Hy wil hom nie eers laat aflei deur 'n uitgebreide besoek aan die utopiese eksperiment nie. Hy wil direk na die nedersetting, na Tarquin-hulle, gaan.

Marthinus sê hy begryp. Dis goed, hulle maak so. Hy't nie 'n selfoonnommer vir Tarquin nie, maar hy dink dis in orde as hulle onaangekondig daar aankom. As Tarquin nie daar is nie, sal iemand hulle wel kan vertel wanneer hulle hom weer te wagte is.

In die derde week van Julie, op 'n helder, sonnige oggend, stap hulle teen die helling op. Eers deur die proefplaas, waarop Marthinus kommentaar lewer soos hulle vorder. Hier is die gesing van kinderstemme weer op 'n afstand hoorbaar. Mense werk in die tuin. Die groentetuine lyk goed op dreef. Alles skep 'n vreedsame, ordelike indruk.

"Kyk," sê Marthinus, "soos ek jou al vantevore vertel het, die plaas was voorheen 'n soort plaas-cum-installation art-work. Mense wat toe nog gereeld hier uitgehang het, vriende van die stigter, het beweer dat dit in dié tyd ook dikwels iets van 'n interpersoonlike slagveld was, met verskeie clans en faksies in hewige onderlinge broedertwis gewikkel. Dit was die situasie toe die volksplanter hier nog in beheer van dinge was. Hoe suiwer ook al sy aanvanklike intensies met die plek, het dit met die jare ontaard in iets gevaarliks en plofbaars, benewens nou die prekêre higiëniese toestand. Daar was gerugte van kinderverwaarlosing, dieremishande-ling. Die hele yuppiebuurt was met reg verontwaardig, want die chaos het oorgespoel na die omgewing, soos te verwagte is. Kinders wat op sypaadjies defekeer, troppe rondloper-honde, loslopende varke – alles was 'n kastyding vir die eienaars van netjiese, voorstedelike tuine. Krete en fakkels snags, gerugte van opstand en selfs moord – in elk geval intensie tot moord – was 'n teistering vir die inwoners van die omliggende middelklasbuurte. 'n Klag is gelê by die Departement van Openbare Werke. Verskeie klagtes, wat met die tyd al dringender geword het. Die plaas sou 'n veiligheids- en gesondheidsrisiko inhou.

"Die stigter het, soos ek vertel het, vermoedelik gatvol begin raak vir die Departement en die yuppies wat so in sy nek blaas. Ook seker vir die voortslepende chaos en strydende partye op sy werf. Wat ook al die rede, op 'n dag het hy sy goed gevat en geloop. Van die een dag op die ander die hele spul net so aan iemand anders oorhandig. Ek het jou vertel. Maar skynbaar nie voordat hy die Departement sonder om doekies om te draai presies vertel het wat hy van hulle dink nie. 'n Uitgesproke man, volgens alle berigte. Uitgesproke en veglustig. Ek het hom 'n keer of twee terloops ontmoet, en hy het op my die indruk gemaak van die soort man wat soos Hannibal die Alpe met 'n hele leër en 'n trop olifante sou kon oorsteek. Onstuitbaar.

"Enter Jurgen Wesseker. Jy sal die man nog ontmoet. Ons maak 'n plan. Die kop van 'n hervormer. Hy het met 'n netjies uitgewerkte twaalfpuntplan by die stadsraad en die Departement van Openbare Werke aangekom. Hy het 'n goeie indruk gemaak. Hy het begin met 'n reuseopruimingsoperasie. Ek het jou daarvan vertel. Aan die vegtende partye en clans het hy 'n ultimatum gestel: Gedra julle, onderwerp julle aan sekere reëls, of vat julle goed en trek. Hy het skynbaar genoeg gesag kon inboesem dat die mense bereid was om te skik en hulle aan die reëls te onderwerp. 'n Hele aantal van die vorige inwoners is wel die trekpas gegee.

"Aan Jurgen Wesseker is gesê hy het 'n jaar om die situasie te laat werk. So nie, word die geboue platgeslaan, en de leste dier en mens van die erf verwyder.

"Dis nou byna 'n jaar later, en dinge lyk of dit goed gaan. Jy sien self. Alles pragtig ordelik. Die kinders goed versorg, daar word voorskools na hulle omgesien, die inwoners word ingespan om te werk in die tuine en in die kombuis, die tuine self 'n lushof. Pragtig uitgelê. Dit sien jy self." (Marthinus gaan staan stil en wys met 'n wye gebaar oor die hele omgewing – soos Adam 'n aanduiding sou gee van die paradyslike aard en omvang van die Tuin.)

"Die diere in hokke. Elkeen volgens sy aard. Vark by vark en haas by haas. Geen teken meer van die bendes rondloperhonde nie. Die geboue goed in stand gehou – mooi skoongemaak, opgeknap, geverf. Dit sal my niks verbaas as alles hier volgens 'n noukeurig uitgewerkte rooster geskied nie."

En inderdaad, so sien Niek, alles is skoon, ordelik. In elk geval hoegenaamd geen teken van enige gesondheidsrisiko nie. Trouens, daar is die aangename reuk van vars gespitte grond, van gras en blare, en die verlokkende geur van vars gebakte brood.

"Maar," sê Marthinus, "of dit so sal bly, of Jurgen Wesseker daarin gaan slaag om van die plek die modelgemeenskap te maak wat hy beoog – in die eerste plek of hy dit sal regkry en in die tweede plek of dit volhoubaar is – dit sal mens nog moet sien.

"Soos ek gesê het, daar is groot en chaotiese kragte aan die stu onder die oppervlak. Selfs al hou Jurgen daarmee rekening, beteken dit nie dat hy dit sal kan beheer nie. Die informele nedersetting is net langs die plaas, en daar stroom voortdurend mense in wat daar 'n veilige onderdak probeer vind. En dan is daar nog die afgesette faksies wat waarskynlik wraakaksies beplan."

Marthinus steek skielik vas "Kan jy ook voel," sê hy, "hoe die dreigende kragte onder die oppervlak roer?"

Niek voel niks. Die grond voel vir hom baie solied onder sy voete.

"Ek kan dit aanvoel," sê Marthinus, "'n geweldige krag wat dreig om alles te ontspoor, vlak onder die grond. Dit voel asof alles wat hier ordelik en onder beheer is, baie prekêr op die oppervlak balanseer. Ek reken Menasse sal báie sensitief wees vir die vibrasies en uitstralings hier. Emanations, soos hy dit noem. Hy sal vir seker presies weet uit watter sfeer onraad en erger te wagte kan wees. Ek bring hom binnekort hierheen, saam met Jurgen Wesseker. Om voorbereid te wees, kan net tot Jurgen se voordeel strek."

Niek kan hom dit net voorstel: Menasse wat die emanations hier optel soos 'n waterwyser water met 'n stokkie aandui. En as hy dan vasgestel het waar die dreigende kragte onder die oppervlak skuil – wat doen hulle dan om hulleself daarteen te beveilig?

Hulle stap verder. Niek is dankbaar dis nie meer hoogsomer nie. Pragtig die omgewing – ene bosbedekte hange en klowe. Vir hom kom die omgewing vreedsaam voor, maar hy het duidelik nie Marthinus of Menasse se ontvanklikheid vir uitstralings nie.

Weer glip hulle deur die heining 'n hele ent hoër op. (Die draad lyk met elke besoek vir Niek slapper en minder goed gekamoefleer.) Voor hulle lê die nedersetting, ook op die oog af vredig in die oggendson. Groter, verbeel Niek hom. Meer skuilings van allerlei materiale – meesal plastiek en takke – rokies wat trek, 'n paar kinders wat speel tussen die tydelik opgerigte tente en skuilings. Groot modderige plasse water oral na die onlangse reën. Die modder kan nie baie higiënies wees nie. Selfs 'n hond en 'n hoender of twee. Hier en daar groepies jong mans in hoodies wat kouerig rondstaan en hulle met agterdog bejeën.

Toe hulle by Tarquin se sinkgeboutjie kom, is die deur toe. Marthinus klop. Geen antwoord nie. Na 'n lang ruk word die een gordyntjie effens opsy geskuif. Die jong meisie met die groot oorbelle wat op hulle vorige besoeke vir hulle whisky geskink het, maak die deur op 'n skrefie oop.

"Is Tarquin nie hier nie?" vra hy haar.

"Nee," sê sy.

"Wanneer is 'n goeie tyd om hom te kom sien?" vra Marthinus.

Die meisie aarsel. "Tarquin kommie wee trug'ie," sê sy.

"Bly hy nou op 'n ander plek?" vra Marthinus.

Weer aarsel die meisie. "Nee," sê sy, "hy bly nie op 'n anne plek'ie. Tarquin is dood. Hulle't hom geskiet."

"O Here," roep Marthinus uit, "wie't hom geskiet? Wanneer?!"

"Ons wietie wie 'it wassie," sê die meisie.

Niek het ineens 'n klaarhelder beeld van Tarquin soos hy vantevore hier gesit het, soos 'n mafia-Boeddha in die sonnetjie, met die goue nekketting en oorbelletjies, die klein kennetjie, vlesige nek en klein, vasberade mondjie, die effens olierige krulhare, kort teen sy skedel. Maar veral sy uitstraling staan Niek ineens helder voor die oog – 'n uitstraling van volkome aanspraak, van absoluut een honderd persent in beheer wees. Die wêreld aan sy voete, triomfantlik met 'n glas Johnnie Walker Blue Label in sy hand.

Hy en Marthinus beweeg vinnig by die heuwel af, deur die draadheining, deur die plaas, waar die kindertjies nou buite onder die bome speel en hulle met skril stemmetjies begroet. 'n Paar sit hulle selfs jillend agterna, maar word gou deur hulle oppasster teruggeroep. By die hek uit (bewaak deur die Xhosasprekende man).

"Wie sou dit gedoen het?" vra Niek.

"Dit kan enigiemand wees," sê Marthinus. "Dit kan bendes wees. Dit kan die polisie wees. Dit kan iemand wees met 'n wrok teen hom. Sien jy nou wat ek bedoel," sê hy, "hier is voortdurend kragte aan die werk. Niks is hier ooit staties nie; alles is voortdurend in beweging. Daar is konstante hergroeperings, 'n nimmereindigende stryd om beheer. Chaotiese kragte, selde goedaardig."

"Ja," sê Niek, "ek kan dit sien." Maar al wat hy régtig kan sien, is Jan Botha wat die dooie Tarquin op 'n trollie by die Soutrivierse lykhuis instoot.

\*

Toe hulle weer 'n aand by Marthinus sit, vra Niek vir Menasse of hy sal uitwei oor die Kabbala se siening van goed en kwaad. (Anselmo Balla is ook daar. Hulle sit in die sitkamer voor die vuur. Balla staar moroos in die vuur met sy groot, melankoliese, Romaanse fresko-oë. Die gloed van die vlamme speel oor sy breë, eiervormige kop. Hy is nie vanaand spraaksaam nie. Buiten dat sy liggaam van tyd tot tyd reëlmatig ruk, sit hy heeltemal stil.) Baie kompleks, sê Menasse. As hy dit kortliks kan saamvat: Die neiging tot die kwade, die yetzer ha'ra, of dierlike impuls, is teenwoordig in alle mense, soos ook die yetzer ha'tov, die neiging tot die goeie. Kyk, sê Menasse, die kwade kom in steeds subtieler gedaantes voor, en daarom moet daar met aandag gelet word op elke gedagte, emosie en gewoonte. Ons bestaan, soos dié van Adam – wat saam met Eva verantwoordelik is vir die versteuring van die balans tussen goed en kwaad – is nóú verbonde aan die aarde, aan die liggaam, aan die materiële sfeer, en ons Adam-aard is geneig tot die kwade. Die neiging tot die goeie, die begeerte om goed te doen, moet deur volgehoue inspanning en deur ywerige toewyding en aandagtigheid voortdurend gekultiveer word.

Toe Menasse en Balla vertrek het, albei die donker nag in (in die taxi wat Marthinus soos altyd vir hulle bestel en betaal het), sê Marthinus vir Niek hy vermoed Anselmo Balla ly aan dieselfde siekte as Samuel Johnson, naamlik Tourette-sindroom. Hy sien hom trouens as 'n soort inkarnasie van Samuel Johnson. Miskien nou nie heeltemal so 'n distinguished man of letters nie, maar met 'n soortgelyke robuuste erudisie en praatlustigheid.

Niek sê vir Marthinus hy voel, na aanleiding van wat Menasse vanaand gesê het, soos Adam – swaar, aardgebonde, pas uit klei gevorm – klei waarin daar net 'n klein bietjie lewe geblaas is, net genoeg om hom op 'n baie primitiewe vlak te laat funksioneer.

*

Dit is die einde van die vakansie. Niek moet weer terug na die kunsskool. Naas Jan Botha word drie nuwe studente aan hom toegesê. Hierdie keer sorg hy dat hy bedag is op enige afwykende belangstelling (satanisme en so), maar al drie meisies se voorstelle vir projekte kom vir hom klaaglik konvensioneel voor. Hy het egter sy les geleer. Hoe onskadeliker hulle projekte, hoe beter. Al sou hulle petit point wil doen, sal hy hulle waaragtig nie teëgaan nie. Net een van hulle, 'n runnikende rooikop, sê sy het baie gehou van wat Liesa Appelgryn doen. Sy wil ook daardie toxic emotional soil as fertiliser gebruik in haar werk. O liewe Here, dink Niek, maar as dit die roete is wat sy wil gaan, laat dit dan so wees, wat hom betref. Tiete en bosse skaamhare is seker heelhartig wholesome, op die keper beskou. Die kind wat hy dink hy moet dophou, is so 'n maer, bloubleek blondjie, met donker kringe onder die oë, wat nie heeltemal kan besluit wat sy wil doen nie.

Albrecht Bester is steeds handewringend. Hy't besluit hy wil die aangeklaagde studente nie terughê by die kunsskool nie. Hulle is uit op parool, maar hy kan nie dink dat hulle teenwoordigheid 'n goeie invloed op die skool en die ander studente kan hê nie, sê hy vir Niek.

Niek hoor niks van die vrou nie. (Hy besef dit is beter so, hoewel hy steeds verlang na haar geurige nek en gretige liggaam.) Hy vermy die dorp, omdat hy bang is om haar daar raak te loop. Selfs in die stad hou hy hom skaars, asof hy verwag dat die eggenoot 'n vergeldingsbende op hom gaan afstuur.

Terug by die kunsskool dring gedagtes aan Karlien hulle weer aan hom op. Hy het haar 'n keer gevra of sy na musiek luister. Ja, het sy gesê. Waarna? het hy gevra. Sy het geaarsel. Terugskouend dink hy dat sy haarself miskien gesensor het, want sy het geantwoord: Soos in Miley Cyrus en so. Hy het vir haar gesê gaan luister na Black Sabbath – na enige van die death metal-groepe, daar moet baie van hulle wees.

Die kerkbestormers en ander anarchiste. Na Diamanda Galás (die *Plague Mass*). Na enigiets wat teen haar grein gaan, het hy vir haar gesê. Hy het gedink hy moet haar uit haar gemaksone ruk, uit haar middelklas-torpor van bevoorregting wat haar daarvan weerhou om 'n deurbraak te maak na iets kruers, iets meer konfronterend – iets wat aan haar satanisme-projek meer substansie sou gee as die flets foto en sensasionele tydskrifartikeltjie. Hy onthou dat sy die dag na aan trane was. Hy't gedink dis omdat sy nie begryp wat hy van haar wil hê nie. Nou dink hy dis omdat sy waarskynlik paniekerig was oor haar situasie. Black Sabbath, death metal – sy't waarskynlik gedink: Ag asseblief, been there, got the T-shirt. (Asook natuurlik die swart kerse, die gedroogde padda, die katskelet, al die bybehore, toebehore, alles wat nodig was vir die simpel kinders om hulle onsinnige daad uit te voer.) Hy sal nooit weet nie.

Dit ontstel hom elke keer as hy na Jan Botha se kortgeskeerde kop kyk. Hy mis daardie ryk, geurige bos hare. (Waarin hy die behoefte gehad het om sy gesig te druk.) Hy weet nie of hy hom dit verbeel nie, maar dis asof Jan se werk nie meer ewe sterk is nie. Jan werk nou ook meer gereeld op sy eie, hy kom minder dikwels in. Toe Niek hom vra hoe dit by die Soutrivier-lykhuis gaan, sê Jan Botha hy bail 'n tyd lank uit, hy werk voorlopig nie meer daar nie. Dit het hom skielik begin vang – die slagting wat geen end kry nie.

Niek sê vir Marthinus hy hoop Jan Botha sal weer sy hare laat groei en ooggrimering dra wanneer hy voel hy het genoegsaam boete gedoen. Hy hoop dit gebeur gou, want Jan se werk is besig om sy snykant te verloor.

*

Ek het een oggend vroeg weer 'n visioen. Dit kom duidelik na my toe terwyl ek nog tussen slaap en wakker in my bed lê, die horison geleidelik aan't verkleur, maar sonder dat ek daarvan bewus is.

Ek sien drie sfere. Die boonste is verreweg die grootste en dit bevat die ander twee. Dit is die sfeer van die ganse heelal, die uitgebreide Niks, met alle sterrestelsels en donker materie wat daarin warrel, maal, ontplof en uitdy.

Dan is daar die middelste sfeer. In vergelyking met die eerste sfeer is dit minuskuul. In die groot kosmiese opset registreer dit as minder as 'n stofdeeltjie, maar ek sien dit duidelik. Dit is vlak bo die derde sfeer geposisioneer − 'n dun skyf, breekbaar soos ys, dun soos een van Saturnus se ringe. In hierdie sfeer, of skyf, is alles teenwoordig wat ooit op aarde gebeur het − alle geskiedenis, en alles wat ooit geproduseer en verbeel en bedink is − alle kulturele artefakte.

Die derde sfeer is die aardse sfeer. Dit is soos 'n put, 'n moeras van oerslym en modder. Hierin is alle lewende vorms aanwesig − alles wat ooit ontstaan het en alles wat ooit uitgesterf het, alle evolusionêre fases, maar sonder enige chronologiese ordening. In hierdie sfeer bevind ek my. Ek kan myself nie sien nie, ek het geen begrip van die aard van my beliggaming nie. Ek is nie noodwendig mens nie − ek kan ook vis wees, of amfibie, of vroeë landdier. Ek is net een van die triljoene vorms wat in hierdie oermoeras begriploos rondmaal. Ek weet nie uit watter soort oog ek sien nie − dit kan 'n eenvoudige ligsensitiewe oppervlak wees, dit kan 'n samegestelde of 'n enkeloog wees. Ek weet nie of ek al uitgesterf is, of nog besig is om te evolueer nie. Ek is net iets wat op 'n baie basiese vlak registreer, sonder begrip van 'n self, 'n primitiewe, ongestruktureerde neurale proses, 'n ligsensitiewe iéts – 'n minuskule afsplitsing van die kosmos.

Toe die visioen verby is, staan ek uit my bed op, trek my kamerjas aan, maak vir my tee, en hou die sonsopkoms dop.

# Vier-en-dertig

Ek stap soms laatmiddag saam met my goeie vriend Willem Wepener in die wingerd. Die wingerdstokke is blaarloos, net die kaal stokke in netjiese rye, en die paaltjies wat hulle ondersteun. In die paadjies tussen die wingerde is poele water. Oral langs die pad is uitgeholde tonneltjies. Ek weet nie wat hierin woon nie, maar ek hou van die tonnels. Hulle roep 'n ander lewe op, 'n ondergrondse lewe. Ek vra hom hoe hy die kleur van die landskap sou beskryf. (Willem is op kleur ingestel soos 'n hond op reuk.) Van Dyck-bruin, sê hy, en ultramarynblou, gemeng met wit. Die kleur van die berge op die horison beskryf hy as 'n melkerige blou. Op een punt, in die omgewing van 'n paar dennebome, is daar dikwels tekens van menslike bewoning. 'n Mansbroek, 'n modderbevlekte fleece top. Selfs 'n haarkruller, op 'n dag, pienk. Tekens van vure. Ek wonder wie hier woon. Daar was 'n berig in die koerant dat 'n deel van die wingerd deur krotbewoners vir brandhout uitgekap is.

Op ons terugweg is die landskap reeds aansienlik verdonker. Tafelberg is sigbaar, slegs die boonste rand daarvan is nog onderskeibaar, byna deursigtig teen die verblekende aandlug, gedeeltelik in mis gehul. Die wingerd is ineens heelwat donkerder, feitlik nie meer sigbaar in die tanende lig nie, skerp afgeëts teen die teer, rosig-gloeiende aandlug. Maar ek ruik die pikante reuk van kakiebos wat plek-plek tussen die wingerdstokke groei, en die klam reuk van grond. Iewers skree kiewiete veraf, en 'n hadida vlieg krysend hoog in die lug verby, op pad nes toe.

*

Niek kom agter dat hy Jan Botha daarvoor verkwalik dat hy sy hare gesny het. Jan kom vir hom verminder voor. Niek het gehou van Jan se fors fisieke teenwoordigheid, daar was vir hom iets gerusstellends daaraan. En dan natuurlik die geurige hare. Hy het gehou van die reuk van Jan se hare. Hy het selfs gehou van die geringe ondertoon van 'n ánder reuk, iets wat hy met die Soutrivierse lykhuis geassosieer het. Hy sien ook heelwat minder van Jan Botha deesdae, en meer van die drie studente wat aan hom toegesê is. Nog 'n rede waarom hy nie kan wag om by die kunsskool weg te kom nie. As sy kontrak afgeloop is, sien hulle hom nooit weer nie.

*

Niek sê vir Marthinus dis miskien ongegrond, maar hy voel aanspreeklik vir wat met Charelle gebeur het. Hy vrees nog steeds dat daar wraak op haar geneem is omdat sy by hom loseer het. Iemand het dalk op een of ander manier gesien dat hulle dikwels saans saam eet. Hy's bang die vent wat haar agtervolg het, het gedink hy en sy het 'n verhouding, of iets. Hy kan nie dink dat sy geteiken is net omdat sy toevallig in die daders se omgewing was nie. Dis erg genoeg dat dit met haar gebeur het, sê hy, maar as hy moet weet dat sy teenwoordigheid op enige manier – op énige manier – aan-

297

leiding daartoe gegee het . . . wel, dan weet hy nie. Hy weet nie hoe om met hierdie gevoelens om te gaan nie.

Dis moeilike dinge hierdie, sê Marthinus. Hy sou self nie weet hoe om met gevoelens van skuld, van aanspreeklikheid, om te gaan nie. Met moeilike morele kwessies soos hierdie, sê Marthinus, is hy geneig om hom tot die wyses te wend – hy't nie soveel ooghare vir die filosofie en die sielkunde nie. Hy is meer geneig om hom te wend tot iemand soos meneer K. Of prins Gautama Boeddha. Of om die stokkies van die I Ching te gooi. Die Bybel vind hy nog altyd boeiend, selfs inspirerend. Veral die profete. Soos hy gesê het, hy lees nou weer Esegiël. Dit boei hom uitermate. God wat vir die profeet sê: Eet die boekrol. Dan is daar nog die Kabbala en die Joodse mistiek – daarmee kan Menasse vir Niek help; en daar is die Koran. Anselmo sal weet van die Christelike mistici. Al ontken hy dit, is hy deurspoel van die Katolisisme. Hy is self, sê Marthinus, baie aangetrokke tot mense soos Johannes van die Kruis. Beslis iets daar. Daar is iets in elkeen van hierdie opsies wat hom aanspreek.

"En verlies," sê Niek, "hoe hanteer mens gevoelens van verlies?"

"O Here," sê Marthinus, "ek weet sowaar nie. Maar dit help my om vir die varke te sorg, en om Esegiël te lees."

*

'n Dag later bel die agent en sê die aanbod op Niek se huis is teruggetrek. Die voornemende kopers stel nie meer belang nie.

Om die waarheid te sê, sê die agent, het die kopers ineens

298

spoorloos verdwyn. Sy kry hulle nêrens in die hande nie. Sy is jammer daaroor.

Niek is verlig. Hy dink, wel, dit laat hom nou met geen ander opsie nie.

# Vyf-en-dertig

Aan die einde van Julie lees ek een oggend 'n klein berig-gie in die koerant. Ek het toevallig die oggend weer in die dorp gaan koffie drink. Immer waaksaam en op my hoede. Ek sou die berig nie gelees het as my oog nie op die woorde "hoësekuriteit- psgiatriese inrigting" geval het nie. Dit is tog een van die bestemmings op die agenda van die bekruiper – wou hy nie sy arme versteurde neef daar gaan besoek nie? 'n Kop-aan-kop-botsing, al vier insittendes op slag dood. Die identiteit van die bestuurder is nie bekend nie, maar die drie passasiers was almal inwoners van die hoësekuriteit- psigia-triese inrigting net buite Moorreesburg. Die motor was van Moorreesburg onderweg na Stellenbosch. Die superinten-dent van die inrigting wou geen kommentaar lewer nie. Die name van die oorledenes sal bekend gemaak word sodra hulle naasbestaandes in kennis gestel is.

Sonder dat ek enige verdere bevestiging nodig het, wéét ek dat die bestuurder die man is, die holwang-rusverstoorder. Ek weet dit voor my siel en sonder enige twyfel.

Wat sou dit beteken? Het hy sy versteurde neef en twee ander pasiënte ontvoer, of doodgewoon vir 'n uitstappie ge-neem? (Asof daardie man iets so doodgewoon kan doen as om drie hoogs versteurdes op 'n uitstappie te neem.) As die superintendent nie kommentaar wil lewer nie, suggereer dit dat die mense sonder haar toestemming weg is. Hy moet vir seker een of ander plan in die mou gevoer het. Nou sal niemand ooit weet nie. Onderweg na Stellenbosch. Nou toe nou. Die holwang-bekruiper en die ou vader albei ineens uit sirkulasie.

*

Niek lees dieselfde berig in die koerant. Slaan my met 'n nat vis, dink hy. Viktor Schoeman? Het Marthinus nie vroeër vanjaar gedink Viktor het iets met ontsnapte inwoners uit dieselfde plek te doen gehad nie? Wat toe uiteindelik nie die geval was nie. En Jan Botha het laat weet Viktor – wie anders sal hom voordoen as Vincenzo Anastagi? – kom by hom langs sodra hy terug in die dorp is uit Moorreesburg. Voorlopig sê hy niks hieroor vir Marthinus nie. Hy wil eers self die kat uit die boom kyk.

Vir 'n week of twee nadat hy die berig gelees het, koop Niek elke dag die koerant. Hy vind geen berig oor die identiteit van die mense wat in die ongeluk omgekom het nie. Toe hy na twee weke steeds niks gevind het nie, bel hy die hoë-sekuriteit- psigiatriese inrigting om te verneem of die identiteit van die drie pasiënte al bekend is, maar die superintendent sê geen inligting word aan lede van die publiek verskaf nie. Wanneer sal dit bekend gemaak word, vra hy haar. Die familie van die oorledenes is reeds in kennis gestel, sê sy. En die identiteit van die bestuurder? Daarmee kan sy hom ongelukkig nie help nie, sê sy. (Fascistiese hoer.) Sy kan nie dalk sê watter verbintenis hy met die pasiënte gehad het nie? Nee, sy's jammer, sy't gedink sy't dit duidelik gemaak dat sy geen inligting kan verskaf nie.

In 'n ouer koerant kom hy toevallig wel af op 'n klein beriggie wat sê dat Tarquin Molteno op die Kaapse Vlakte doodgeskiet is in 'n bendeverwante skietvoorval. Molteno was 'n berugte figuur op die Kaapse Vlakte, word in die berig gesê, oor die jare betrokke by 'n hele aantal skermutselings met sowel die polisie as met bendes. (Marthinus was reg, Tarquin, met die klein mondjie en goue nekketting, se enigste lojaliteit was teenoor homself, want hy het saamgewerk met watter faksie vir hom ook al die voordeligste was.) Niek wonder of die liggaam van Tarquin saam met al die ander noodlottig gewondes in die Soutrivierse lykhuis beland het. Hy moet vir Jan Botha vra, dit het dalk selfs tydens sy skof gebeur. (Hy het vir Niek gesê hy het weer daar begin werk.) Dalk was hy selfs daarvoor verantwoordelik om die liggaam te gaan haal, op die draagbaar te laai, en na die lykhuis te vervoer.

Toe Viktor Schoeman dan ook nie op sy voorstoep opdaag nie – soos hy gevrees het – dring ander sake hulle aan Niek se aandag op. (Charelle is skynbaar nie bereid om weer met hom te praat nie.) Maar hy sou graag wou weet of dit wel Viktor was, en of hy hom dinge begin verbeel het (aangehits deur Marthinus), maar omdat daar skynbaar geen manier is om dit uit te vind nie, laat hy dit geleidelik gaan. Hy laat die hele Viktor-aangeleentheid gaan. Hoewel dit hom, moet hy teenoor homself beken, 'n groot mate van genoeë sou verskaf om vir seker te weet dat dit inderdaad Viktor was wat daar spektakulêr in 'n kop-aan-kop-botsing omgekom het.

\*

Die vier medestudente wat by die satanisme-event betrokke was en op aanklagte van dwelmhandel teregstaan, se saak is tot vroeg volgende jaar uitgestel. Albrecht Bester sê hy kan hulle nie vergewe vir wat hulle aan die beeld van die skool gedoen het nie. Maar hy werk daaraan, sê hy vir Niek, want hy ken homself as vergewensgesind. Hy werk érnstig aan homself.

Die runnikende rooikop skilder haar eie variasie van tiete en skaambosse. Sy maak gewis kwistig gebruik van die emotional soil as fertiliser vir haar werk. Niek laat haar begaan. Hy is dankbaar om ná Karlien 'n student te hê wat lustig en sonder aarseling voortdonder. Die grap is, moet hy beken, dat hy haar werk nogal sterk vind – sekuur, en met 'n brutale energie. Dis die anemiese blondjie wat hom verontrus – hy hou nie van die manier waarop sy aarsel en nie tot 'n besluit kan kom oor wat sy wil doen nie. Dit herinner hom te veel aan Karlien.

Jan Botha se hare begin groei, sien Niek, en op 'n dag dra hy weer ooggrimering. 'n Verblydende teken. (Sy werk lyk ook dadelik vir Niek weer meer edgy, kragtiger.) Dit beteken sy tydperk van boetedoening is besig om te verstryk. Niek sou wat gee om te weet waaroor Jan Botha boete doen (dalk 'n wenk of twee by hom kry), maar hy't al geleer dat as Jan nie self met inligting vorendag kom nie, dit nie help om hom uit te vra nie.

*

Aan die begin van Augustus laat Marthinus Niek weet 'n vriend van hom is dood. Hy maak 'n groot vuur vir hom. Wil Niek oorkom? Niek tref Marthinus laatmiddag in sy agtertuin aan,

303

besig om 'n enorme vuur te stook. Saam sit en kyk hulle na die vlamme. Marthinus vertel vir Niek van sy vriend. Hy het vinnig gehardloop, maar stadig geswem, sê Marthinus. Hy het 'n diepgesetelde melankolie gehad. Hy het nie liefdesteleurstellings kon verwerk nie, en hy het 'n hele paar daarvan gehad, want hy was nie 'n maklike persoon om mee saam te leef nie. Uitsonderlike hoë eise aan homself en aan sy geliefdes gestel. Niemand kon byhou nie. Nie iemand vir die banale alledaagse nie, ook dit het mense vermoei. Mense wil afleiding hê, hulle wil nie heeltyd met die ewige en die gewigtige gekonfronteer word nie, veral nie aan die begin van 'n liefdesverhouding nie.

Die vuur brand goed. Marthinus is tevrede. "Kyk," sê hy, "hoe mooi brand ou Arnie se gedenkvuur. 'n Goeie teken. Dit dui op 'n onbelemmerde nadoodse reis. Dis in elk geval wat Menasse sou sê."

Die gedenkvuur brand inderdaad goed.

Nou pas vertel Niek vir Marthinus van die koerantberig. Marthinus reageer verrassend lakoniek. Dit sal hom niks verbaas nie, sê hy. Dit sou pragtig kenmerkend van Viktor wees om aan sy einde te kom in 'n motor met drie kranksinnige passasiers. Dit pas so een honderd persent in sy kraal. In sy manier van doen. Viktor is die soort mens wat sal besluit as hy moet gaan, vat hy drie of meer mense met hom saam. Dat dit drie versteurdes is, tel dalk in sy guns as 'n humane daad. Hulle moet vanaand 'n gepaste video kyk om ook sý heengaan te gedenk.

Niek lag ongelowig. "Maar ek het geen idee of bevestiging dat dit wel Viktor was nie!" sê hy.

"As dit nie hy is nie," sê Marthinus, "is dit na genoeg

aan hom. Dis eintlik nie eers belangrik of dit wel hy is of nie."

Niek kyk vinnig na hom om te sien of hy 'n grap maak, maar Marthinus staar ewe ernstig voor hom uit.

"En as Viktor dood is," sê Marthinus, "dan is die rokie wat so mooi trek sommer 'n goeie teken vir hom ook. Ons kan hom seker ten spyte van al sy nonsens 'n onbelemmerde nadoodse reis gun."

Eers aarsel Niek, toe sê hy: "Ja, ons kan seker. Mits hy natuurlik dood is."

"En as hy nie dood is nie," sê Marthinus, en hy gooi nog 'n enorme stomp op die vuur, sy groot, lewendige gesig gloeiend in die lig van die vlamme, "dan wens ons hom 'n onbelemmerde lewensreis toe. Of hy nou 'n dag op jou voorstoep uitslaan of nie."

"Met sy smalende bakkies," sê Niek, wrang.

"Met sy smalende bakkies en destruktiewe energie," sê Marthinus. Niek lag. Marthinus gooi nog 'n stomp op. Sy gesig uitgelate in die lig van die vuur.

"Jong," sê hy, "kyk hoe lekker trek hierdie vuur nou. Daai rokie trek reguit hemelwaarts."

Hulle kyk die aand *Faust* van Aleksander Sokurov. Marthinus het besluit dis 'n gepaste video om Viktor − dood al dan nie − in die gees terug te roep, te gedenk, wat ook al. Niek vind dit 'n hoogs ontstellende film. Hy vind die beeld van Margaretha ontstellend. Hy vind in haar beliggaming van volslae ongereptheid die belofte van verval. Asof hierdie belofte van verval erger is as die verval en verwording self. Soos die onsigbare wurm in 'n oënskynlik gesonde appel. Hy vind dit 'n ontstellende afskeidsgebaar vir Viktor Schoeman.

Hoe vreemd, as hulle nie eens weet of hy een van die dooies is nie. Die kleure van die film ontstel hom ook − die tonaliteite van grys, so kenmerkend van die presiese, koue tonaliteite van die Vlaamse en Nederlandse skilderkuns. Hy vind die beeld van Faust wat in die ingewande van lyke soek na die oorsprong van die siel ontstellend. Maar terselfdertyd vind hy die film 'n goeie keuse. Dit stem ooreen met 'n somber laag in sy gemoed, waarvan hy die afgelope tyd nie loskom nie. Die kleure daarvan − die geskimmelde gryse − kleigrys, okergrys, bruingrys, in kombinasie met swart en swartgroen, is die kleure van sy eie gemoedstemming. Grys, dink hy, dit bring hom weer by grys. Grys wat nie stimuleer nie, maar perseptueel bewegingloos is. In hierdie film suggereer dit die inersie van die dood. Hy vind dit 'n koue, wrede, onthutsende film, en hy is dankbaar dat hy en Marthinus na die tyd voor die vuur kan sit.

Marthinus sê: "Dis hoekom ek van die Russiese romans en die Russiese filmmakers hou. Die Westerse kunswêreld is gerig op die liggaam, op seksualiteit. Die kwessies daarin is sosiale kwessies. Die Oosterse kuns, en daarby sluit ek die Russe in, is gemoeid met gees en transendensie. Alles taboe-onderwerpe in die Westerse kuns. Dis waarvan ek hou. Ek hou van 'n gemoeidheid met gees en transendensie. Daarom hou ek soveel van wat Menasse sê. Daarom lees ek Esegiël met soveel onthutsing. Al sê meneer K, 'n man vir wie ek die grootste bewondering het: Gee onvoorwaardelik aandag, daar is net die nóú. Met alle ander dinge lei ons onsself net om die bos."

*

306

Op 'n Saterdagoggend in die middel van Augustus sit Niek en Marthinus agter in Marthinus se tuin. Dis 'n mooi, helder dag. Hulle drink tee. (Marthinus is 'n groot teedrinker, het Niek al agtergekom.) Alles is hier ewe keurig versorg as in die voortuin. Grasperk, struike, groentebeddings. In die tuin wei die vyf varke.

Marthinus vertel vir Nick van Esegiël, waarin hy hom op die oomblik verdiep. Niek luister en hy hou die varke dop.

Marthinus sê: "Ek lees verskillende weergawes van Esegiël. Ek het selfs vir my die nuwe vertaling van die Bybel gaan koop. Esegiël het sy visioen gehad op die 31ste Julie 593 v.C.! Daar staan Esegiël op die wal van die Kebarrivier in Babilonië toe die reusewolk na hom aankom. Op die wal van die Kebarrivier, op die 31ste Julie, bid jou aan! Helderder kan dit nie wees nie! Niks skamels aan daardie visioen nie. En geen geringe prestasie om daardie wa so presies te beskryf nie. Onthou, sê God vir Esegiël, die volk Israel is 'n opstandige spul. 'n Hand word uitgesteek en God gee vir Esegiël 'n boekrol met hartseer begrafnis- en klaagliedere daarop geskryf. Hy moet dit eet. Hy moet hom versadig eet daaraan. Wat 'n beeld! Manjifiek! Wie kan so iets vandag versin? Niemand. Vergeet daarvan. Nie met die hulp van enige substans nie. Die moderne verbeelding skiet te kort."

Hulle drink tee. Marthinus praat. Die varke wei rustig in die tuin. Die berg is daar, een en al rotsige wand en steil kloof. Ontsagwekkend. Geen wonder Charelle wou nie daarna kyk nie toe sy die eerste keer in die Kaap aangekom het. Agter hulle is die see. Hoewel dit winter is, is die dag aangenaam warm.

Niek vra vir Marthinus hoe dit gekom het dat hy hierdie

huis gekoop het. Het hy altyd geweet dat hy varke wil aanhou?

Marthinus lag. "Ek het in die tagtigs vir die vakbonde gewerk. Dit het ek jou al vertel. Dis waar ek vir Viktor Schoeman ontmoet het. Hoewel hy nie lank daar gehou het nie. Hy is nie iemand wat homself diensbaar vir ander kan maak nie. Daarna was ek 'n tyd lank landuit, en toe ek terugkom, het ek begin werk. Ek het geld gemaak. Ek het 'n fat cat geword. Ek het vervreem geraak van my beginsels. Ek sê dit en ek skaam my daarvoor. Ek was koersvas op pad na selfvernietiging. Ek het op 'n dag in die Tuine gesit. Ek was op die punt van wanhoop. 'n Man het langs my gesit. Hy het na my gedraai en gesê: 'If you'll excuse me, I think you're a soul desperately in need.' Die man was Menasse. Hy't sy kaart vir my gegee. Real estate. Hy't my die huis gewys. Hy't die emanations – soos hy dit genoem het – goedgekeur. Ek het dit gekoop. Ons het vriende geword. Ek het 'n magdom dinge begin lees. Ek het alles gelees waarby ek vroeër nie uitgekom het nie. Of waarvoor ek geen smaak gehad het nie. Ek het my lewe drasties vereenvoudig. Ek het die varke aangeskaf. Ek het die tuin aangelê en nou hou ek dit daagliks in stand. Ek probeer goed doen waar ek kan. Ek het genoeg om van te leef."

Niek is verras deur hierdie storie. 'n Fat cat – hy sou dit nooit kon raai van Marthinus nie.

Marthinus vertel van die varke. Hy vertel dat elkeen 'n duidelik onderskeibare eie persoonlikheid het. Die swart potbelly, Aunty, is die matriarg. Sy is vernoem na die figuur van die dood in een van Marthinus se mees geliefde romans. Sy is moeiteloos en onteenseglik dominant. Die oudste beer,

President Burgers (die een wat die oggend 'n paar maande gelede in Niek se tuin beland het), is 'n nobele dier, sê Marthinus. 'n Gewigtige persoonlikheid. As hy in reïnkarnasie geglo het, wat nie die geval is nie, dan het hy geglo hierdie vark was in 'n vorige lewe 'n nobele vors, iemand soos die Kublai Khan. Die wit-en-swart sog, Batseba (vir Niek die interessantste van die varke), is eiesinnig – baie wederstrewig, 'n sterk wil. Sy laat haar nie voorsê of inperk nie. Baie assertief. Die jong beer is Josef, hy is baie gretig om te please, baie inprentbaar nog. En die jongste sog, Dollie, is bietjie onseker, maar sy's nog jonk, sy moet nog haar voete vind tussen hierdie klomp selfversekerdes.

Marthinus sê hy vind dit 'n waardevolle spirituele oefening om die varke dop te hou. 'n Vorm van meditasie. Hy het al dikwels in hulle teenwoordigheid tot bedaring gekom.

"Die Kebarrivier is in Sirië," sê Marthinus. "Sewe dae lank sit Esegiël ontsteld en verstom tussen die Judese bannelinge. Dan moet hy 390 dae op sy linkersy lê. 'n Dag vir elke jaar wat Israel gesondig het. God sal hom met toue vasmaak sodat hy nie op sy ander sy kan draai nie. Nou gee God vir hom die resep vir die brood wat hy elke dag moet eet. Maar Esegiël sit sy voet neer toe God sê: Maak die brood op menslike ontlasting gaar. God maak 'n toegewing – iets wat Hy nie dikwels doen nie, glo my – goed, Esegiël kan die brood op koeimis gaarmaak. Op sy sy moet Esegiël lê en profeteer. Hy moet Israel waarsku wat hulle alles te wagte kan wees wanneer die Here kwaad is en teen 'n volk draai. Ouers sal hulle kinders eet, en kinders hulle ouers, onder andere. Sê vir Israel, sê God, ek praat met hulle in my jaloerse ywer. Jaloerse ywer. Ook net die God van Israel wat Homself in dié terme sal uitdruk.

"Dan lees ek weer ter afwisseling meneer K," sê Marthinus. "Op sy manier ewe min bereid as die toornige God van Israel om 'n kompromis aan te gaan. Gee aandag! sê hy. Kyk hoe denke sy eie stert jaag!

"Nou wonder ek," sê Marthinus, "was Esegiël God in sy grootse manifestasie eintlik op dieselfde manier te wagte daar op die wal van die Kebarrivier as wat die jong Jiddu op 'n klip langs 'n ander rivier die afgesante van Annie Besant ingewag het?"

Niek weet nie. Hy beny Marthinus sy onbevangenheid van gemoed.

# Ses-en-dertig

LIESA APPELGRYN, in die stad, besoek Niek in sy ateljee. Sy kyk na sy werk en sê hulle is voëls van eenderse vere – bottom feeders – en sy sien hy benut ook daai toxic soil deeglik vir sy werk. Bottom feeders, nè. Sy assosiasie is met modderkleurige babers met harde stekelbaarde wat iemand op 'n keer in modderige water in een of ander dam gevang het. Hy en Liesa drink heelwat whisky en het seks op die divan waar hy laas die nag in dronkenskap deurgebring het, na Charelle se besoek aan hom. Tiete en skaambos ewe welig as in haar skilderye. Sy is geesdriftig, sy is luid, sy is waarderend van elke kinkel en lus van die seksdaad. Hy dink arme vrou, wat met so min tevrede is, of dan ten minste voorgee om te wees, want bepaald geesdriftig of besonder waarderend van haar seksuele sjarmes is hy nie. Om halfdrie die oggend haal sy 'n taxi terug na haar hotel. Hy slaap onrustig verder en droom van ingewikkeld opgestapelde vierkante.

Marthinus vra hom die volgende aand of hy lus het om weer saam met hom na *Faust* van Sokurov te kyk. Eers aarsel Niek, maar stem dan tog in en vind die film nog meer ontstellend as die vorige keer. Hy vind die onskuld van Margaretha soos dit uitgebeeld word grensend aan pervers. Hy sukkel om woorde daarvoor te vind wanneer hy met Marthinus daaroor praat. Marthinus meen dat dit met die konteks te make het waarin Margaretha uitgebeeld word – met die onaardse lig wat op haar gesig val, met die donker loweragtergronde waarteen sy afgeteken word, en met die hele sfeer van verdorwenheid en morele verval in die film.

'n Paar dae later sit Niek in die coffee shop waar Buks Verhoef geskiet is en waar hy Viktor Schoeman 'n tyd gelede gewaar het. Iets dwing hom terug na die plek. Miskien om hom daarvan te vergewis dat Viktor inderdaad permanent van die toneel af is. Omgekom in die geselskap van drie versteurdes. Hy het pas gesit toe sy eks-student, Karlien, en haar moeder, die vrou met wie hy so heerlik uitbundig in Oesterklip gesport het, die coffee shop binnekom. Teen die tyd dat hulle mekaar gewaar, is omdraai nie meer moontlik nie. Mignon bring die kind aan die arm na sy tafel toe. Hy spring lomp op en verneem na Karlien se fisieke welstand. Gaan dit beter met haar? (Sy dra 'n serpie wat die nekletsel seker kunstig moet verdoesel.) Sy lyk bleek en lusteloos. Die moeder, daarenteen, het 'n aanvallige (seksuele) blos op haar wang. Bo-oor die kind se kop vang en hou hulle mekaar se blik 'n paar oomblikke lank. Karlien neem die res van die jaar af, vertel die moeder (effens uitasem), en sy beplan om volgende jaar 'n kursus by 'n skoonheidsakademie in die dorp te doen. Niek ontmoet Karlien se oë vlugtig na hierdie mededeling van haar moeder. Sinies, met iets treiterends (uitlokkends?) daarin – 'n uitdrukking wat hy nooit in haar oë gesien het in al die maande dat sy passief en besluiteloos by hom in die kantoor gesit het nie. Dit vang hom onkant. Toe hulle groet, ontmoet sy en die moeder se oë mekaar weer oomblikke lank. Kort daarna vertrek hy, sy koffie skaars klaar gedrink.

Aan die einde van Augustus sê hy vir Marthinus, kyk, wat die verkoop van sy huis betref, wag hy nou en kyk wie volgende met 'n aanbod kom om sy huis in 'n kunsbordeel te verander. Daar sal kort voor lank weer een of ander skurk homself aanmeld. 'n Tekort aan skurke was daar nog nooit. Intussen sou hy seker kon begin om die besoedelde kamers leeg te maak – die kamers waarin die energie volgens Menasse versteur is – en alles daarin uitgooi wat hy nie nodig het nie. Hy't 'n klomp rubbish daarin, clutter wat hy al jare lank met hom saamsleep. Kyk, sê hy, hy weet dit sou 'n goeie idee wees om Menasse te kry om hom touwys te maak. In plaas daarvan om in sy huis rond te sit en allerlei onproduktiewe gedagtes te dink, soos sy gewoonte is, kan hy net sowel in hierdie vertrekke sit en dink aan die Goeie. Maar hy het lank hieroor nagedink, sê hy, hy kan dit nie doen nie. Soos hy al vantevore gesê het, dis nie sy scene nie. Hy sou homself – sy eie integriteit – geweld aandoen as hy homself dwing om so iets te doen. As daar iets soos negatiewe energie in sy huis is, as Menasse reg is – as daar 'n wolk van berou en melankolie in sy huis hang, soos Menasse duidelik aangevoel het – dan moet hy ander maniere kry om daarmee saam te leef, of om dit te verdryf. Hy voel soos 'n doos om dit te moet erken, sê hy, maar hy sê dit nou maar in elk geval. Voorts sou hy seker ook vir Jan Botha kon vra of dit moontlik sou wees dat hy Saterdagoggende volunteerwerk doen by die Soutrivierlykhuis, maar daarvoor sien hy ook nie kans nie.

Marthinus sê: O Here, hy begryp dit heeltemal. As dit nie Niek se scene is nie, is dit nie sy scene nie. Maar as hy ooit van plan sou verander, is hy heeltemal bereid om saam met Niek kamer vir kamer te vat. Hy is self nie so seker wat die Goeie is nie, maar hy dink nie dit maak eintlik veel saak nie. Net om te sit en te fokus op melankolie en berou is seker al goed genoeg.

Niek bedank hom. In al hierdie maande, sê hy vir Marthinus, was hy vir hom in alle opsigte 'n betroubare en ondersteunende vriend.

Marthinus sê moet dit nie eens noem nie. Graag gedaan. Intussen het hy vir hulle 'n hele reeks Pasolini-DVD's georganiseer: *Oedipus Rex*, *Medea* en *The Gospel According to Saint Matthew*.

Niek sê hy is bly, hy hou van Pasolini se werk.

"O Here," roep Marthinus uit, "dink net – Oidipus! Medea! Die Matthëus-evangelie! Die groepie vroue en die apostels in wapperende klede wat deur die wuiwende gras na die kruis aanbeweeg kom! Wat lyk asof hulle net op een plek stilstaan! Maria Magdalena wat die heeltyd swik en val, en swik en val, en deur die vroue ondersteun word, in swart klede. Alles in swart en wit. Die groepie wat lyk asof hulle nie vooruitkom nie, maar aanhou beweeg, struikelend, teen die wind, met die wapperende klede, en die wuiwende gras! Briljant!"

*

Teen die einde van hulle reis het Isabel op 'n dag teenoor hom in die museumkafeteria gesit, haar bitter betoog ineens onderbreek en gesê: Troos my. Dit was so onverwags dat hy nie geweet het of hy haar reg gehoor het nie. Troos my, het sy weer gesê. Hy was onkant gevang. Hulle het na mekaar gekyk. Hy het nie geweet wat om te sê nie. Hy het afgekyk. Sy het sy onvermoë gesien. Daar was trane in haar oë. Sy het opgestaan. Hy het hom gehaas na die Oosterse sale, na uitbeeldings van

314

landelike saligheid – waar die sprinkaan sy been in die vyfde maand beweeg, en sy vlerk in die sesde maand skud, op 'n papierrol uit die elfde eeu.

Smiddae het sy gewoonlik gelees, maar sy het nie met hom gepraat oor wat sy gelees het nie. Net een keer het sy hom vertel van iets wat sy gelees het wat 'n groot indruk op haar gemaak het. Dit was in 'n roman gebaseer op die ware verhaal van die wedervaringe van 'n jong seun wat tydens die Tweede Soedannese Burgeroorlog van sy ouers geskei is. Sy het hom vertel dat die seun daarin vertel van 'n ander kind wat onderweg 'n diep gat gevind en daarin geklim het. Die gat is veroorsaak deur 'n bom. Sy maats het hom ge-groet, want hulle was gewoond aan seuns wat die groep op verskillende maniere verlaat of doodgaan. Die seun het drie dae lank in die gat gebly. Hy het nie beweeg nie; hy het die stilte binne-in die gat geniet. Hy het vir hom 'n grotjie aan die een kant van die bomkrater uitgegrawe en met strooi van 'n half afgebrande hut 'n klein deurtjie gemaak om die ingang te bedek. Op dié manier het hy ook van diere kon wegkruip. Niemand het hom besoek of uitgesnuffel nie, nie mens of dier nie. Niemand het geweet hy is daar nie. Toe hy honger word op die eerste dag het hy uit die gat gekruip na die verlate dorpie, na 'n hut waar hy 'n been uit die as gekrap het. Daar was aan die swartgebrande been omtrent net drie happies bokvleis, maar dit het hom die hele dag versadig gehou. Hy het uit poeletjies water gedrink en na sy gat te-ruggekruip, waar hy dag en nag gebly het. Op die derde dag het hy besluit om te sterf, want dit was warm in die gat en daar was geen geluide daarin nie. Hy hét op die dag gesterf, want hy was gereed. Nie een van die seuns wat saam met

315

hom gestap het, het hom sien sterf daar in die gat nie, maar almal het geweet die storie is waar. Hierdie verhaal, het Isabel gesê, het haar diep geraak, want sy het ook die behoefte om so in 'n diep gat te klim en dag en nag daar te bly. Vir 'n onbepaalde tyd. Sy het ook die begeerte om te sterf, het sy gesê, maar sy is seker nog nie gereed nie, want sy leef nog.

## Sewe-en-dertig

DIS YSIG KOUD. Dit is die einde van Augustus. Binnekort begin die eerste ysige lentereëns val. Die berge is oordag in warrelende miswolke gehul. Soms raak hulle heeltemal hierdeur versluier. Die reën val in deurdringende vlae. Vyf witborskraaie is strak teen die mistige landskap afgeëts. Hulle vlieg en sweef. Ek hou hulle dop. Snags huil die wind om die hoeke van die huis. My Neanderthalskedel van draad en wit kraletjies staan op die tafeltjie langs my bed. Die oogholtes daarvan is enorm.

Ek is alleen. Dit was ek nog altyd. Ek het my vriend Willem Wepener, vir wie kleur so 'n rigtinggewende beginsel is. Ek het vir jou. Ons deel die herinnering aan Jacobus, in die lewe, in die dood. Ek en Willem het hom gesien in die klein agterkamertjie met die groen Mr Price-gordyn. In die dood was sy eens beweeglike gesig monumentaal verstil. Ek het die plesier in die Olivier-broers se lieflike, tergende, soms obsene video's. Willem het vir Arikha. Ek het die gedagtenis aan die sout, stink see, aan die transformasie van sywurms, aan die smal kop van die edel swart teef. Ek het die beeld van Ricardo Reis, die alter ego van Fernando Pessoa, wat in Reis se kamer aan die voetenent van sy bed waak. Ek het 'n blik op die berge, op die horison, waar berg en lug ontmoet,

317

waar die son elke oggend opkom, met meer prag as waarvoor ek ooit woorde of trane sal hê.

*

In die nanag, die uur voor dit lig word, hoor ek iemand my naam sê. 'n Manstem – diep, gebiedend, maar nogal blikkerig, met 'n effense eggo.

Ek wag om te hoor wat verder gesê word. Niks. Niks verder nie. Stilte. Ek lê en wag. Die stem was duidelik. Met 'n eggo. Maar dit laat geen na-eggo nie. Ek lê en wag om te hoor of die stem my naam herhaal. Maar dit gebeur nie. Ek lê en wag en luister totdat ek die voëls buite hoor sing.

*

Die kafee waar ons ontmoet het aan die begin van die jaar, nadat ons mekaar lank nie gesien het nie, die dag toe dit so gereën het, bestaan nie meer nie. Dit het óf afgebrand, óf dit is nou 'n kunsgalery. Enigiets is moontlik. Ek hoor soms van jou, 'n kort e-possie, of poskaart selfs. Jy is rusteloos, jy hou aan beweeg. Ek moet jou tog vra watter nut dit het.

Soos jy, ervaar ek die dorp as 'n verraderlike plek, waar 'n mens ongesiens kan ondergaan, al is die maan hier glorieryker as elders. In die nag tydens volmaan maak ek my mond oop. Die wind waai daardeur soos deur 'n spelonk. Dit voel vir my ek eet die wind, en word daardeur gevul.

## Erkennings

My dank aan Murray La Vita wat my op allerlei ingewings gebring het.

Aan Dirk Winterbach, vir die voordeel van sy aweregse blik.

Aan my uitgewer, Janita Holtzhausen, te alle tye geduldig, tegemoetkomend en absoluut professioneel.

En aan Andries Gouws vir die noukeurige aandag waarmee hy die teks gelees en weer en wéér gelees het.